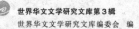世界华文文学研究文库第3辑

世界华文文学研究文库编委会 编

华文文学的言说疆域

袁勇麟选集

袁勇麟 著

Research Library of Global Chinese Literature

SPM

南方出版传媒

花城出版社

中国·广州

图书在版编目（ＣＩＰ）数据

华文文学的言说疆域：袁勇麟选集 / 袁勇麟著. --
广州：花城出版社，2016.8（2021.7重印）
　（世界华文文学研究文库. 第3辑）
　ISBN 978-7-5360-8018-8

Ⅰ.①华… Ⅱ.①袁… Ⅲ.①华文文学－文学研究－
世界－文集 Ⅳ.①I106-53

中国版本图书馆CIP数据核字(2016)第172496号

出 版 人：肖延兵
责任编辑：李　谓　李加联　杜小烨
技术编辑：薛伟民　凌春梅
装帧设计：林露茜

书　　　名　华文文学的言说疆域：袁勇麟选集
　　　　　　HUAWEN WENXUE DE YANSHUO JIANGYU：YUAN YONGLIN XUANJI
出版发行　花城出版社
　　　　　　（广州市环市东路水荫路11号）
经　　销　全国新华书店
印　　刷　北京一鑫印务有限责任公司
　　　　　　（北京市顺义区北务镇政府西200米）
开　　本　787毫米×1092毫米　16开
印　　张　8.5　1插页
字　　数　255,000字
版　　次　2016年8月第1版　2021年7月第2次印刷
定　　价　45.00元

如发现印装质量问题，请直接与印刷厂联系调换。
购书热线：020－37604658　37602954
花城出版社网站：http://www.fcph.com.cn

《世界华文文学研究文库》第 3 辑编委会

主　编　王列耀
编　委　张　炯　　饶芃子　　陆士清　　陈公仲
　　　　刘登翰　　杨匡汉　　王列耀　　方　忠
　　　　刘　俊　　朱双一　　许翼心　　赵稀方
　　　　曹惠民　　黄万华　　黎湘萍　　詹秀敏

出版说明

　　有海水的地方就有华人，有华人的地方就有中华文化的流播，也就伴随有华文文学在世界各地绽放奇葩，并由此构成一道趋异与共生的独特风景线。当今世界，中华文化对全球的影响力不断扩大，无疑为我们寻找华文文学创作与研究的世界性坐标，提供了有利的条件和新的机遇。

　　改革开放三十多年来，中国大陆华文文学研究界的老中青学人，回应历经沧桑的世界华文文学创作，孜孜矻矻地进行了由浅入深、由少到多的观察与探悉，取得了相当丰硕的研究成果。为了汇集这一学科领域的创获，为了增进世界格局中中华文化和不同文化之间的交流与对话，为了加强以汉语为载体的华文文学在世界文坛的地位，也为了给予持续发展中的世界华文文学以学理与学术的有力支持，中国世界华文文学学会与花城出版社联手合作，决定编辑出版"世界华文文学研究文库"。

　　这套"文库"，计划用大约五年的时间出版约 50 种系列图书。

　　"文库"拟分为四个系列：自选集系列、编选集系列、优秀专著系列，博士论文系列。分辑出版，每辑推出 8 至 10 种。其中包括：自选集——当代著名学者选集，入选学者的代表作；编选集——已故学人的精选集，由编委会整理集纳其主要研究成果辑录成册；优秀专著——世界华文文学研究领域的最新学术专著，由编委会评选推出；博士论文——世界华文文学研究的博士论文，由编委会遴选胜出。

"世界华文文学研究文库"将以系统性、权威性的编选形式，成就华文文学研究领域的大典。其意义，一是展示中国世界华文文学研究的整体性学术成果；二是抢救已故学人的研究力作；三是弥补此一研究领域的空缺，以新视界做出新的开拓；四是凸显典藏性，有较高的历史价值与人文价值。

"文库"在编辑过程中，参考并选用了前贤及今人的不少研究成果，在此谨向众多方家深表谢忱。由于时间仓促，遗珠之憾和疏漏错差定然不免，尚祈广大读者多加赐教。

花城出版社

2012 年 10 月

目　录

另一种风景——我和华文文学（代序）　　1

第一辑

关于世界华文文学史料学的再思考　　3

《文讯》：史料保存与历史建构　　19

台湾文学馆：资料典藏与文学推广　　31

《香港文学》的史料建设　　41

言说的疆域

　　——浅谈大陆学者所撰台湾文学史的理论视野　　61

张爱玲研究的趋势与可能

　　——以新世纪第一个十年研究生学位论文为例　　75

一个不容忽视的文学谱系

　　——世界华文文学中的旧体诗词　　88

第二辑

当代汉语散文的人文背景　　113

盘旋的魅影

　　——试论马华散文中的鬼魅意象　　123

香港散文研究二题　*138*

20 世纪香港新诗与外国文学关系浅探　*151*

低回的魅影

　　——浅谈张爱玲影响下的台湾女作家"鬼话"创作　*164*

吴鲁芹的散文世界　*178*

历史之书　智慧之书

　　——论王鼎钧回忆录四部曲　*196*

朵拉研究二题　*218*

冷酷的世情与隐喻的爱情

　　——评陶然的自选集《没有帆的船》　*234*

龙鳞风雨老波澜

　　——论秦岭雪《石桥品汇》　*243*

袁勇麟学术年表　*255*

另一种风景

——我和华文文学（代序）

我们一般所称的"华文文学"，是指台湾、香港、澳门作家，以及旅居世界各国的华人作家用汉语创作的文学作品。与华文文学的渊源从何时结下的，似乎连我自己都说不清楚。有时一个人凝视着满橱满架的华文书籍，有一种莫名的安定和亲近，好像感觉到如散文家钟怡雯所说的"与书神游"的状态："我通过文字开启深邃宽广的知识世界，同时释放囚在坛子里的书魂。"我能感受到藏在这些华文书籍中的魂魄精灵，那些浮游的心灵，孤独或者喧闹，平静或者焦虑，近在咫尺的呢喃低语，嘈嘈切切的此起彼伏，有种温暖和充实的满足。华文文学研究一直处于文学学科中的边缘位置，这样的身份确实具有某种地域对应关系，身处宏伟的国家民族叙事之外，它似乎更关注具体的生存状态，尤其是一种边缘化的生存状态，也因此，它一直不被纳入主流视野，即使在当今学术界和社会舆论多方提倡的环境下，华文文学研究也还没有享受到充分的观照。但是，空白从某种意义上说也意味着广阔，具有一种更开放更自由的状态，因此，多年来，我始终坚守着这片土地，有一种执着的信念支持着我的守望：那就是出于对华文文学的挚爱深情。

和华文文学的缘分是在不经意间滋生的，然后理所当然地生长、蔓延。当我回首往事，竟然发现走过的每一步都那么巧合，又那么必然，似乎是命定的归宿。其实一开始从事学术研究，我接触的并非华文文学，而是现当代文学作家作品。尤其是散文那种凸显自由心性、传达主观体验的文类特征和从容自如、潇洒流利的文体特点，深深吸引着我，以至于我对散文研究情有独钟。也许是对个体精神和生命体验真实态度的偏爱，我逐渐将目光转移到华文文学上。我现在还记得初次阅读白先勇作品时那种强烈的震撼，其时正是20世纪80年代初期，我所接受的教育还较为传统，白先勇那种吸收外国现代文学的写作技巧，融合中国传统的表现方式，以及描写新旧交替时代人物的故事和生活，富于历史兴衰和人世沧桑感的写作深度都打动了我。我似乎意识到，也许一片丰盛肥沃的土地就在不远的地方。紧随其后，便是陈映真、余光中、琦君、张秀亚、陈若曦、李昂、张晓风、席慕蓉、柏杨、李敖、龙应台、钟怡雯等台湾作家，以及金庸、梁羽生、小思、也斯、西西、陶然、蔡澜、董桥、梁锡华、金耀基、陶杰等香港作家，名单是开列不尽的。华文文学有着显卓的成就，有着频繁的文学步伐，前有古人，后有来者，这条文学之途从未荒芜过，因为文人朝圣的心灵未曾干涸，正是这份心灵，一直以来感动着我，在最柔软的心房。

　　长期以来，"华文文学"这个词语总是受到人们的质疑和反驳，它是指海外华人以华文写作的文学作品，还是指海外的华人创作的文学作品？如果是指前者，那么台湾日据时期，许多作家如吕赫若等人被迫用日文写作的文学作品是否能被列为观察对象？如果是指后者，那么不少美籍华裔作家写的文学作品，是否也能被纳入研究视野？种种复杂纠葛的问题，其实都是因为"海外"身份的"另类"性质。"海外"是一种状态，一种生存状态、生命状态和写作状态。世界各地都有华人的身影，他们有早期因灾荒战乱而离乡背井的艰难探索者，也有后来因求学交流而远涉重洋的孤零漂泊者。他们的故事或许不同，如一曲高低错落、氤氲昂扬的多声部混杂交响乐章，但这其中一定有着一个主旋律，那就是身为华人的烙印———这个深入骨髓的印痕，总在异国他乡落叶纷飞、黄昏幕障徐徐落下的时候，点燃灵魂深处的悸动，于是他们用文字缓缓书写。我很难形容那是一种怎样的刻骨铭心，也许真的如女作家徐晓斌说的"以血代墨"，我只是在阅读的时候，在与那些文字相遇的时刻，感受到自己心灵深处的撞击，一声声，敲打着我，让我不由自主地走进这片迷园，聆听那番心声。

与华文文学相遇，我便知道那会成为我生命的一部分。我不想仅仅满足于阅读欣赏，而是希望做出更多有实际意义的建设性工作。除了本身的学术研究之外，我还试图将这块文学版图带入大学课堂中，于是我开设了台港澳暨海外华文文学课程，从本科生的选修课到博硕士研究生的学位课，我一直努力让这片文学天宇纳入更广阔的视野。

记得有学者曾经感慨："文学并非专业所能限制的，它原是精神产品，自然也是精神食粮了。何况台港澳及海外华文文学作品往往包含着更多的艺术信息和滋味，因而更具诱人的魅力。"这正是我心中一直想说而未说的话。华文文学，因为它特殊的身份而具有某种程度上的疏离，于是也可能具有了更自由更任性的文学言说。正是这种言说，为我们提供了另一种风景，这道风景，永远有着独具一格的魅力，在人类的精神天宇烁烁闪光。

第一辑

关于世界华文文学史料学的再思考①

一

回顾中国大陆二十年来世界华文文学研究的历程，虽然取得了一批阶段性的学术成果，但在整个学科的建设中，史料的搜集、整理工作却显得尤为薄弱。从 1982 年在暨南大学召开的首届台湾香港文学学术讨论会开始，史料问题一直是大家关注的焦点。香港作家梅子当年就说过："首届讨论会突出表明，目前的资料搜集空白太多。"他认为"作为一个全国性的研究会"的台湾香港文学研究会，应该"千方百计设立资料中心"，"及时向会员提供最新的研究资料是刻不容缓的"②。此后，尽管不少有识之士不停地呼吁和努力，如 1993 年6 月香港岭南学院现代中文文学研究中心与暨南大学中文系联合在广州召开世界华文文学研究机构联席会议，共有大陆 17 个研究机构的

---

① 相关研究文章有《第三只眼看华文文学》（《福建学刊》1998 年第 1期）、《一项刻不容缓的工作——浅谈华文文学研究的资料建设》（《香港作家》2000 年第 6 期）、《一个宏大的系统工程——世界华文文学史料学管窥》（《世界华文文学论坛》2002 年第 1 期、《华文文学》2002 年第 2 期）、《世界华文文学史料学的回顾与展望》（《甘肃社会科学》2003 年第 1 期）、《创建世界华文文学史料学的思考》（《世界华文文学研究》第一辑）等。

② 梅子：《参加首届台港文学学术讨论会的印象与建议》，载《台湾香港文学论文选》，福建人民出版社 1983 年版，第 265 页。

25 位代表和台港 3 个学术机构的 4 位代表参加。与会代表一致认为，世界华文文学的蓬勃发展给我们的研究工作带来了新机遇与新气象，但由于资料的缺乏，更有厚度、深度的成果还不多，"今后应加强联系、互相沟通研究信息，还要重视资料的收集和积累"①。但是，史料学的建设仍不尽如人意。直到最近一次 2000 年于汕头大学召开的第十一届世界华文文学国际研讨会上，仍有人提出，应该"加强有关资料（如华文作家、评论家小传、作品、评论集等）的收集、整理及交流交换，逐步建立共同的资料库"②。

如果我们不是把文学史料学仅仅当成是拾遗补阙、剪刀加糨糊之类的简单劳动，而承认它是一项宏大而复杂的系统工程，是文学史研究的前提和基础，在世界华文文学研究的学科建设中占有举足轻重的地位，那么，与中国古代文学研究、现代文学研究，甚至当代文学研究相比，我们就不得不承认，迄今为止，世界华文文学史料学的建设，还存在许多空白和不足。就以中国现代文学研究为例，自 1979 年中国社会科学院文学研究所现代文学研究室发起编纂《中国现代文学史资料汇编》这一庞大工程以来，全国共有七十多所高校和科研机构的数百名专家参加编选了"中国现代文学运动、论争、社团资料丛书"（30 卷）、"中国现代作家研究资料丛书"（近 150 卷）以及《中国现代文学总书目》等大型工具书。此外，还出版了大量有组织有计划的"史料汇编""文艺丛书""文学大系"和"作家全集"，如《1923—1983 年鲁迅研究学术论著资料汇编》《上海"孤岛"时期文学资料丛书》《抗战时期桂林文化运动史料丛书》《抗战文艺丛书》《上海抗战时期文学丛书》《延安文艺丛书》《中国新文学大系》《中国新文艺大系》《世界反法西斯文学书系》《郭沫若全集》

---

① 黄耀华：《研究海外华文文学的视角和方法》，《华文文学》1994 年第 2 期。

② 朱嫦清：《同心协力，为世界华文文学的发展建功立业》，载《期望超越》，花城出版社 2000 年版，第 37－38 页。

《茅盾全集》《巴金全集》等等①。正是这些文学史料系统的搜集、整理，不仅大大促进了中国现代文学史料学的建设，而且更积极地推动了中国现代文学研究的进一步深入。

在台港和海外，已有一些先行者着手从事世界华文文学史料学的建设工作，而且，在他们那里，"史料与史识，文学资料与文学理解，相辅相成"②。众所周知，早期的海外华文文学主要是依赖于华文报刊而存在的。由于搜集不易，长期以来未能引起研究者的注意。新加坡文学史家方修于20世纪50年代末期，利用莱佛士博物馆捐赠一批战前的报纸合订本给新加坡大学图书馆的机会，花了整整一年时间，抄了百几十本练习簿，拍了整千张照片。后来，他利用这些资料，编写了三卷本的《马华新文学史稿》。并在这些资料的基础上，编辑出版了十大卷的《马华新文学大系》，完成了"马华文化建设的一个浩大工程"③，使原本默默无闻的马华文学，一下子受到世界华文文学研究界的关注。又如被柳苏誉为"香港新文学史的拓荒人"的香港中文大学卢玮銮教授，数十年来致力于文学史料的搜集、整理工作。她利用十年时间，整理出1937年至1950年间约三百位在港中国文化人的资料，以及《立报·言林》《星岛日报·星座》《大公报·文艺》的目录、索引。正如她自己所指出的："这些原始资料的整理，可为将来香港文学史的编纂提供方便，也直接帮助厘清了许多错误观念。""香港文学史料一天不较全面公开及整理，香港文学研究就极易犯以讹传讹的毛病，距离事实真相愈远。因此，整理原始资料，是

---

① 樊骏：《关于中国现代文学史料工作的总体考察》，载《论中国现代文学研究》，上海文艺出版社1992年版，第221－224页。

② 黄继持：《关于"为香港文学写史"引起的随想》，载《追迹香港文学》，香港牛津大学出版社1998年版，第90页。

③ 杜丽秋：《海外华文文学研究的回顾与展望》，《华文文学》1990年第2期。

急不容缓的步骤。"① 20世纪90年代以来，卢玮銮教授还与郑树森、黄继持教授合作，选编出版了"香港文化研究丛书"——包括《香港文学大事年表（1948—1969）》《香港文学资料册（1948—1969）》《香港小说选（1948—1969）》《香港散文选（1948—1969）》和《香港新诗选（1948—1969）》五册、《早期香港新文学资料选》《早期香港新文学作品选》《国共内战时期香港文学资料选》《国共内战时期香港文学作品选》等。这些珍贵资料的汇编出版，填补了香港文学史料上的一些空白，其意义自然非同寻常。

其实，大陆学人和研究机构也有不少相当重视世界华文文学史料的搜集整理工作。汕头大学《华文文学》杂志自1988年第1期不定期开辟"文学史料"专栏以来，先后刊出了新加坡林文锦的《南洋为何没有伟大作品产生——回忆战前新马文坛的一次文艺论争》、陈春路和陈小民的《泰国华文文学史料》、泰国李少儒的《"五四"爆开的火花——泰华新诗发展简史》、陈贤茂的《新马华文文学发展概况》、晓刚的《台湾新诗研究资料索引》、菲律宾王礼溥的《菲华文艺六十年》、马来西亚孟沙的《马来西亚华文作家协会开展文运十八年始末记》等文章。而且，大陆学者从事这项工作也有自己的优势，卢玮銮教授就曾说过："我能看到的只限香港大学及中文大学所藏的有限书刊。据所知，内地各大图书馆同样藏有这些书刊，甚至比香港两家大学更完备，例如国内就有《循环日报》《珠江日报》。假如国内研究者能在这方面用力，所掌握的第一手资料必然比我丰富。"② 厦门大学朱双一研究员一贯擅长世界华文文学史料的搜集、整理工作，他曾在寻找余光中、王梦鸥、姚一苇等人早年作品方面，取得许多重要收获，获得一批珍贵史料。尤其是他抢救性地发掘出姚一苇一

---

① 卢玮銮：《香港文学研究的几个问题》，载《追迹香港文学》，香港牛津大学出版社1998年版，第69－70页。

② 卢玮銮：《香港文学研究的几个问题》，载《追迹香港文学》，香港牛津大学出版社1998年版，第73页。

些鲜为人知的作品，避免了遗珠之憾。对于史料搜集工作，朱双一研究员深有体会地说：

> 在这类史料探寻过程中，与被陈映真誉为"暗夜中的掌灯者"的已故姚一苇先生及其夫人李应强女士的交往，令我印象深刻，终生难忘。1997年初，我应台湾联合报系文化基金会邀请，赴台短期学术研究。当时我有个萦绕心头已久的疑问：姚一苇先生读的是银行系，后来在文学上却有如此巨大的成就，在早年必定已有所积累和试炼。尽管我查找了几年，还未见一丝线索，但这几乎已经成为我的一种信念。与他联系后，我开门见山地询问这个问题，得到的是肯定的回答。姚先生并将他早年的笔名（姚宇、袁三愆等）和发表作品的报刊（永安《改进》杂志、浙江《东南日报》、桂林《救亡日报》等）以及与施蛰存先生密切的师生关系等，告诉了我。回到厦门，我在1943年的《改进》上找到了署名姚宇的小说，随即寄给姚先生。很快地，姚先生回了一封信，信中说：收到那篇小说，勾起了旧日的种种回忆，于是翻箱倒柜，竟然找出了当年的一些作品，复印了寄来；年轻时的作品不少，其实可以出一本很大的书，只是到了台湾后，极少向人提起当年的事。这些创作也就到了几乎无人知晓的地步。
>
> 差不多就在我收到这封信的时候，一件令人震愕和悲伤的事发生了：姚先生因心脏病发作，于4月11日与世长辞。痛惜之际，看看那封信，写于3月22日，仅在20天前。这使我有一种从时间的虎口中夺出一些无价之宝的感觉。6月号《联合文学》的纪念姚先生专辑，重刊了姚先生4篇早年小说及散文作品等。试想如再迟一步，这些作品或许就将永远湮没无闻，那么是多么的可惜！

从朱双一研究员发掘史料的工作中，可以看出世界华文文学史料建设的重要性和紧迫感。这项工作的意义，正如黎湘萍研究员在为

《中国文学年鉴 1995—1996》撰写《大陆的台湾文学研究综述》时所指出的：作为史学研究基础的史料发掘和甄别，"展示了一种应该学习和提倡的认真研究真正的学术问题的学风，这种学风在这个新兴的学科中，实在太缺乏了"，这类工作"将严肃的史料研究方法引入了这门学科，给它注入了富于生命的学术活力"①。

二

由于世界华文文学资料相对不易搜集，因此，对于已有的材料，研究者也要避免"捡到篮子都是菜"的弊端。南京大学刘俊博士在回顾世界华文文学研究历程时，就曾指出："台港暨海外华文文学这一研究对象的特殊性导致了在对它进行研究的时候首先面临的就是研究资料的匮乏和获取资料的不易这样的问题。时空的阻隔、意识形态的差异、经济实力的悬殊，使得台港暨海外华文文学研究常常因为获取资料的困难而处于一种相当被动的状态，'看菜吃饭，就米下锅'几乎成了早期这一研究领域的普遍现象，随着大陆对外交流的不断扩大以及网络运用的日见普及，这种情形有所改善，但从根本上讲，研究资料的问题仍然构成了这一研究领域的瓶颈——资料的不能充分占有常常会对研究造成伤害，而这种伤害又直接影响到研究成果的品质和诚信度。"②

任何材料，从发掘出来到成为准确可靠的史料，都还有一系列鉴别整理的工作。王瑶先生在谈到中国现代文学研究时，就特别强调应当重视"对史料进行严格的鉴别"。他说，有关一些文艺运动以及文学社团或文艺期刊等方面的文字记载，常常互有出入；特别是一些当

---

① 朱双一：《我和台湾文学研究》，载陈辽主编《我与世界华文文学》，香港昆仑制作公司 2002 年版，第 29－31 页。

② 刘俊：《从研究白先勇开始……》，载陈辽主编《我与世界华文文学》，香港昆仑制作公司 2002 年版，第 297 页。

事人后来写的回忆性质的东西，由于年代久远或其他原因，彼此间常有互相抵牾的地方，"这就需要经过一番考证审核的功夫，而不能贸然地加以采用"①。他的这一番话对于世界华文文学研究也有借鉴意义。

被学界公认"为学精细，长于考证"的汪毅夫研究员，在这方面取得了突出的成就。他在总结自己的治学心得时说过："我从文献、也从口碑，从馆藏、也从民间收藏的文献收集史料，并以冷静的态度辨别、鉴定，发现了颇多似不起眼而很可说明问题的史料。我还收集一批实物和图片，亦常于冷僻处发现其史料价值。"② 他在《〈后苏龛合集〉札记》一文中，对台湾近代作家施士洁及其文学活动详加考证，得出不少令人耳目一新的结论。如他亲到施士洁祖籍地——福建省石狮市永宁乡西岑村调查，访得《温陵岑江施氏族谱》，查看施氏故宅、《岑江施氏重修家庙碑》、墓葬，并收集施氏后人口碑，据此订正了志乘中的错误，认为"施氏生年应是 1856 年而不是有关史志通常所记的 1855 年"。又如关于台湾牡丹诗社的创立年份，传统上有 1891、1892 和 1895 年三种说法。汪毅夫通过对牡丹诗社当事人施士洁和林鹤年诗文加以考证，令人信服地推衍出"牡丹诗社应创于 1893 年正月"的结论。汪毅夫的研究生导师、现代文学史家俞元桂教授十分赞赏他在学界越来越多大而无当的骄躁空疏之论的情况下，愿意下功夫进行精细扎实的研究。俞元桂先生在为汪毅夫的《台湾近代文学丛稿》一书作序时指出："从事文学史教学和研究的人，无不重视史料的搜集和考订，因为这是构筑文学史殿堂的基石。不留意翔实的史料而热心于凭主观见解编排未经审核的史实，其法实不足取。毅夫深知这一道理，所以他对台湾近代文学的研究还是一仍

① 王瑶：《关于现代文学研究工作的随想》，载《王瑶文集》第 5 卷，北岳文艺出版社 1995 年版，第 18 - 19 页。

② 汪毅夫：《炽热的情感与冷静的态度》，载陈辽主编《我与世界华文文学》，香港昆仑制作公司 2002 年版，第 19 页。

其旧。首先在作家、作品、社团及文化背景方面进行史实考订与整理，在这基础上再尝试作史的编述。鲁迅在《近代世界短篇小说集·小引》里说：'……譬如身入大伽蓝中，但见全体非常宏丽，眩人眼睛，令观者心神飞越，而细看一雕栏一画础，虽然细小，所得却更为分明，再以此推及全体，感受遂愈加切实，因此那些终于为人所注重了。'鲁迅翁的话十分透彻地道出了'细看一雕栏一画础'的意义，毅夫所做的正是这一类切实的工作。"①

我在撰写《20世纪中国杂文史》（当代部分）时，为了扩大学术视野，有意把台港杂文也纳入当代中国杂文研究的整体格局中。在检索国内台港杂文研究资料时，我特意查阅了这一学科较权威的一本学术研究指南。但是，在少得可怜的有关杂文的信息中，我还是发现了编著者对史料未能进行"严格地鉴别"，导致了以讹传讹。如书中介绍到台湾杂文家柏杨时，用了一段富有诗情画意的文字来解释"柏杨"这一笔名的由来：

> 据介绍，河南多柏树，亦多杨树。柏树冰雪长青，可于世千年；白杨挺立深山幽谷，风中哗哗作响，颇动人心魄。这是他名字的由来，更是他性格的写照。②

这段文字美则美矣，但离事实太远。我们只要看看柏杨有关的自述文字，就知道该笔名来自于20世纪50年代他横贯台湾中部公路之旅所经过的一个原住民村落——古柏杨。那么上述望文生义的文字从何而来呢？原来，它的始作俑者是河南旅美记者李成，他在一篇介绍柏杨的文章中曾这么写道：

---

① 俞元桂：《序》，载《台湾近代文学丛稿》，海峡文艺出版社1990年版，第1页。

② 王剑丛等编著：《台湾香港文学研究述论》，天津教育出版社1991年版，第214页。

河南多柏树，也多杨树。柏树有鳞鳞的叶子，龟裂深褐的皮色，冰雪长青，树龄可达千年。白杨挺立在深山幽谷之中，风来时哗哗作响，动人心魄。这是柏杨的性格，也是他名字的由来。①

　　如果说上面这个例子对学术研究无大碍，情有可原的话，那么，新近我在翻阅两本大陆学者所著的当代散文研究专著时所发现的错误，则是不能原谅的。一本专著在《隔岸之花——台港女性散文透视》这一节里，有以下一段论述：

　　台港当代文学在发展历程中，有一个非常显著的特征，就是女性文学的奋起和勃兴，出现一批很有影响的女性作家，她们作品的量和质都令人刮目相看，为之震惊。如台湾的苏伟贞、阮秀莉、季季、凌拂、李昂、龙应台、胡台丽、廖玉蕙、琼瑶、张秀亚、席慕蓉、三毛、简媜等，香港的施叔青、陶然、张凤仪、小思、亦舒等，才情勃发，感情丰富，成就斐然。②

　　我们姑且不论文中所列举的作家是否都具有代表性（如香港似乎就不应该遗漏西西），"张凤仪"恐为"梁凤仪"之笔误，仅从把陶然先生强行纳入巾帼之列，确实让人啼笑皆非。而另一本专著在谈到 20 世纪 80 年代以来大陆形成的女作家群体显示了强大的阵容和创作实绩后，紧接着写道："而台湾作家张晓风、梁凤仪、龙应台、三毛等作品又使女性文学增加了更丰富的内容。"③ 这下子更干脆了，

_____

①　李成：《十年铁窗三部书——台湾作家柏杨印象记》，《华文文学》1985 年试刊号。

②　李华珍：《中国新时期女性散文研究》，安徽大学出版社 1996 年版，第 90 页。

③　李晓虹：《中国当代散文审美建构》，海天出版社 1997 年版，第 175 页。

索性把梁凤仪划归到台湾作家之列。我孤陋寡闻，充栋宇、汗牛马的书刊委实看不过来，只好弱水三千，取饮一瓢。可就在这少数过眼的图书中，竟然发现如此浅层次的错误。不知这两本书所犯的错误是否具有代表性，它们出版于 90 年代中期，出现这样的纰漏实属不该。这已经不是早期资料匮乏带来的问题，相信只要稍稍关心一下台港文学的人，或者查阅一下目前并不难找到的有关文学史著作或作家辞典，就不至于出现张冠李戴的现象。

由此可以看出，搜集资料只是史料工作的第一步，随后还有众多繁重的任务，比如史料的考证，比如版本的鉴别，比如笔名的辨认，等等。就以笔名的辨认为例，它本身其实也是一项非常复杂的工作。香港学者杨国雄在整理香港早期的文学资料时，从 1936 年 8 月 18 日、25 日和 9 月 15 日的香港《工商日报》"文艺周刊"上，发现一篇署名"贝茜"的文章《香港新文坛的演进与展望》，这篇文章虽然不完整，但对于了解香港早期新文艺的发展，具有相当重要的作用。但"贝茜"是谁，却一时无法知道。因此，杨国雄感叹道："研究现代文学史的人往往发现路途崎岖，辨别笔名是一个很大的难题，其他如作家们的错综复杂的关系，或某一件史事的商榷，都是要花很大力量来解决。大多数研究现代文学史都不是当时的个中人，做起研究功夫来，常有产生'隔'的感觉，而当时身历其境的作家，又因岁月悠久，缺乏文字资料的支持，所忆述的事情亦可能有遗误。"① 卢玮銮教授在整理选编国共内战时期（1945—1949）香港的文学资料时，也碰到许多类似的困难，"作者的笔名众多"，她说，"这时候可能因为政治关系，也可能因为一个人写很多文章，不方便用同一个名字发表，所以一版之内的不同名字，可能是出自同一个人之手。有些甚至连作者自己也忘记了，例如：端木蕻良曾用过很多笔名，他在晚年忽

---

　① 杨国雄：《一点说明》，《香港文学》1986 年 1 月总第 13 期。

然想起，才告诉我们"①。

三

现代文学史家黄修己教授认为："一个发展健全的学科，应该在基础、主体、上层建筑三个层次的建设上，都达到一定的水平。"而"基础层次"即史料，他指出："有了丰富、完整的史料，学术研究才有坚实的根基。"② 研究台港澳及海外华文文学，毕竟不如研究大陆当代文学那么直接便利，突出存在的一个问题便是资料的欠缺。由于长期的隔绝，加上台港澳及海外华文文学卷帙浩繁，给研究工作带来相当大的难度。再加上渠道的不通畅，许多华文文学资料不是收藏在各大图书馆里，而是天女散花般流落在民间个人手上，没有产生应有的效益。而一些资料的"垄断者"又秘不外传，没有把资料当成"天下公器"，"全面公开"，"让更多研究者从不同角度写成公允的评价或理论"③，更给这个学科的发展带来了负面的影响。如福建社科院张默芸女士在谈到世界华文文学研究中的酸甜苦辣和心得体会时，以自己的亲身经历为例："首先是找资料难。我没有台港及海外朋友，要弄到台港暨海外华文作家的作品比登天还难。我出差北京，原想从北京图书馆复印些资料，可他们没有。……几年后一北京好友来信，说中国社会科学院文学所台港室有许多资料，且用这些资料的也是武（汉）大（学）学子。我想从老同学处借书十拿九稳，于是又

① 郑树森、黄继持、卢玮銮：《国共内战时期（1945—1949）香港文学资料三人谈》，载《国共内战时期香港文学资料选》，香港天地图书有限公司1999年版，第5页。

② 黄修己：《告别史前期，走出卅二年——中国现代文学学科发展的思考》，载《艺文述林2－现代文学卷》，上海文艺出版社1997年版，第1－2页。

③ 卢玮銮：《香港文学研究的几个问题》，载《追迹香港文学》，香港牛津大学出版社1998年版，第74页。

一次北上。我找到了他，他说他忙，要我自己查卡片借书。我查了近一上午卡片，好不容易找到十多本我可复印的书，资料员说这些书早被我那同学借走，我忙奔台港室，同室的人说我同学已回家吃饭了，我问了地址，赶往他家，他竟然说没那些书。我惊呆了。老天！他连老同学都不肯借书！他后来用他霸占的书出不少成果。但我不羡慕他。"① 因此，香港作家梅子在 1985 年指出："假如有更多的研究者，将自己拥有的资料无私地拿出来公开交流，我们就完全可以期待不久之后，在这一领域里，国内会有更新的突破。起码，有关的推介和研究，将可能永远摆脱'抓到什么，就钻什么'的塞局，走上有计划、有系统、有'点'也有'面'的坦途。"②

为了避免出现"资料垄断"的现象，让史料发挥最大效应，内地、台港澳及海外学人应该联合起来，共同建立一个完备的世界华文文学资料库。

在香港，自 20 世纪 80 年代以来，香港中文大学中文系一直致力于香港文学资料的整理和研究工作。卢玮銮教授并且慷慨捐赠个人的剪报、目录，于 1999 年促成藏有丰富香港文学研究资料的香港中文大学图书馆建立"香港文学资料库"。这是目前为止第一个系统化的香港文学资料网，收有资料 6 万条，包括 16 种香港报章文艺副刊作品、40 种香港文学期刊索引和 6000 本著作。"香港文学资料库"除基本检索功能外，还提供部分文艺副刊和期刊的全文影像。2001 年 7 月，香港中文大学中文系更是成立了"香港文学研究中心"，卢玮銮教授担任中心主任及召集人，成员包括中文系邓仕梁教授、杨钟基教授、何杏枫教授，人文学科研究所王宏志教授，中文大学图书馆马辉

---

① 张默芸：《我爱世界华文文学》，载陈辽主编《我与世界华文文学》，香港昆仑制作公司 2002 年版，第 47—48 页。

② 梅子：《建起一座桥梁：散放温暖的鼓励——序梁若梅选编的〈一夜乡心五处同〉》，载《香港文学识小》，香港香江出版有限公司 1996 年版，第 327 页。

洪先生等。该中心主要工作是将日渐散佚的香港文学资料，做系统性整理和研究，并制定了长短期工作目标：

短期目标
1. 将散见于校内各处的香港文学资料做系统性分类、编目和分析
2. 整理其他大专院校和分散全港的相关资料
3. 整理旧报刊及剪存新刊资料
4. 定期出版研究通讯及刊物
5. 将编整所得的资料上网或制成目录索引
6. 举办不定期的小型活动，例如讲座或展览
长远发展方向
1. 与海内外其他机构合作，拓展资料整理和研究领域
2. 申请校外研究经费，以期获得更多资源，开展更具规模的研究计划
3. 进行专题研究、编整教材及史料订正工作

另外，刘以鬯先生在 1999 年 7 月 8 日第三届香港文学节研讨会的演讲中，也敦促香港艺展局应该资助以下几项工作：（一）编印《香港文学大系》或《香港新文学大系》；（二）编印《香港文学丛书》，重印已绝版的重要作品；（三）建立"香港现代文学馆"；（四）成立"香港文学翻译中心"，将香港的优秀文学作品译成外文；（五）编纂香港文学年度选集；等等。①

在台湾，几十年来有关筹设文艺资料中心的呼吁一直就没有停止过。1992 年 9 月《文讯》杂志曾策划组织"现代文学资料馆纸上公听会"专辑，吴兴文、林景渊、林庆彰、秦贤次、张默、张锦郎、杨文雄、郑明娳、隐地、龚鹏程等十位专家，就"我心目中理想的现代文学资料馆"各自发表了意见。其中，林庆彰先生更是具体提出了"现代文学资料馆"的四个功能：（一）搜集现代文学图书和期刊。

---

① 刘以鬯：《香港文学的市场空间》，载《第三届香港文学节研讨会讲稿汇编》，香港临时市政局公共图书馆 1999 年版，第 105 页。

广义的文学资料，除作家的作品外，也应包括作家传记、手稿、日记等书面资料和后人的批评论著。甚至影响作家成长、塑造作家风格的相关著作，皆应包括在内。这些资料，就大陆方面来说，有20世纪30年代的资料，也有当代大陆作家的作品；就台湾来说，有日据时代的资料，也有当代台湾作家的作品，资料搜集的方法和困难度不一，但绝不可自限格局，有所偏枯。（二）搜集与现代文学相关的文物资料。这一部分包括文学活动的照片，作家个人的照片，作家使用过的文具、笔墨、印章和作家平时嗜好搜集的文物资料。这一类的资料，不但反映作家生活的部分风貌，也可以说是活的文学历史的反映。（三）整理、编辑现代文学资料。除把现代文学资料馆规划为一典藏图书、文物，供人参观利用的机构外，也应有整理、编辑文学资料的部门，这部门可整理出版作家的全集、选集，也可借所搜集的资料编辑各种工具书，如作家年谱、作家著作目录、作家作品评论索引、文学辞典等。（四）规划文学活动的场所。为推广现代文学活动，此一文学资料馆也应设有召开文学学术会议、演讲的场所，甚至还应有可开班授课的教室，使这一文学资料馆，不但是静态的典藏资料的场所，也是兼有编辑、出版、开会、演讲、上课等多功能的现代文学活动中心。① 台湾"文建会"也在1993年9月7日召开"现代文学资料馆"第一次规划小组会议，宣布初步的规划及发展目标是：（一）现代文学资料馆将担负收集、整理、典藏、展览文学史料及作品的功能；（二）建立本土化现代作家档案；（三）提供从事现代文学研究工作者相关资讯；（四）规划推动有关现代文学的翻译、编辑及出版工作；（五）结合文学团体及研究机关教学出版；（六）建立文学资讯，增进国际交流合作。②

---

① 林庆彰：《期盼早日设立多功能的文学资料馆》，《文讯》1992年9月革新第44期。

② 陈信元主编：《台湾地区文坛大事纪要（1992年—1995年）》，台湾"行政院文化建设委员会"1999年版，第155－156页。

1998 年，台湾世新大学"基于文史资料保存及华文文学推广之实际需要"，成立了"世界华文文学资料典藏中心"。据世新大学中文系主任王琼玲博士介绍：总计划由该校人文社会学院院长黄启方教授主持；第一子计划"世界华文文学资料库与网站之建置"，由该校图书馆赖鼎铭馆长负责整理规划所有资料，由图书资料管理学系庄道明主任规划国际网路；第二子计划"东南亚地区华文文学资料搜集"，由该校英文系主任陈鹏翔教授主持，协同主持人为钟怡雯和陈大为；第三子计划"美加地区华文文学资料搜集"，由该校中文系廖玉蕙博士主持；第四子计划"大陆地区华文文学研究资料搜集"，由王琼玲博士主持。目前，中心已收藏有台湾"世界华文作家协会"捐赠的该会所有档案、图书及作品，还希望借此扩大搜集全世界其他华文文学组织的档案、资料、私人收藏的著作及作家作品，成为台湾乃至全世界收集海外华文文学资料最完备的中心。①

在大陆，2001 年 10 月于福建省武夷山市举行的"第二届世界华文文学中青年学者论坛"上，汕头大学《华文文学》吴奕锜主编通报了汕头大学将要建立世界华文文学网站这一信息，表示今后不仅《华文文学》杂志上网，各种相关资料信息也上网，以赋予世界华文文学研究新的活力。2002 年 5 月 29 日于广州暨南大学举行的中国世界华文文学学会第一届理事会第二次会议上，饶芃子会长就史料建设工作做了部署，初步拟议在福州和厦门建成台湾文学资料中心，在广州建成港澳文学资料中心，在汕头建成海外华文文学资料中心。在此基础上，有组织有计划地着手编辑有关的文学总书目、文学期刊目录、报纸文学副刊目录、文学活动大事记、作家辞典、研究论文索引等一系列工具书，有选择有侧重地选编出版台港澳暨海外华文文学丛书，包括各国、各地区作品总集、各文体作品选、著名作家文集等。

世界华文文学史料建设将是一项浩大的学术工程，不仅需要大量

---

① 吴颖文：《台湾筹建"世界华文文学典藏中心"》，《世界华文文学论坛》2001 年第 3 期。

的人力、财力，而且更需要"甘坐冷板凳"的奉献精神，需要大陆、台港澳和海外的互动，作家、评论家和史料工作者的互动，研究机构与出版单位的互动，只有这样，才能促成世界华文文学研究的健康发展。

《文讯》：史料保存与历史建构

    中国具有悠久的史料学基础和传统，千百年来，从事文学研究的人，无不注重史料的收集和考订，因为他们深知这是构筑文学史殿堂的基石。正如鲁迅先生在《近代世界短篇小说集·小引》里所说："譬如身入大伽蓝中，但见全体非常宏丽，眩人眼睛，令观者心神飞越，而细看一雕栏一画础，虽然细小，所得却更为分明，再以此推及全体，感受遂愈加切实，因此那些终于为人所注重了。"相对于文学史的"大伽蓝"，史料学具有"一雕栏一画础"的意义。台湾的《文讯》杂志创刊以来，即以"提供艺文资讯，探讨文化现象，整理文学史料，报道作家活动，评论作家作品"为宗旨，尤其是"发掘、收集、保存、整理、出版和传播了现代和当代文学史料"①，"是研究二十年来台湾文学发展历史最完整的资料库"②。

    《文讯》杂志创刊于台湾"戒严令"尚未解除的1983年7月，其间历经了孙起明、李瑞腾、封德屏三位总编辑，进行过办刊方向的调整，从赠阅到征订，从月刊到双月刊再到月刊，从党营到民间资本资助出版，二十余载的风雨飘摇，《文讯》已逐渐成为研究台湾文学最重要的参考期刊之一。《文讯》以文学评论、文学史料、文化评论、文艺人物评介为主，内容包括文艺杂谈、文学评论、书评书介、出版资讯、专题史料、文学人物、文艺动态以及一度发表作品的《文

---

    ① 张锦郎：《中国现代文学史料学的奠基者》，《文讯》总第93期。
    ② 颜昆阳：《踏着台湾文学史的轨迹》，《文讯》总第200期。

讯》副刊，创刊至今 260 多期，注重文学史料收集、整理、保存，重视对文学人物立传，贴近文坛现实，及时报道艺文动态，从过去和当下两个时间向度，对文学史料进行抢救发掘、跟踪报道，它通过专题企划的方式，推出过"抗战文学口述历史专辑""六十年代文学专号""庆祝台湾光复五十周年专题""九十年代台湾文学现象观察""二十世纪台湾文学的回顾与反思"，和"阳光海岸：屏东的艺文环境""美丽净土：台东的艺文环境""卦山春晓：彰化的艺文环境""竹影茶香：南投的艺文环境""稻花千里：云林的艺文环境""天人合欢：澎湖的艺文环境""诸罗风情：嘉义的艺文环境""府城春秋：台南的艺文环境""璀璨莲花：花莲的艺文环境""科技与人文：新竹的艺文环境""栗质天香：苗栗的艺文环境""灼灼桃花：桃园的艺文环境""戏剧故乡：宜兰的艺文环境""三山耸立：高雄的艺文环境""山海之间：台中的艺文环境""雨港乐音：基隆的艺文环境"，以及"现代诗学研究""当代散文专号""电影与文学""戏剧与文学""短篇小说特辑""台湾长篇小说创作者经验谈""通俗文学的省思""台湾科幻文学"等专题，力图阶段性、整体性或区域性、文类性地从多方面多角度勾勒台湾文学的历史轮廓，进而形塑台湾文学乃至中国现当代文学的地图，真正成为它自己宣称的"文化气候的观测站"和"文艺心灵的查号台"。本文试图从文学史料发掘、抢救、整理、保存和跟踪文坛、广泛全位及时反映艺文动态两个方面，揭橥《文讯》参与对于台湾文学和文化的宏大历史建构及其动因。

《文讯》创刊以来，形成了自身鲜明的办刊特色，主要表现为以文学史料保存、整理为主而呈现的深厚的历史意识；以每期专题企划为统摄而呈现出的文学研究的"问题"意识；从文学到文化，从办刊编辑的文学"专志化"向文化"综合化"位移而呈现的切近现实、关怀民生的人文意识；视野开阔，试图建构包含中国大陆、台、港、澳、海外华文文学在内的华文文学整体意识、开放意识、自觉意识（封德屏在 2003 年 11 月号《文讯》的"编辑室报告"《亲近香港文学》一文中就曾指出："多年来，我们持续关心世界华文文学的发展与现况，不仅是出于了解，也是作为借镜。"除了邀请世界各地华文作家学者撰写"全球华文文学通讯"外，《文讯》还不时推出相关专辑，如第6期是"大陆伤痕文学专辑"，第20期是"香港文学特辑"，第24期是"菲律宾华文文学特辑"，第176期是"人间端午：港澳及东南亚新诗社团概览"，第189期是"世界华文文学研究概况"，第195期是"倾听马来西亚"，第199期是"发现澳门文学"，第217期是"香港文学风貌"，第231期是"中国大陆现代文学发展与思潮"，第234期是"犀鸟之乡：砂拉越华文文学"等）；努力参与社会现实，构建"文化公共空间"的责任意识，等等。这些印记鲜明的办刊风格，使《文讯》成为台湾当代文学生态环境和文学—文化期刊格局中独树一帜的榜样。

《文讯》作为文学—文化类期刊的历史意识，主要表现为以下四个方面。

——表现之一：抢救文学史料，传播文化遗产。"文学史料，是历史上有关人类文学活动与各种文学现象的资料。具体而言，包括：文学作品本身，文学理论批评著作，作家传记资料，文学作品的背景性资料，文学社团与流派资料，文学期刊与报纸副刊资料，文坛风尚与文学事件资料，文学形式范畴的资料，等等。"①

随着时光的流逝和作家的凋零，文学史料慢慢散佚。封德屏说，从1983年创刊伊始，《文讯》就"一点一滴地发掘、搜集、保存、整理、出版和传播现代和当代台湾文学史料"，"忠实地记录文坛状况，关心'非主流'的文学人、艺文活动及地方采风，用专栏、专题企划探寻台湾文学发展的特性和脉动；定期举办文学性且具史料意义的活动，做一些今天不做明天就会后悔的地毯式搜寻工作等等"②。

《文讯》许多带有抢救性质的专题策划，就是一趟趟"艰巨却又

---

① 潘树广：《史料学与文学史料学》，《文教资料》1992年第2期。
② 封德屏：《〈文讯〉迈向创刊第24年》，《文讯》总第249期。

充满惊喜的访古之旅"。如在台湾光复 60 周年之际，《文讯》推出"追寻文学记忆：1950—1969 十种文学杂志"专题，介绍那些"比较少人知道，甚至被人遗忘"的《畅流》（1950.2—1991.6）、《自由谈》（1950.4—1987.11）、《西窗小品》（1950.8—1953.11）、《晨光》（1953.3—1957.2）、《新新文艺》（1955.1—1959.6）、《复兴文艺》（1956.12—1959.6）、《笔汇》（革新号，1959.5—1961.11）、《作品》（1960—1963.12，1968.10—1971.5）、《诗·散文·木刻》（1961.7—1963.4）、《草原》（1967.11—1968.6）十种刊物。在半年多的"上山下海搜寻杂志"和"寻找相关的人"的过程中，《文讯》编辑部有欢欣也有遗憾。封德屏回忆道：

> 在几次心惊胆跳的通话过程中，我们仍然访问了目前身体状况极差的《畅流》后期主编陆英育先生；透过越洋电话邀请在美的彭歌先生回忆《自由谈》；《西窗小品》编辑委员之一徐佳士教授，接到我们影印的《西窗小品》，高兴地一口答应为我们写一篇回忆文章；透过龚声涛先生帮忙，找到了《畅流》主编、《晨光》发行人吴恺玄的女儿吴丽婉，吴女士现居美国，她是《晨光》第二任主编，也是一位小说家。她在重感冒中完成了一篇记述父亲主编《畅流》《晨光》始末的文章。而八十高龄的秦家洪先生也亲笔回忆了《新新文艺》。借着《复兴文艺》的追踪，把近一二十年淡出文艺界的叶泥找回现场。拜网路之赐，联络上从未谋面的《复兴文艺》后期主编易苏民先生。尉天骢教授首次用一万多字完整地记录《笔汇》岁月及那个时代文学青年的心声。很遗憾的是好不容易打听到前期《作品》主编章君谷先生的信息，但他已重病在床，不能言语；后期《作品》两个主要编辑冯放民（凤兮）及林适存（南郭）均已逝世，只好转载《联合报》副刊一篇由彭碧玉介绍《作品》的文章。我们也联络上曾离开台湾文坛近二十年的朱啸秋，由他亲口回忆《诗·散文·木刻》的点点滴滴。最具传奇性的应是仅出三期的

《草原》杂志，靠着网路的帮忙，我们找到当年的主编姜渝生，他目前是成大都市计划学系的教授，几个月的沟通、联系，姜教授回首前尘，记录下60年代年轻人追求理想的一段动人故事。①

如果不及时发掘抢救，就会有许多文学史料湮没在茫茫人海中，消失在历史长河里。因此，在《文讯》改版之前的40期，这种为文学立传的历史意识显得尤其明显和峻急，这在其栏目的设置和每期专题的策划中可以看得出来，比如"文宿专访""资深作家""社团介绍""笔墨生涯""书目提要""出版史话"。通过文宿回忆、专访资深作家编辑，试图切近历史，通过文坛亲历者或"文学活化石"来建构文学史，这也是《文讯》一个非常突出的办刊特点。

——表现之二：紧密跟踪文坛动态，形塑文坛当下史识。《文讯》不仅通过固化过去时态来形塑历史，同时也重视和观照正在发生、发展的文学现象，从而打通了历史、现实和未来，将过去和未来两种时间连接起来，这在栏目设置上表现为：逐步加大对文坛动态、出版动态、书评书介的报道介绍，到革新版后，甚至开辟了"艺文月报""书评""人文关怀"等与文艺界结合很紧密的栏目，并加强了时效性，报道及时迅捷。改版成为月刊后，每期的新书评介、出版消息等栏目所推出的都是前一两个月的新书、文坛动态。从传播学角度来看，期刊的时效性当然比不上报纸，但作为出版周期一个月的刊物能如此紧密追踪艺文资讯实属难能可贵，正是通过跟踪记录台湾文坛的动态，《文讯》本身才有可能形塑台湾文学的历史，在芜杂纷繁的文学事件、文学人物报道的表象中，理清文学发展脉络。该刊对文坛、艺文资讯的报道不仅信息量大，内容丰富，而且不显零散琐屑。每期在介绍数以十计与文学有关的新书目时，前面都会有几百字提纲挈领的总结文字，如2007年3月号，杨心怡在《文学花盛开》中写道："在本期所介绍的文学新书中，'性别'与'台湾'成为两大主

---

① 封德屏：《从前，我们的灵魂曾手牵着手》，《文讯》总第240期。

力。其中，书写'性别'议题者又以女性为重——无论是女性作者或是以女性为书写主题。若将'女性'与'台湾'议题结合，或许亦可从这些作品中，观察出'母土'的象征与意象犹在不断地转变与苗壮。成英姝长篇小说《男妲》以跨越性别界限的人物为主角，由联合文学出版社出版；另一部长篇小说是中国大陆女作家虹影所著的《上海魔术师》，由九歌出版社出版；谢鹏雄虽然是位男性作家，但他以女性为书写主题，由九歌出版社推出了他的旧作集结《文学中的女人》；女诗人陈育虹再次以她特有的女性语言风格推出了个人诗集《魅》，宝瓶文化公司出版；在评论部分，台湾有联合文学出版社出版的林芳玫《女神与鬼魅》，香港文学的研究则有大安出版社出版的伍宝珠《书写女性与女性书写：八九十年代香港女性小说研究》。""'台湾'这个切身的庞大议题，在近年来的文学创作与研究中，仍持续发烧中，有更多学者专家投入其中，欲填补仍为空白或尚未开发的部分。例如五南图书出版公司出版的陈建忠《被诅咒的文学：战后初期（1945—1949）台湾文学论集》和黄海《台湾科幻文学薪火录（1956—2005）》都是针对目前在文学研究领域中较不被重视的部分继续深究。另外有两位女性学者在搜集史料上呈现成果，更是相当的珍贵，一部是应凤凰《五〇年代文学出版显影》，另一部是许俊雅《台湾文学家年表六种》，这两部著作都在搜集、整理文学史料上花了相当大的功夫，也提供读者丰富的资讯，皆由台北县政府文化局出版。"台湾学者巫维珍指出，"文学新书"这一专栏的书目提要和内容分析，"具有观察文学书籍出版生态之功能，形成《文讯》重要的文学资料库，具有整理、累积文学史料的意义"①。

台湾作家姜穆把《文讯》与大陆的《新文学史料》比较，认为在内容上前者是"近代现代兼筹并顾"，后者"则以过去历史为主体"，各有所长；不过，同样作为重视文学史料的刊物，《新文学史料》"侧重于过去的回顾与整理"，《文讯》是"既有文学史料的回顾

---

① 巫维珍：《〈文讯〉二〇〇期书评分析》，《文讯》总第200期。

与辨正，同时更重视今天所发生的文艺事件"，因此"更具有前瞻性与发展性"①。确实，《文讯》的专题不仅有"抗战文学口述历史专辑"（第7、8期）、"抗战文学研讨会"（上、中、下，第31、32、33期）、"庆祝台湾光复五十周年专题（一）：台湾前辈作家现况"（第117期）、"庆祝台湾光复五十周年专题（二）：台湾出版的变貌"（第118期）、"庆祝台湾光复五十周年专题（三）：流行歌曲的变调"（第119期）、"庆祝台湾光复五十周年专题（四）：乡土文史工作的回顾与展望"（第120期）、"庆祝台湾光复五十周年专题（五）：文艺展演场所的变迁"（第121期）、"六十年代文学专号"（第13期）、"新诗矽谷：二十世纪台湾文学的回顾与反思（一）"（第166期）、"边界开放：二十世纪台湾文学的回顾与反思（二）"（第167期）、"自我定位：二十世纪台湾文学的回顾与反思（三）"（第168期）、"跳脱传统：二十世纪台湾文学的回顾与反思（四）"（第169期）、"原音重现：二十世纪台湾文学的回顾与反思（五）"（第170期）等对历史的回顾，更有"一九九六·台湾文学界"（第139期）、"跨越界限：台湾文学，一九九七观察之一"（第151期）、"众声喧哗：台湾文学，一九九七观察之二"（第152期）、"变奏交响：台湾文学，一九九七观察之三"（第153期）、"重组记忆：一九九八台湾文学界观察之一"（第163期）、"亲近海洋：一九九八台湾文学界观察之二"（第164期）、"台湾文学新世纪（2000—2004）之一：分体断代史论"（第228期）、"台湾文学新世纪（2000—2004）之二：文学社群"（第229期）、"台湾文学新世纪（2000—2004）之三：文学新世代"（第230期）等对当下文坛的观照。这些专题网罗了众多作家和批评家的文章，提供了许多详尽的文学史料和最新的文情报告，无疑成为《文讯》在台湾期刊竞争激烈的场域中借以吸引文学同行、提升品牌档次、铸造办刊特色的"文化资本"。

——表现之三：关注文坛生态环境，把握整体文化互动。文学要

---

① 姜穆：《文讯·写历史长篇》，《文讯》总第93期。

有历史，就必须通过编纂文学史的方法，将文学规律、发展脉络、文学思潮等用文学史观贯串起来。作为文艺期刊自然不能用这种办法，但是却可以独辟蹊径，《文讯》通过选择、企划、关注、强调某一专题，来融入主事者的文学史观，讨论并建构起"自己"的文学史，建立起期刊自身在文学场的位置。台湾学者徐锦城就认为："《文讯》长期经营专题制作，本身即已自成一部脉络清晰的小型文学史。"①

长期致力于文学史料搜集工作并卓有成效的台湾成功大学应凤凰教授，十分强调"文坛史"在当代文学研究中的重要性，她指出："传统的观念，总以为文学研究以'文本'为第一要务，比较上注重个别作品的研读与考据。现代文学研究，却越来越看重整体性的'文学生态'，更重视大的'文学体制'或'文学与社会'的关系。"② 1989 年 2 月，《文讯》由双月刊改为月刊，内容也做了大幅度调整，将原本的"文学范畴"扩大至"文化层面"，着重在文学问题、文化环境有关现实的探讨。《文讯》专题策划呈现相当的丰富性和多样性，内容以文学为主体，广泛涉及电影、电视、广播、杂志、报纸副刊、出版、教育等当下热门并与文学关系密切的文化研究对象，如"电影与文学"（第 15 期）、"中国近代文艺电影研究"（第 22 期），"电视剧的反省"（第 91 期）、"电视媒体与书香社会"（第 108 期）、"电视的变革与发展"（第 124 期），"文字书写与口语广播"（第 110 期）、"广播的战国时代"（第 123 期），"文学杂志特辑"（第 27 期）、"台湾文学杂志专号"（第 213 期）、"追寻文学记忆：1950—1969 十种文学杂志"（第 240 期），"报纸副刊特辑"及续编（第 21、22 期）、"变革中的报纸副刊"（第 82 期）、"浮世缤纷：报纸的'第二副刊'"（第 190 期）、"报纸副刊专栏"（第 191 期），"中文系新文艺教育的检讨"（第 16 期）、"大学艺文教育的现况"

---

① 徐锦城：《繁花似锦——〈文讯〉专题二〇〇期》，《文讯》总第 200 期。

② 应凤凰：《从林海音到文艺列车》，《文讯》总第 207 期。

（第 85 期）、"我们的高中国文教育"（第 226 期）等，体现了《文讯》办刊朝"大文化"方向的调整，走向"文教、文学、文艺、文化、文明"的新阶段。台湾中正大学江宝钗教授就特别肯定《文讯》对过去文学杂志史料的搜集整理，她认为："文学杂志于现代传播学（communication）里，与报纸、书籍同属平面媒体，系文学传播的重要通路（access）之一，于作家的培养、文学生态的形成，具特殊之地位。""不同于书籍属单一作者，报纸迎合大众，期刊多由同仁兴办，这些成员怀抱着某种确定的文学理念，以致期刊的内容、形式，期刊的命名、装帧、封面、插图的设计，乃至刊稿的选择，几皆洋溢着编刊者的意图（intention），此一意图又相当程度地与时代环境相始相因，形成对话。因而期刊的兴微，隐含着丰富的信息（message），代表着文学环境的气氛，文学发展的生态，是文学史研究的最佳素材。"①

封德屏有感于"台湾第一本出版史，竟然是大陆学者撰写的，因为隔阂，所以错误很多"② 的缘故，策划了"资深人文出版社"系列报道。《文讯》从 2005 年 1 月号开始推出一系列台湾资深人文出版社的报道，包括《要把金针度与人——广文书局的五十年岁月》（231 期）、《出版界最后的本格派——志文出版社》（234 期）、《沧海何处寄萍踪——严一萍先生与艺文印书馆》（235 期）、《以文字光世，以书本启人——迈向半世纪的光启出版社》（236 期）、《六十年的坚持——本地最久的东方出版社》（238 期）、《名山风雨砺志业，书林谁与共令名——台湾学生书局的学术出版》（239 期）、《以青少年为核心——关于幼狮文化事业》（241 期）、《缪思殿堂里的文学活动——访平鑫涛社长谈"皇冠文化集团"的出版事业》（243 期）、《见证历史，阅览寻根——记成文出版社》（246 期）、《文学出版的

①　江宝钗：《与文学传媒结缘——谈台湾新文学期刊的研究》，《文讯》总第 213 期。

②　封德屏：《为台湾出版史略尽绵薄》，《文讯》总第 234 期。

启航者——纯文学出版社》（247 期）、《百花绽放的知识公园——五南文化事业机构》（250 期）、《台湾文史研究的宝库——专访南天书局创办人魏德文先生》（251 期）等，介绍了许多鲜为人知的文坛史料。封德屏指出，开设这一专栏，"企图记录近半个世纪以来，对台湾的文学、学术有重要贡献的资深出版社，将他们的出版特色、成果及经营过程，留下可资借镜的史料"①。如作为一家宗教出版机构，台中时期的光启出版社曾经因为出版女作家张秀亚的作品广受欢迎，与文学结下不解之缘，并且成为当时台湾重要的文学出版社。"因为张秀亚的成功，其他作家如苏雪林便相继在光启出版书籍，其作品《绿天》同样享誉一时，《中国文学史》则是中文系所必读的书籍，而当时光启出版社书籍所使用的仿宋体，更是风靡不少读者。" "之后，张秀亚引荐许多年轻的文学家，在光启出版社出书，光启出版社也挖掘了许多优秀的写作者，包括周增祥、喻丽清、归人、碧竹（林双不）、林文义、林焕彰等，为台湾的文坛注入了一股清泉活水，这些作家都是先在光启出版社出书，后来才在文坛发光发热。"②

又如兴起于 20 世纪 20 年代的嘉义兰记书局由黄茂盛创办，在日据时代以出版中文图书著称，并代理日本及中国大陆等地的图书经销，"在台湾出版史上有独特的位置"，"为岛内读书市场的重要舵手"。江宝钗教授认为："从出版业扩及汉籍流通的社团，到进用图书，兰记以嘉南地区为基地，活动扩及彰、云，并与这几个地区的文人、文人社团与出版界保持相当密切的关系，合纵连横，在嘉义矗起一座文化地标，赢得全岛性的知名度。"③ 由于缺少第一手资料，大陆出版的《台湾出版史》采用台湾《印刷人》杂志上的说法，将兰记图书部成立的时间 1922 年误为 1917 年。2005 年 7 月，黄茂盛的后

---

① 封德屏：《回顾与前瞻》，《文讯》总第 242 期。

② 高永谋：《以文字光世，以书本启人——迈向半世纪的光启出版社》，《文讯》总第 236 期。

③ 江宝钗：《兰记在嘉南地区的活动》，《文讯》总第 255 期。

人将已停业的兰记书局34箱图书资料捐赠给远流出版公司董事长王荣文。2006年3月，王荣文委托《文讯》承办兰记书局史料研究。《文讯》2007年前三期，用了15万字的篇幅连续刊出《记忆里的幽香——嘉义兰记书局史料研究》（上、中、下），结果反响热烈，"有人要买当年的旧书，有人提供兰记散佚的史料信息，我们决定将三次专辑重新编辑，出版一本兰记史料研究论文集，为台湾出版史略尽绵薄"①。

——表现之四：通过文学评论会、座谈会、研讨会来建构文学史。除了通过专题策划、栏目设置有意识地收集、整理刊发文学史料以外，《文讯》还借助召开会议的方式——以这种动态的方式弥补刊发史料这种静态方式之不足——来制造热点，吸引眼球，引发争论，达成共识且构建历史。如："《龙应台评小说》讨论会"（第20期）、"龚鹏程《文学散步》讨论会"（第21期）、"《爱土地的人——黄春明前传》讨论会"（第23期）、"第二届现代诗学研讨会"（第25期）、"台湾地区区域文学会议"（第94期）等，以及从1997年开始每年举办一届的"青年文学会议"。尤其是"为提供初踏台湾文学研究领域的青年学者一个可以切磋、磨炼的舞台"而举办的"青年文学会议"，除前三届事先没有确立主题外，第四届的主题是"90年代台湾文学"，第五届的主题是"跨世纪的挑战——最新世代作家的崛起及其表现主题（1900—2001）"，第六届的主题是"一个独立文本的细部解读"，第七届的主题是"台湾文学的比较研究"，第八届的主题是"文学与社会"，第九届的主题是"异同、影响与转换——文学越界学术研讨会"，第十届的主题是"台湾作家的地理书写与文学体验"，2007年11月将要举办的第十一届的主题是"台湾现当代文学媒介研究"。从1997年11月第一届只发表时为政治大学新闻研究所博士生须文蔚的《X世代的现代诗人与现代诗》、时任唐山出版社丛书主编黄梁的《新世代跃登文坛的管道分析》、时为中央大学中文

---

① 封德屏：《我们是如此地接近》，《文讯》总第257期。

所硕士生吴明益的《初萌之林——台湾大专院校校园文学奖初探》三篇论文，到 2006 年 12 月最近一届广邀海峡两岸台湾文学研究青年学者共同参与，征集到近九十篇论文，经过严格评审，在大会上发表 20 篇，包括大陆 4 篇，香港 1 篇，台湾 15 篇。"青年文学会议"，不仅"对于促进台湾文学的研究，开发和培育这方面的人才，具有不可磨灭的贡献"[①]，"也从'世代'与'典范交替'的位置与视角，非常敏捷地捕捉文学与社会间微妙的互动，透过台湾文学比较研究、文学与社会学术的实践、文学媒材的跨界、台湾作家的地理书写与文学体验等多向度的议题面向，展现出台湾文学研究纷繁的风貌"[②]。通过座谈会、研讨会，聚集了当代台湾文学研究的众多专家、学者、作家以及青年学子，这种座谈会的方式和"文化资本"的聚集以及热心文学的姿态，无疑使得《文讯》在众多的期刊中显得独特，正是通过举办会议，使得编辑深沉的历史意识得以融入其中。

必须指出的是，上述各种办刊理念并不是各自独立的，它们常常纠结在一起，共同蕴含《文讯》编辑部为文学立史的意识，体现出形塑台湾文学地图的不懈追求与努力。

---

① 刘亮雅：《走向更高远的时空——观察青年文学会议》，《文讯》总第 254 期。

② 王钰婷：《与单带蛱蝶一同飞翔的探险旅程》，《文讯》总第 254 期。

台湾文学馆：资料典藏与文学推广

经过周密的筹备，2003 年 10 月 17 日台湾文学馆（筹备处）正式开馆，而这一天正是"台湾文化协会"成立 82 周年纪念日，选它作为开馆的日子，意味着台湾文学历经内部或外部的种种坎坷终于尘埃落定，具有文化再造的传承意义。① 2007 年 8 月 13 日，结束筹备阶段，台湾文学馆奉核改制成立，置馆长、副馆长、秘书及咨询委员会，另设研究典藏组、展示教育组、公共服务组等单位。研究典藏组负责台湾文学研究及译述，台湾文学史料与作家文物的搜集、编辑出版，藏品管理、应用、保存、维护及修复，文学图书资源搜集、管理及读者服务等事项；展示教育组负责各项展览主题及推展教育活动的策划及执行，导览服务的规划及执行，展场与展示器材的维护及管理，岛内外馆际合作等事项；公共服务组负责民众咨询及服务，媒体、公关及对外募款，企划行销及各项宣传，票务、商品开发及委外业务，志工招募及管理等事项。

一、收藏中心

台湾文学馆作为台湾地区最高级别的文学博物馆，其设立不仅对于台湾文学发展的重要性具有标示性的作用，也在台湾文学典藏、研

---

① 丁文玲：《走过遥迢长路之后——台湾文学馆的筹设过程》，《文讯》总第 258 期。

究和教育的机构中，扮演指标性的角色。虽然台湾文学馆以台湾文学为主题，但对于台湾文学的范畴并未设有一个封闭性的界定，从《搜藏管理政策》中的搜集范围，就可以理解这座具有象征性意义的文学馆对于台湾文学范畴的诠释："从早期原住民、荷西、郑辖、清领、日治、民国以来，有关台湾文学作家、作品、史料等文学文物，不论其所在地域、作家国籍、创作主题、使用语言等，在台湾文学发展史上具有一定之价值，能够从各种角度切入呈现台湾文学多元发展面貌者，均在搜藏之列。"

根据上述搜集范围之界定，在时间上，包括："原住民、荷西、郑辖、清领、日治、民国以来"；空间上，不限"地域"，内容上是以"作家、作品、史料等文学文物"为主；而对象则不论"作家国籍、创作主题、使用语言"，只要具有"在台湾文学发展史上具有一定之价值"和"呈现台湾文学多元发展面貌者"，皆为台湾文学。

台湾文学的发展，从早期原住民、荷西、明郑、清领、日据、民国以来，丰富的生活经验，复杂的社会环境，累积了大量文学作品，孕育出丰厚多元的内涵，但是由于历史社会变迁，以及台湾文学曾经被压抑和有意忽略，文学的第一手资料散佚严重。怎样系统搜集、保存、研究这些珍贵的文学资产是文学界的使命。因此台湾文学馆的设立宗旨主要在于保存发扬台湾文学，成为台湾文学资料搜集、保存、展示、研究、推广的权威中心，并使文学亲近民众，带动文化发展。

自 1997 年筹备时期，即开始进行台湾文学史料、文物收集、典藏的工作，搜藏范围主要在台湾文学发展史上具有价值的史料文物，迄今捐赠者两百余位，捐赠品数量近九万件，其中包含三百余位作家的手稿九千余件，信札则有一万六千余件。包括龙瑛宗、周金波、黄得时、陈火泉、巫永福、许丙丁、王昶雄等日据作家及战后的王蓝、林亨泰、司马中原、朱西宁、罗门、马森、李魁贤、三毛、东方白等大批文物捐赠，还有家属代赠的手稿、日记、书信、照片等，此外，也先后得到文艺出版界的支持响应，高雄《文学台湾》杂志社的郑炯明，台北九歌出版社的蔡文甫，都将所属作家群的大批手稿，捐给台湾文学馆典藏。

二、研究重镇

台湾文学馆最重要的功能是学术研究，在台湾文学馆尚未成立之前，这也是学界关注的焦点。"现代文学馆，行将开办。这个馆历经周折，现亦仍有若干法令及体制问题有待解决，然毕竟开馆可期，殊令文艺界鼓舞。……文学馆的主题是文学，先天是以文献资料为主，但我很担心在台湾博物馆文化如此恶劣的传统下，这个馆将来也不免展示厅化、艺廊化……对于文学资料，因缺乏研究，而无法主动规划、系统搜藏，对于史料鉴别，亦乏考究。"① 文学馆以事实证明了这种担心是不必要的，文学馆通过编纂文学资料、出版学报、举办各种会议的方式，承担了自己的使命。

一是文学资料的编纂。

2000 年当时的台湾文学馆筹备处向"行政院"提出一项四年中程工作的"台湾文学史料充实计划"。通过后，紧接着召开咨询会议，除了《杨逵全集》《龙瑛宗全集》《李魁贤文集》外，优先办理的项目有：《台湾文学辞典》与《全台诗》的编辑，以及整理黄得时、杨云萍、叶石涛三位作家全集。另一项由黄英哲主持的"日据时期台湾文学史料翻译"亦于 2000 年开始执行。

20 世纪 90 年代后文学全集已然出版众多，台湾文学馆作为文学的专责机构，这时介入作家全集的编纂，如何发挥作为一个媒介机构取舍资料的权力，即全集编纂的权威性应该是考虑的重点。台湾文学馆全集的编纂主要是以委托学者的方式进行，真正实现了学界、民间、政府资源三方力量的合流。目前，台湾文学馆编撰出版的作家全集有：《杨逵全集》（全 14 册，2001 年 6 月）、《李魁贤文集》（全 10 册，2002 年 10 月）、《张秀亚全集》（全 15 册，2005 年 3 月）、《龙

---

① 龚鹏程：《掌握现代文学的发展脉络》，《文讯》总第 83 期。

瑛宗全集·中文卷》（全 8 册，2006 年 11 月）、《叶石涛全集·小说卷》（全 5 册，2006 年 12 月）、《叶笛全集》（全 18 册，2007 年 5 月）等。

古典文学在台湾文学的发展史上具有极大的分量，明郑以降至日本统治台湾的前 25 年，几近三百年台湾文学的发展皆以古典诗文为主。所以台湾文学馆不仅搜集现代文学资料，而且古典文学资料的搜集上也用力颇深，《全台诗》（1—5，2004 年 2 月）和《全台赋》（2006 年 12 月）已经陆续出版，《全台诗》（6—12）也在印制中。

另外，《台湾文学辞典》编纂计划于 2000 年开始，由清华大学台湾文学研究所陈万益教授负责主持。与以往的文学辞典不同，《台湾文学辞典》不偏重作家和作品的面向，涵括原住民文学、民间文学、古典文学、日据时期文学、战后现当代文学、儿童文学及戏剧等七大领域，力求翔实客观反映台湾文学，目前已出网络版。

二是学术期刊。

在台湾文学场域中，学术论文的发表渠道十分狭窄，"除了一两百人出席的研讨会，和根本没有几个人会去看的学报之外，就剩下《中外文学》等两三本文学刊物，新一代批评者及研究生的发展／发表空间十分有限。所以一本具有学术价值的现代文学评论月刊，有其必要性和迫切性"。① 这正是学界对台湾文学馆的期待，台湾文学馆为"提升台湾文学研究风气，开拓文学研究视野"创办了半年刊的《台湾文学研究学报》（以下简称《学报》），作为一个发表学术论文的平台。

《学报》针对台湾文学研究的现状设置相应的专题。如第二期的专题是"现代性与台湾文学"，论文征集范围如下："1. 日据时期台湾作家对现代性的批判与接受；2. 皇民化文学运动期间，台湾作家的现代性焦虑；3. 日据时期与战后六十年代现代主义的传播及其文化意义；4. 空间政治、身体政治与台湾文学现代性的关系。"2006

---

① 陈大为：《一个最起码的亚洲视野》，《文讯》总第 159 期。

年4月出版的第二期刊出了六篇论文：张文薰的《由"现代"观想"故乡"——张文环〈山茶花〉作为文本的可能》，王惠珍的《扬帆启航——殖民地作家龙瑛宗的帝都之旅》，许俊雅的《记忆与认同——台湾小说的二战经验书写》，周芬伶的《移民女作家的困与逃——张爱玲〈浮花浪蕊〉与聂华苓〈桑青与桃红〉的离散书写与空间隐喻》，范铭如的《另眼相看——当代台湾小说的鬼地方》，张瑞芬的《"回归古典"，或"跨越乡土"？——崛起于七十年代的两派台湾女性散文》。研究方法上，文本分析、文化研究、比较研究都有应用，可以看出对文学风气的引导和规范。

基于民间文学在台湾文学研究中的重要性，《学报》编委会决议以台湾民间文学研究作为第三期的主题，征集"具有呼应台湾文学、文化等相关主题"的论文。刊出的七篇专题论文分别是：蔡蕙如的《民族性与阶级性——1930年代整理台湾民间文学的两种方法论》，林培雅的《近四十年来台湾民间文学的调查、研究现状》，许家真的《从民间文学的版权保护谈民间文学的改写——以霍斯陆曼·伐伐〈狗王子〉为例》，曾基玮的《排湾族milimilingan程式化叙事的考察——以"重叠人名"及"重复"为探讨中心》，郑美惠的《台湾"屙屎吓番"传说及"大人国"民间故事之探究》，杨玉君的《国姓井母题分析——以丰田村国姓井为例》，刘南芳的《试论台湾歌仔戏唱词中民间传统的特征》。胡万川在《主编的话》中指出："本期民间文学专题从民间文学工作到历史反思，以及民间文学与族群、认同问题，文类的思考分析，表演美学、内容研究等，大致呈现民间文学学术多元的面相。就这方面来说，已展现了台湾民间文学研究的一个好的趋势。"

散文是台湾最积极、最有成果的文类，可是长期以来并没有受到足够的重视和研究。《学报》第四期开辟"台湾散文研究"专题，征集"与台湾散文的理论、散文史、作家研究、作品论析或主题研究、比较研究等相关之论述"。刊出的六篇专题论文分别是：林淑慧的《世变下的书写——吴德功散文之文化论述》，王钰婷的《多元叙述、意识形态与异质台湾——以五十年代女性散文集〈渔港书简〉〈我在台北及其他〉〈风情画〉〈冷泉心影〉为观察对象》，林韵文的《追忆生命之美好——论林文月的散文写作》，张瑞芬的《七十年代颜元叔与吴鲁芹的散文》，罗秀美的《蔡珠儿的食物书写——兼论女性食物书写在知性散文脉络中的可能性》，徐国明的《一种喂养记忆的方式——析论达德拉凡·伊苞书写中的空间隐喻与灵性传统》。陈万益在《主编的话》中既肯定六篇论文内容"包括古典和现代散文以及一篇原住民书写，反映了学者不局限于一时一隅的视野"，同时也"期待更多的关注与对话，以开展更多的研究面向。六篇论文基本上都是作家和散文文本的个案或比较研究，在散文史的叙述和散文理论的省思方面仍有不足"。

台湾古典文学研究较诸新文学研究，仍存在许多空白，在深度广度上都有大加开拓的空间，因此第五期的专题是"台湾古典文学研究"。刊出的五篇专题论文分别是：吴毓琪、施懿琳的《康熙年间台湾宦游诗人的情志体验探讨》，顾敏耀的《台湾古典诗之微观研究尝试——以戴潮春事变初期之陈肇兴诗作为例》，余美玲的《乌衣国、诗社与"遗民"——林尔嘉生平与文学活动探析》，谢崇耀的《〈崇圣道德报〉及其时代意义研究》，李知灏的《"被嫁接"的台湾古典诗坛》。许俊雅在《主编的话》中指出："这五篇古典专题……时空刚好涵括了清朝、日治到战后三个时期，虽然无法每一文类都考虑到，但提供了一些延伸的研究面向，如乙未西渡文人的文学活动或者像《台湾文艺丛志》《孔教报》《崇圣道德报》等刊物的探讨。其新议题、新史料、新方法的应用都相当圆熟，《汉文台湾日日新报》《台湾文献汇刊》、别集、档案、田野调查、歌谣谚语、碑匾等各种文献或者像以安德森（Anderson, Benedict Richard O'Gorman）观点作为切入问题核心的论述基础，反映了台湾古典文学的研究有了新的进展，作为台湾文学中的一门重要学科，这是可喜的现象，尤其是喜见接棒的年轻学者，其研究潜力及实力相当耀眼，为台湾古典文学的发展注入了一剂强心针。"

三是文学会议。

台湾文学会议在 20 世纪 90 年代先是顶着"中国现代""中国当代"的巨大招牌。1994 年清华大学举办"赖和及其同时代作家学术研讨会",是学界首次以台湾作家为主题的学术会议,代表着台湾文学研究已逐渐受到世人重视。十多年来,台湾文学研究已逐渐向下扎根,研究成果成为学界瞩目的焦点。由此才有以叶石涛、张文环、钟肇政等等作家为主题的学术会议举办。台湾文学馆成立后,以"国家体制"和文学专责机构的权威性举办各种文学会议,显然可以看出体制性的内在需要。日据作家是台湾文学馆所举办会议的重要关注点,如"张文环及其同时代作家学术研讨会"(2003 年 10 月)、"杨逵文学国际学术研讨会"(2004 年 6 月)等。

本土意涵的重申也是台湾文学馆举办的各项会议的重点,《笠》诗社作为台湾创办年代最久的诗刊,其对本土性和现代性的坚持是众所瞩目的,2004 年 10 月举办的"笠诗社 40 周年国际学术研讨会",显然是对《笠》诗社坚持本土性的肯定。在台湾文学发展史上大河小说占据了相当地位,钟肇政、李乔、东方白的大河小说无疑在确立台湾文学的主体性方面有重要贡献,2006 年 9 月举办的"台湾大河小说家作品学术研讨会",有总结台湾大河小说的意图。

台湾闽南语文学和台湾白话文也是本土意涵的重要方面,台湾闽南语文学曾经受到忽视,在台湾主体意识逐渐觉醒后,必然会得到关注,"2004 台湾罗马字国际研讨会"和 2005 年 10 月举办的以"台湾文学的历史定位及其美学传统"为主题的"台语文学学术研讨会",显然都是为台语文学争取评论界和学界的关注。

当然台湾文学馆作为"政府"的文学专责机构,其必然要体现文学体制性的建构和文学主体性的多元化,2004 年"台湾新文学发展重大事件学术研讨会",便是为了能够在台湾新文学史的写作与教学研究中,提供更完整的架构以及更深入的讨论,文学事件具有相当的深广度,其显然是在寻求台湾文学的体制化。2005 年台湾文学馆先后举办了"刘呐鸥国际研讨会""张秀亚文学研讨会",刘呐鸥虽然是台南人，但他主要的文学创作应该都是产生在大陆，而张秀亚则是外省作家，体现了台湾文学的多元化。

文学意义的转换和文学体制的重建是个长期的过程，而青年研究者是完成这个过程的重要力量，台湾文学馆很重视新生代研究者的培养，除了从 2004 年开始，每年举办一届"台湾文学研究生学术论文研讨会"外，还从 2005 年起主办具有广泛影响的"青年文学会议"，在拓展青年学者的学术视野，培养新生代研究者的研究兴趣和训练学术思维能力，促进台湾文学的研究等方面，具有不可忽视的贡献。

三、文学推广

台湾文学馆不仅仅是文学资料搜集和文学研究的场所，也起着文学博物馆的作用，台湾文学馆的社会功能应该得到最大限度的发挥。台湾文学馆开馆以来，作为推广文学的媒介机构，开展了周末文学对谈、文学展览、文学营、座谈等等活动，积极引导民众的文学兴趣和提升大众的文学素养，充分利用文学馆馆内空间开设主题图书阅览区，包括开架书库、新书展示区、期刊区、多媒体视讯区、文学讲堂等空间，为一般民众亲近台湾文学、研究者查询资料提供了软硬件设备和空间。

一是周末文学对谈。

"周末文学对谈"是台湾文学馆最具口碑的一个推广教育活动，被列为"台湾文学推广主力"。从 2003 年 8 月 16 日开始，截至 2007 年底，已经举办了七季。第一、二季的主题是"台湾当代文学飨宴"，第三、四季的主题是"台湾当代小说飨宴"，第五季的主题是"诗与散文的飨宴"，第六季的主题是"诗、散文与儿童文学"，第七季的主题是"台湾艺文风潮"。

台湾文学馆为了配合 2003 年 10 月 17 日开馆，本着推广台湾文学，让台湾文学在民众的生活里生根、萌芽，提供给民众另一个休闲、抒发的文学空间，而筹划"周末文学对谈"活动，期待台湾文学馆从此将成为台湾文学创作者、研究者或读者经常参与的知性空间。每一场次均以学者与作家对话的模式为主轴，与听众一起在当代台湾的文学殿堂里，轻松愉快地读诗、谈小说、聊散文、品戏剧。

"周末文学对谈"以相当灵活的形式，通过专家学者与作家作为搭档组合进行深度对谈，一方面由专家学者开场，引导民众认识、了解作家个人，并进入作家的作品世界；另一方面则透过作家个人的自我陈述，使读者进一步在作家与作品之间找寻吻合点。主办方台湾文学馆代馆长吴丽珠认为："在主题的规划上，除涵盖族群、性别、政治外，更企图突显出文学中的细腻美学、理想与爱情；文类更从诗歌、小说、散文到戏剧、儿童文学，再到原住民文学、台语文学……希望做到兼顾每一个领域，以呈现台湾多元、丰富的文学面貌。"① 台湾文学馆将这些"周末文学对谈"的成果先后结集为《风格的光谱》《犹疑的坐标》《彷徨的战斗》《想象的壮游》《漫游的星空》出版，相信会成为台湾文学研究的重要参考资料。

二是文学展览。

展览是文学推广一个非常重要的手段，它直观地呈现台湾文学发展的脉络及位于不同时空的特色，传达了文学与文化、社会、生活等的密切联系，透过文学史料、影音资料及文学文物等展示手法，能够呈现台湾文学的特定主题，使参观者对"台湾文学"产生深刻的印象。文学资料的呈现，也会提醒社会大众对文学史料的重视。台湾文学馆自开馆以来举办了相当多场的展览，主要有专题展、捐献成果展、书展、影像展等形式。

2005 年 2 月开始推出"台湾文学的发展"等常设主题展。"台湾文学的发展"展览主要以台湾文学发展的脉络和过程为主题，按历史叙述方式，首先介绍台湾文学中两大主要意象："牛"和"铁路"，而后辅以多媒体互动式设施，呈现各族群语言声音，揭示台湾文学的多元特质；接续以历史情境的营造和文物的相互烘托，再现并回顾台

---

① 吴丽珠：《精彩交锋，火热对谈》，《台湾文学馆通讯》总第 12 期。

湾昔日作家生活样貌；最后整理世界各地文学的传入对台湾文学的影响，并回顾台湾文学正名的历程。

为了系统介绍馆内接受的捐赠文学文物，以呈现作家的创作历程，台湾文学馆举办了一系列的文物捐赠成果展，如 2003 年开馆活动中举办的"台湾文学文物捐赠成果展"。台湾文学馆还陆续推出了单个作家的资料捐赠展，如 2004 年举办的"府城之星，旧城之月——叶石涛的文学岁月"，内容涵盖叶石涛未曾曝光的作品手稿、三千多册藏书、以多种笔名完成的译著、多个奖座及照片等；"钟理和文学展"，以他的小说《游丝》中的"我相信自己的爱，我将依靠它为光明的指标"为主轴，呈现钟理和生平经历与文学创作过程。2005 年的"台湾的文史先驱——杨云萍文学文物展"，呈现杨云萍家属所提供的众多手稿、藏书及其他文史资料，包括他与林献堂、连横、郁达夫、川端康成等名人的往来书信。

通过影像，一般大众更能够了解台湾文学，台湾文学馆的一系列影像展便很好地起到了文学的推广作用，2003 年"台湾文学百年显影特展"，以大量的图片影像搭配浅显的文字叙述，呈现台湾百年来的文学发展，总共分为日据时期、战后 50 年代至 70 年代、战后 70 年代至今等三个主题区，时间则从 1895 年日本占领台湾开始，到 2003 年台湾文学馆成立为止，内容涵盖古典文学、新文学、反共文学、现代主义文学、本土文学等。2004 年 8 月推出"文学的容颜——台湾作家群像摄影展"，展出摄影家林柏梁花了两年时间拍摄的 23 位作家的 73 张肖像，摄影家以镜头捕捉文学家丰富的文学生命与面容。而且多媒体阅读的高科技设置，结合 iPod 播放器，让参观者可以聆听预先收录的作家诗作朗诵。如杜潘芳格以客家话、日语朗诵诗作，见证了台湾文学多族群交融与被殖民的轨迹。

《香港文学》 的史料建设

香港地区严肃文学杂志的生存处境相当艰难，甚至出现屡仆屡起而又旋起旋灭的现象。刘以鬯在 1999 年 12 月 3 日第三届香港文学节研讨会上指出："很久以来，严肃文学在香港的市场空间一直狭窄不宽。从《伴侣》到目前，大部分文学刊物的寿命很短，长命的文学杂志只有《文坛》《当代文艺》《文艺世纪》《诗风》《海洋文艺》《素叶》《香港文学》等，其中定期出版的更少。"① 因此，当他 1985 年创办《香港文学》时就说过："在此时此地办纯文艺杂志，单靠逆水行舟的胆量是不够的，还需要西绪福斯的力气。"② 陶然当年参与了《香港文学》的创办，担任过半年的执行编辑。2000 年 7 月，陶然继刘以鬯之后出任《香港文学》总编辑。他说："《香港文学》自 1985 年 1 月创刊，已逾 15 年，在刘以鬯先生的坚持下，本刊已成为香港文学杂志的一个品牌；这个基础，成为我们承接的条件。继承之外，也还要跟着都市节拍发展，但愿我们的努力，能够获得大家的理解和支持。"③ 如今，在两位总编辑的前后努力下，《香港文学》不仅三十而立，而且毫不夸张地说，它已成为世界华文文学界最具代表性的文学刊物。

---

① 刘以鬯：《香港文学的市场空间》，载《畅谈香港文学》，香港获益出版事业有限公司 2002 年版，第 142 页。

② 刘以鬯：《编后记》，《香港文学》1985 年 1 月号。

③ 陶然：《留下岁月风尘的记忆》，《香港文学》2000 年 9 月号。

《香港文学》创刊伊始，定位就很清楚，它不是局限于香港一隅的地区性文学刊物，而是一本面向全球各地华文写作的世界性华文文学刊物。虽然历经刘以鬯和陶然两位总编辑，但这一方针始终未变。这可能与两位总编辑的特殊身份和人生经历有关，刘以鬯 1948 年从上海到香港，1952 年赴新马，1957 年回港继续从事报纸副刊编辑工作。陶然出生于印尼，求学中国内地，在香港生活了四十多年，他也是中国世界华文文学研究最早的参与者之一，三十多年来一直伴随着这门学科发展壮大。这样的人生阅历使他们两人始终具有广阔的世界华文文学大视野。

刘以鬯在《香港文学》的《发刊词》中，非常明确地指出："作为一座国际城市，香港的地位不但特殊，而且重要。它是货物转运站，也是沟通东西文化的桥梁，有资格在加强联系与促进交流上担当一个重要的角色，进一步提供推动华文文学所需的条件。"他还把每一地区的华文文学比喻成"一个单环"，通过《香港文学》"维持联系中产生凝结作用"，"环环相扣"，组成"一条拆不开的'文学链'"。①

《香港文学》创办初期，由于互联网还不普及，世界华文文学各区域的作家、研究者想要全面了解完整的"世界华文文学版图"十分困难，《香港文学》利用它"沟通东西文化的桥梁"的有利地位，在报道各区域华文文学动态方面起了积极且不可替代的作用。除了长篇的相关报道外，《香港文学》的"华文文学动态"栏目，三言两语实时介绍各地华文文学情况，主要有以下六类信息：一是文学杂志出版信息，介绍的刊物有《亚洲华文作家》《联合文学》《新地》《澳门笔汇》《新加坡文艺》《热带文艺》《赤道风》《新加坡作家》《锡

---

① 刘以鬯：《发刊词》，《香港文学》1985 年 1 月号。

华文文学的言说疆域　　袁勇麟 — 选集 —

山文艺》《蕉风》《拉让江》《泰华文学》《加华文学》等，不过最多的当属诗刊，林林总总，如中国台湾的《创世纪诗刊》《葡萄园诗刊》《薪火》《新陆现代诗志》《曼陀罗现代诗刊》《两岸诗刊》，中国香港的《世界华文诗刊》，中国澳门的《澳门现代诗刊》，新加坡的《五月诗刊》《海峡诗刊》，马来西亚的《金石诗刊》，菲律宾的《万象诗刊》《龙》，美国的《一行》《新大陆》等；二是文学图书出版资讯，如《海外华文文学大系》《〈世界中文小说选〉出版》《菲华文学作品选集》《菲华诗卷——〈玫瑰与坦克〉》《张香华主编〈茉莉花串〉》《台港百家诗选》《台湾当代文学理论批评史》等；三是各地文学组织活动简讯，如《亚洲华文作家文学交流会》《新加坡文艺研究会理事会改选》《新加坡作家协会活动剪影》《记"诗·散文·小说朗诵会"》《温哥华白云诗社举办迎春朗诵会》等；四是文学讲座和文学会议信息，如《俞平伯南来主持讲座》《"菲律宾文学的今日与明日"讲座》《何紫在菲演讲》《第二届华文文学大同世界国际会议》《当代中国文学国际学术会议》《"东南亚当代文学研讨会"在厦门大学召开》《第七届世界华文文学国际学术研讨会》等；五是作家近况和出访交流报道，如《海外作家一瞥》《中国作家代表团访菲》《辛笛访新》《中国诗人杜运燮访问大马》《张抗抗访问温哥华》《柏杨夫妇访菲》《洛夫、向明访港》《梁秉钧在温哥华谈香港文学现况》等，《香港文学》甚至在第 36 期刊文《征集台港及海外华人作家情况》；六是文学征文和文学奖消息，如《〈港台青年诗选〉征稿》《第五届〈联合文学小说新人奖〉征文》《新加坡微型小说创作比赛》《"我爱加拿大"征文比赛》《张爱玲获"海华文学奖"》《征航社第三届"青年散文奖"揭晓》《世界福州十邑乡会主办"冰心文学奖"》等。

正是《香港文学》刊发大量世界各地华文文学作品和相关信息，得到广泛好评。内地学者钱虹在 1988 年 4 月 12 日写给刘以鬯先生的信中指出："我是《香港文学》的一名读者。由于准备为本科高年级学生开设'台港文学'选修课的缘故，对自创刊号以来的每期贵刊都有所涉猎。在内地目前港台版的文学书籍尚比较少的情况下，贵刊不失为弥补这方面不足的一扇'窗口'。通过这扇'窗口'，我觅到了许多备课所需的香港文学的第一手资料，比如：我最近准备撰写的题为《中国现代女作家（1919—1949）与当代香港女作家（1960—1988）比较谈》的论文，有几位香港女作家（如西西、钟玲、钟晓阳、夏易、吴煦斌等人）的小说、散文、诗歌都是在贵刊上看到的。并且，贵刊的'台港及海外华文文学'动态的信息量也很大，这对于像我这样一位从事台港文学的教学和研究的人来说，当然是非常需要了解和掌握的。"① 马来西亚作家方北方则认为："刘以鬯先生主编的《香港文学》是今日促进世界华文文学发展的一本踏实的文学杂志。因为在充实华文文学创作中，不论是理论还是艺术，它是当前最受瞩目的一份文学刊物。""我和好多热爱马华文学的文友，几乎把《香港文学》当作展望世界华文文学活动的窗口，我们从它报道的信息中，可以看到各地华文文学发展的趋向，从它所传播的各家理论见解与创作艺术，作为文学交流，而增加马华文学作者的认识。"② 正是这些丰富的各地华文文学信息，甚至引发读者来信，建议编撰一部《海外华文文学编年大事记》，"发动世界各地区的华文作家、学者和文学社团，分工合作，以世纪初或五十年来为限，用同一体例，按年逐月顺日来编写自己本地区的华文文学大事记，内容可容作家生平、有影响作品的发表和出版日期、文学社团的成立、文学刊物（包括报纸副刊）的创办、文学的活动等"，"编成的《大事记》，无疑为研究和推动发展世界华文文学奠定了一个坚实的基础"。③

由于持续刊登香港以外的文学作品，其间面临许多误解和指摘，

---

① 《读者来函》，《香港文学》1989 年 1 月号。

② 方北方：《祝〈香港文学〉大业兴隆——为创刊的第二个十年即将开端而写》，《香港文学》1994 年 1 月号。

③ 徐重庆：《应当编一部〈海外华文文学编年大事记〉》，《香港文学》1989 年 10 月号。

但《香港文学》立足香港、面向世界的办刊方针始终未动摇。刘以鬯在 1989 年 1 月号《香港文学》的"编后记"中，专门对此问题做了回答："（一）中国香港作家的流动率很高，目前居住在中国台湾高雄的余光中；居住在英国的桑简流；居住在加拿大的卢因、梁丽芳、陈中禧；居住在美国的陈若曦、叶维廉、柯振中；居住在法国的郭恩慈、黎翠华；居住在菲律宾的文志；居住在巴西的刘同缜；居住在新加坡的力匡；居住在上海的柯灵；居住在北京的叶君健、端木蕻良、骆宾基、萧乾、冯亦代；居住在广州的黄秋耘等，过去都曾在香港做过文艺工作，为繁荣香港文学做出贡献。《香港文学》刊登这些作家的作品，可以加深读者对香港文学的认识，是优点，不是缺点。（二）《广州文艺》可以刊登香港作家的作品；《新加坡文艺》可以刊登印尼作家、中国台湾作家、中国香港作家的作品；《特区文学》可以刊登中国台湾作家、印尼作家、中国香港作家的作品；《亚洲周刊》可以刊登关于'欧洲海豹'的文章，为什么《香港文学》不能刊登其他地区的华文作品？"他在 1999 年香港文学国际研讨会的发言中，再次提到中国香港作家萧铜和一位新加坡读者的批评，并重申："我将世界华文文学当作一个有机整体来推动，与各地华文作家携手迈进，合力为华文文学的发展做出贡献。"[①]

2000 年 7 月，陶然接任《香港文学》总编辑，在内容和编排上做了一些变化，但是"立足本土，兼顾海内海外"的办刊宗旨持之以恒，使《香港文学》成为世界华文文学重要的"交通枢纽"。2005 年 9 月 8 日，陶然在为"香港文学选集系列"第二辑作前言时指出："值得一提的是，《香港文学》立足本土，面向海内外，我们力图扩阔视野，希望成为沟通世界华文文学的一道桥梁，这也正是我们不时推出以所在国家或地区为单元的华文作家作品展的原因。我们相信，

---

① 刘以鬯：《编〈香港文学〉的甘苦》，载黄维樑主编《活泼纷繁的香港文学——一九九九香港文学国际研讨会论文集》，香港中文大学新亚书院、中文大学出版社 2000 年版，第 915 页。

文学没有疆界，香港作家的作品和其他地方华文作家的作品甚至外国作家的译文置放于同一个平台上，绝对有相互参考与促进的作用。"①

大手笔之举堪称筹备多时的"海外华文作家专辑系列"，从2009年10月号开始设立到2012年4月号结束，两年多共推出28位海外华文作家，包括王鼎钧（298期）、非马（299期）、张翎（300期）、赵淑侠（302期）、朵拉（303期）、苏炜（304期）、喻丽清（305期）、聂华苓（306期）、刘再复（307期）、洛夫（308期）、尤今（309期）、黎翠华（310期）、蓬草（311期）、刘荒田（312期）、施叔青（314期）、绿骑士（315期）、希尼尔（316期）、黎紫书（317期）、张错（318期）、钟怡雯（319期）、严歌苓（320期）、卢因（321期）、痖弦（322期）、陈谦（323期）、叶维廉（324期）、章平（326期）、袁霓（327期）、陈浩泉（328期）。这些专辑一般包括所推介作家的创作、访谈、印象记、作品评论、著作年表，使读者有个大略的了解。陶然指出："我们推出了'海外华文作家专辑系列'，目的是为了介绍在海外从事华文写作的作家们。从某种意义上来说，身在海外而坚持母语写作，不论是写作环境还是发表平台，都受到不同程度的局限；值得我们重视。"②

陶然在2014年接受香港《明报》特约记者李浩荣的采访时，指出："香港大部分的杂志都很重视本土，我们也不例外，但同时间我们还兼顾世界华文文学。华文的影响逐渐扩大，我们不能只局限一地，而应该跟各地的文学多加交流。"他特别提到"海外华文作家专辑"，"聂华苓、痖弦、严歌苓、洛夫等比较重要的作家都介绍了，反应很好，海峡两岸的评论家都支持继续办下去，但后来我们怕太滥

---

① 陶然：《回望来时路——〈香港文学选集系列〉第二辑前言》，《香港文学》2005年10月号。

② 陶然：《又是金秋十月》，《香港文学》2009年10月号。

了，便暂停这栏目"。①

二

《香港文学》创刊以来始终坚持自觉的史料意识，刊发了大量文学史料，而且持续性地进行文学史料整理、保存，不仅限于香港一地，也不只是海峡两岸，同时涵盖世界华文文学各区域。它在这方面的努力，得到各界人士的肯定。内地作家刘心武在 1999 年 6 月 25 日写给《香港文学》编辑部的信中就指出："《香港文学》在提供独特文学史料方面，一贯努力，已构成一大特色，极有收藏及复读价值。"② 香港学者郑振伟指出："《香港文学》的出现，其实已意味着它将成为香港文学史的一部分。从八十年代中期开始，这本杂志本身不断地给香港编写自身文学的历史，有过去的，也有当时的。诗歌、小说、散文、戏剧和文学研究，在各期都有一定的篇幅，编者又照顾到执笔者的资料，每期均有介绍，其中包括职业及所属地区。再加上文学报道、照片，以及其他信息，这份杂志就像是香港文学的资料库。"③

刘以鬯十分重视史料建设，他曾经在香港旧书铺买到一册出版于 1927 年 11 月 15 日的新文学出版物《仙宫》，比号称"香港出现的第一本新文艺杂志""香港新文坛的第一燕"的《伴侣》还早几个月。他在 1992 年 11 月 1 日香港《文汇报·文艺》撰文指出："由此可见，史料可以加深研究者对历史事实的认识与了解。研究香港文学发展进程的人，为了寻求真实，必须尽量搜集史料，深入探究。何炳松在

---

① 李浩荣：《一个文学杂志编者的轨迹——专访〈香港文学〉总编辑陶然》，《明报》2014 年 11 月 1 日。

② 《读者来函》，《香港文学》2000 年 1 月号。

③ 郑振伟：《给香港文学写史——论八十年代的〈香港文学〉》，《香港文学》2000 年 1 月号。

《〈历史研究法〉序》中说：'若有史料，虽无著作无伤也。而著作则断不能不以史料为根据。'所以，除非我们不想看清香港文学的基本轮廓，否则就要设法掌握充分的史料。"① 刘以鬯在 1994 年受邀担任香港临时市政局图书馆"作家留驻计划"首任作家，并负责编辑《香港文学作家传略》时，对于搜集文学史料之艰辛深有感受："除了内容未必准确外，还有不少其他的困难。我曾经请几位朋友帮我搜寻十三妹的照片，找了几个月，一无所得。我曾经请两位研究'香港学'的朋友提供有关灵箫生、王香琴的资料，同样一无所得。我曾经要求一家出版社的总编辑提供有关郑慧、杨天成的参考资料，那位总编辑答：'我们没有早期作家的资料。'我曾经要求一家报馆的负责人提供几位作家的资料，他的回答是：'我们不能公开作家的资料。'我曾经打电话给一位藏书家，问他：'叶灵凤的《爱的滋味》哪一年出版？'他答：'我本来藏有一本叶灵凤的《爱的滋味》，几年前给朋友借去后，一直没有归还。'我曾经请一位已故作家的亲属提供有关的资料，得到的回答是：'没有。'我曾经向一位女作家询问她的出生年月，她以微笑作答。"②

因此，早期的《香港文学》专门开辟有"史料"栏目，刊发了许多重要的文章，如杨国雄的系列文章《清末至七七事变的香港文艺期刊》（14、15、16 期），卢玮銮的系列文章《"中华全国文艺界抗敌协会香港分会"（1938—1941）组织及活动》（23、24、25 期），陈子善的系列文章《国际笔会中国分会（1930—1937）活动考》（37、38、39、40 期）以及《〈国际笔会中国分会（1930—1937）活动考〉补遗》（44 期），秦贤次的《〈国际笔会中国分会活动考〉一文之补充》（44 期），黄傲云的《从难民文学到香港文学——一九五

① 刘以鬯：《读〈仙宫〉》，载《畅谈香港文学》，香港获益出版事业有限公司 2002 年版，第 26 页。

② 刘以鬯：《〈香港文学作家传略〉前言》，载《畅谈香港文学》，香港获益出版事业有限公司 2002 年版，第 155 页。

〇年后香港文学期刊的发展路向》（62期）等。而且，更为难得的是，在特殊年代，《香港文学》起着特殊的作用。冷战时期，香港就是充当了东西方文化交流的重要中转站。在两岸关系处于军事对峙状态以及尚未完全解冻的特定时期，香港更是两岸交流的桥梁。内地学者王振科指出："刘先生还充分利用香港的特殊地位的优势，选发了一些至少在中国大陆难以发表或难以见到，但又很有历史价值的史料性文章。这对于内地的文学研究，无疑起到了互补的作用……"①

最为典型的例子当属柯灵的《遥寄张爱玲》一文，它被誉为"内地文坛为张爱玲'平反'的第一声"，却首先发表在《香港文学》1985年第2期。柯灵当时在文中颇有预见地指出："张爱玲不见于目前的中国现代文学史，毫不足怪，国内卓有成就的作家，文学史家视而不见的，比比皆是。这绝不等于'不能为同时代的中国人所认识'，已经有足够的事实说明。往深处看，远处看，历史是公平的。张爱玲在文学上的功过得失，是客观存在；认识不认识，承认不承认，是时间问题。等待不是现代人的性格，但我们如果有信心，就应该有耐性。"有学者称，此文在张爱玲的接受史上，可与傅雷当年以"迅雨"笔名在上海《万象》上发表的《论张爱玲的小说》一文相媲美。《遥寄张爱玲》随后再在内地的《读书》第4期发表，1987年3月又被台湾《联合文学》转载，而且中间文字有删改变动。可是内地学者很少注意到《香港文学》首发，连史料专家陈子善先生也是24年之后才知道此事，并于2009年撰文《〈遥寄张爱玲〉的三个版本》提及此事。时至今日，一些研究资料仍未尊重这一史实，杭州师范大学初等教育学院张惠苑博士所编的《张爱玲年谱》2014年1月由天津人民出版社出版，书中提到柯灵的《遥寄张爱玲》时，依然标注为"（1985年）4月，柯灵的《遥寄张爱玲》发表于北京《读书》1985年4月号"。《遥寄张爱玲》写于1984年11月22日，柯灵

---

① 王振科：《面向多元化的文学世界——祝贺〈香港文学〉创刊六周年》，《香港文学》1991年1月号。

在文章中清楚表明写作此稿的缘由："今年一月，我在香港，以邕优俪赏饭，座上有梅子、黄继持、郑树森，茶余饭后，谈到了张爱玲。"刘以邕在《香港文学》1985 年第 2 期的"编后记"中也明确指出柯灵此稿是应他之约而写："柯灵为本刊写的《遥寄张爱玲》，道人所未道，有助于正确认识张爱玲的文学道路。"

陶然接任总编辑后，感到"刘先生较着重史料，会议报道较多"，他一方面继承刘以邕"办刊的大方向"，一方面"也有自己的一些想法"。① 除了继续重视史料建设，保留"史料钩沉"栏目，他在改版第一期的 2000 年 9 月号卷首语《留下岁月风尘的记忆》中指出："随着世界进入电脑时代，作家的手迹愈来愈少见；我们采用作家们的亲笔签名，便是希望留住一点珍贵痕迹；至于'作家照相簿、记事本'上的作家老照片和作家的信件或手稿，相信对香港文学史料的积累不无参考作用。"同时，他特别加强文学评论，他说："作为一本文学刊物，我们极端重视创作，与此同时，也不忽视评论。没有具创见的评论的推动，创作难免会有些寂寞，而且也难以总结经验、开创前路。""对于有影响的作品不流于捧场，对于值得商榷的问题提出中肯的批评，当中的分寸如何掌握，难度颇高；但我们当会尽力而为，倘若多少有些参考作用，便于愿已足。"② 在刊物版面极其宝贵的情况下，他每年坚持推出文学评论专辑，如 2001 年 12 月号的"文学批评展"（204 期）、2002 年 11 月号的"文学批评展"（215期）、2003 年 11 月号的"文学批评展"（227 期）、2004 年 11 月号的"文学批评展"（239 期）、2005 年 11 月号的"文学批评展"（251期）、2006 年 6 月号的"文学批评展"（258 期）、2007 年 3 月号（267 期）和 10 月号（274 期）、2008 年 6 月号的"文学批评展"（282 期）、2009 年 5 月号的"文学批评展"（293 期）、2012 年 9 月

---

① 李浩荣：《一个文学杂志编者的轨迹——专访〈香港文学〉总编辑陶然》，《明报》2014 年 11 月 1 日。
② 陶然：《留下岁月风尘的记忆》，《香港文学》2000 年 9 月号。

号的"文学批评展"（333 期）、2013 年 5 月号的"文学批评专辑"（341 期）、2014 年 5 月号的"文学批评展"（353 期）。陶然在 2005年 11 月号的卷首语《更与谁人评说?》中，指出："我们深知，有穿透力的文学批评，对于创作者何等重要，即使往往可遇而不可求，但大家都不放弃。我们不敢轻言，展出的所有批评文章，都有耀眼的新意，但大体可以认为，那是具有亮点的一家之言，值得我们咀嚼。在布局上，我们也倾心于迎接八面来风，从错体之外或哀悼到朱古律的诱惑，从异乡说书花飘果堕到茶餐厅与后殖民，游走于华文世界的笔触，言说的是怎样一种多元化的文学现象?"在 2014 年 12 月号（360期）的卷首语《评议，为了更进一步》中，他指出："在香港，文学是属于小众，评论更是小众中的小众。也许这是由于很多评论写得沉闷，也许论点论据都缺乏理据；总之，即使爱好文学的人，也大都敬而远之。但是，不可否认，创作与批评是文学的双翼，缺一不可。香港报刊尤其缺乏文学评论园地，我们一向提供篇幅给有心人，期望提倡阅读风气。"

在香港严肃文学是小众，评论更是"票房毒药"，文学评论刊物的生存更为不易。直到 2002 年 1 月香港文学界第一本文学评论杂志《香江文坛》才创刊，杂志主编汉闻指出："可叹的是，过去，香江文坛上，写文学评论的人比从事创作的人要少得多。这一方面因为能提供发表文学评论的园地寥若晨星，另一方面写文学评论容易开罪人，业内人碍于情面，也就懒得动笔。这种现象导致香港从来没有一本专门刊登文学评论及文学史料的杂志，而文学评论成了香港文学薄弱的一环。"因此，"介绍各个时代香港作家的成就与贡献，评述香港作家作品，研究香港作家的创作道路，总结香港文学史料，从而推动香港文学的繁荣与发展，这就是我们创办《香江文坛》月刊的宗旨"。① 尤其是自 2002 年第 4 期推出香港名家专辑，入选专辑的作家共 28 个，包括刘以鬯、舒巷城、余光中、陶然、黄庆云、黄维樑、

---

① 汉闻：《填补香港文学的空白》，《香江文坛》2002 年创刊号。

黄国彬、小思、曾敏之、余思牧、侣伦、徐訏、秦岭雪、曹聚仁、也斯、何紫、李辉英、叶灵凤、许地山、司马长风、何达、犁青、吴其敏、徐速、高旅、董桥、海辛、梁锡华，为撰写香港文学史提供了重要的史料。不过，《香江文坛》出版42期后于2005年12月终刊。接着由林曼叔创办的《文学研究》于2006年3月创刊，编者在《发刊词》中指出："如何总结和评价香港百年来的文学建树，这是香港文学批评家和文学史研究家所肩负的工作。《文学研究》就是基于这一使命而诞生的。"虽然编者期望《文学研究》"能为香港的文学批评家和研究者提供一个永久的园地"，可惜这本刊物只出版了两年八期。《文学研究》在香港文学史料的钩沉方面特别用心，创刊号开始连载方光（方宽烈）的《香港作家笔名别号录》，一共八期，搜集743个香港作家的笔名和字号，十分珍贵难得，作者指出："香港因环境特殊，历年以来，文人辈此定居、逝世、刊行著述或在报刊上发表文章的，为数不少，他们所用的笔名亦多至不可胜数。过了相当时日，要从作品查核作者本人是谁，是不容易。兹特编制此表，希望对研究香港文学者有所裨助。"① 它们与该刊发表的近百篇香港文学的第一手资料，"为抢救文学的史料做了不少工作，以期香港的学者编写一部完整的香港文学史"②。在《文学研究》2007年底停刊后，

---

① 不过，正如作者所言还有"漏误之处"，一是把舒婷等少数在香港报刊上发表过作品的内地作家当作香港作家；二是把80年代作家岑凯伦的原名"张慧"误为50年代流行小说作家"郑慧"，内地学者撰写的《香港小说史》（海天出版社1999年）和《中国当代通俗文学史论》（北京大学出版社2007年）在这一点上也犯了同样的错误。卢玮銮在《造砖者言——香港文学资料搜集及整理报告（以二十年代至四十年代为例）》（《香港文学》2005年6月号）一文中认为："笔名的追查，也是研究香港文学最头疼的一关。目前做口述历史必然的一条问题是请受访者讲出用过的笔名。可是几乎每个受访者都会回答说：'太多了，一时记不起来。'著名常用的，大家都知道，不常用的，竟连作者自己也忘记了，还有什么可说。还有一些自隐其名，纵然出有无数作品，从此就埋没了。"

② 林曼叔：《编后记》，《文学研究》2007年第8期。

林曼叔又于2009年创办《文学评论》至今。

与上述评论刊物主要立足于香港文学的批评和香港文学史料的搜集整理不同，《香港文学》在重视香港文学评论的同时，把目光也对准其他区域的华文文学，尤其是较少人关注的海外华文文学，如前所述，此处不赘。

三

文学期刊的一个主要特点是组织化生产和对生产的规约、引导，这涉及期刊生产的策划性，它使文学期刊的组织生产更加目标化、精细化、专题化。台湾资深编辑人、对文学期刊专题策划深有体会的《文讯》总编辑封德屏就认为："一个文学杂志经长期思考、周密策划、谨慎执行所完成的专题设计，提供给读者、文艺工作者的已不是单纯的作品欣赏，而是进一步提供一个完整的资讯，有助于读者的思考，甚至可能从这些已建立的基础上，引发许多人对该问题的研究兴趣，进一步去探讨。所以，杂志的'专题设计'不仅可以看出一个杂志的风格与特色，也可以看出编辑人用心之所在。"①《香港文学》中诸多"特辑""专辑""小辑""专号"等，就是总编辑精心策划的结果。三十多年来，《香港文学》的两位总编辑刘以鬯和陶然，充分发挥编辑运作的功能，在专辑设置方面独树一帜，用心良苦。

如1985年2月号的"戴望舒逝世三十五周年纪念特辑"，就是一个很具分量的专辑，除了刊发冯亦代的《祭戴望舒》、卢玮銮的《戴望舒在香港》、王佐良的《译诗与写诗之间》、郑家镇的《我认识的戴望舒》之外，刘以鬯不仅从戴望舒的好友施蛰存那里取得戴望舒的遗稿《木泉居日记》，而且由卢玮銮撰写《戴望舒在香港的著作译作目录》，并提供12篇旧作：《跋山城雨景》《小说与自然》《〈苏联

① 封德屏：《精神与风格的展现——文学杂志的专题设计》，《文讯》总第27期。

文学史话〉译者附记》《记马德里的书市》《巴巴罗特的屋子》《山居杂缀》《巴黎的书摊》《再生的波兰》《跋西班牙抗战谣曲选》《读者、作者与编者》《十年前的星岛与星座》《诗论零札》。这些文章，除了《诗论零札》曾被研究者发现收入相关论述中，其余都未入集。刘以鬯为此打破惯例，在"编后记"中指出："本刊在原则上不转载其他报刊的文字，不过，这些被卢玮銮发掘出来的文章，对戴望舒做过的工作有一定的反映作用，为了便于治学参考，我们决定予以转载。"

据不完全统计，创刊 30 年来《香港文学》的大小专辑有数百个。

一是香港文学批评和作家研究，包括《笔谈会：谈香港文学》（1、100 期）、《香港文学丛谈——香港文学的过去与现在》（13 期）、《说不尽的香港文学专辑》（169 期）、《"为香港文学把脉"特辑》（253 期）、《"回归十周年"香港文学专辑》（271 期）、《〈香港当代作家作品合集选〉评论专辑》（329 期）、《香港文学小说展评论特辑》（360 期），以及《卢玮銮特辑》（3 期）、《徐訏逝世 20 周年专辑》（190 期）、《悼念黄继持》（209 期）、《"香港作家印象记"系列》（235、236、237、238、239、240、242、243、244、245 期）、《秦岭雪叙事长诗〈苏东坡〉评论小辑》（260 期）、《悼念也斯专辑》（340 期）、《也斯〈灰鸽试飞：香港笔记〉研讨会特辑》（344 期）、《艺术对话：也斯周年祭》（352 期）、《悼念罗孚先生特辑》（356 期）等。

二是香港创作专辑，包括小说——各类小说专辑，如《香港新生代小说展》（191 期）、《香港小小说展》（193 期）、《香港短篇小说展》（197 期）、《香港中篇小说展》（202 期）、《香港浸会大学中文系学生小说创作小辑》（236 期），文学奖专辑，如《第十二届"青年文学奖"小说组得奖作品专辑》（5 期）、《第七届香港中文文学双年奖小说组得奖者新作特辑》（229 期）、《第三届香港"大学文学奖"小说组前三名得奖作品展》（250 期）等，从 2008 年开始固定在每年一月号推出名称不一的香港小说专辑，包括《香港短篇小说专号》（277、289 期）、《香港作家小说专号》（301、313、325、337、361 期）、《香港作家小说展》（349 期）等；香港散文和诗歌专辑，包括一般专辑、特定主题专辑、文学奖专辑，如《香港作家散文诗专辑》（177 期）、《香港散文诗小辑》（317 期）、《香港作家散文作品大展》（294、330 期）、《香港作家散文展》（320 期）、《香港作家散文大展》（286、342、351 期）、《"香港·香港"散文专辑》（358 期）、《香港"2004 年度中文文学创作奖"散文组冠亚季军作品展》（242 期）、《香港新生代诗展》（207 期）、《香港 80 后诗人作品展》（332 期）等。

三是其他区域华文文学、华文作家和评论的各种专辑，如台湾的《第二届"花踪世界华文文学奖"得主陈映真作品研究专辑》（231 期）、《台湾作家散文大展》（234 期）、《陈映真作品评论小辑》（283 期）、《古月诗文作品评论展》（285 期）、《"创世纪"诗歌新作展》（322 期）；澳门的《澳门文学专辑》（53、180 期）、《澳门作家作品展》（346 期）；日本的《旅居日本华文作家作品展》（248 期）；新加坡的《新加坡华文作品特辑》（3 期）、《新加坡女作家作品特辑》（40、95 期）、《新加坡微型小说特辑》（48 期）、《新加坡青年作家作品特辑》（58 期）、《新加坡新诗特辑》（70 期）、《新加坡文坛面面观》（78 期）、《新加坡华文文学作品特辑》（105、112 期）、《新加坡作家作品专辑》（131 期）、《新华女作家散文特辑》（139 期）、《新华作家微型小说特辑》（168 期）、《新加坡闪小说展》（323 期）；马来西亚的《马来西亚华文作品特辑》（1 期）、《马来西亚女作家作品特辑》（47 期）、《沙劳越华文文学作品专辑》（64、118 期）、《马华短篇小说特辑》（72 期）、《马华作家作品展》（213、339 期）；泰国的《泰国华文作品特辑》（8、36 期）、《泰国华文文学作品专辑》（84 期）、《泰国华文文学作品特辑》（96 期）、《泰华文学作品专辑》（143 期）、《泰华"小诗磨坊"（7＋1）小诗展》（280 期）；菲律宾的《菲律宾华文作品特辑》（11 期）、《菲华文学专辑》（62 期）、《第四届菲华"青年文学奖"得奖作品专辑》（66 期）、《菲律宾华文

文学作品专辑》（83 期）、《"菲华文学国际研讨会"论文小辑》（199
期）、《菲律宾华文作家作品展》（334 期）；印度尼西亚的《印尼华
人文学作品特辑》（56 期）、《印尼华文文学作品特辑》（87 期）、
《印尼华文作家作品展》（232 期）、《印尼华文文学作品展》（297
期）、《印尼华文作家作品特辑》（331 期）；美国的《美国华文作品
特辑》（4 期）、《北加州十人专辑》（101 期）、《夏威夷华文文学作
品专辑》（167 期）、《美国西部华文作家作品展》（288 期）、《旅居
美国华文作家散文展》（245 期）；加拿大的《加拿大华文作品特辑》
（2 期）、《加拿大华文作家作品展》（235 期）、《"加华作协"推荐作
品十二人展》（343 期）；南美洲的《南美华文文学作品专辑》（104
期）；澳大利亚的《澳大利亚华文短篇小说专辑》（127 期）、《旅居
澳大利亚华文作家作品展》（261 期）；新西兰的《纽西兰华文文学作
品专辑》（172 期）；法国的《旅居法国华文作家作品展》（242 期）；
此外，还有跨区域的华文文学和评论专辑：《全球华人作家散文大
展》（211 期）、《海外女作家中篇小说小辑》（212、213 期）、《世界
华文作家小小说展》（247 期）、《海外华文女作家散文作品展》（284
期）、《世界华文微型小说大展》（307 期）、《世界华文闪小说展》
（354 期）、《"世界华文文学扫描"专辑》（359 期）等。

　　这些专辑的设置，都经过精心策划，我们从《香港文学》的编
后记或卷首语中，可以发现组稿编排的不易，有时甚至长达一年半
载。如 2002 年 7 月号，"早在年初，我们便筹划这一期'全球华人作
家散文大展'"，"为了使'散文大展'能够容纳更多的作者更丰富的
内容，本期我们增加了页码"①。2006 年 9 月号，"策划'旅居澳大利
亚华文作家作品展'已经有些时日，但限于客观条件，迟迟不能成
熟；直到去年十一月，在香港的一次学术研讨会上，我巧遇澳大利亚
昆士兰大学的张钊贻博士，承他答应全力支援，加上其他渠道的配

---

①　陶然：《愉悦的散文盛宴》，《香港文学》2002 年 7 月号。

合，努力大半年，我们终于可以把这个专辑推出"①。2009 年 1 月号，正值《香港文学》创刊 24 周年之际，"我们在封面设计等方面思变，同时加大篇幅，隆重推出'香港作家短篇小说专号'"，"本期的周年纪念专号，策划于近半年前，目的是展示香港短篇的大体现状"②。

四

香港学者马辉洪曾经感叹："香港文学的过去，实在有太多刻意或无意被人遗忘的空白。不要说没有书写下来的事件，就算曾经记载过的史实，也随着时间的流逝而灰飞烟灭，令后来者追寻旧日文人的步履时，显得一脸茫然。"③

香港早期的文学刊物，很少会编选集，更少像陶然那样一直坚持编下来。陶然谈到"香港文学选集系列"的出版缘由时指出："就是想到有的读者，不太会每期都读《香港文学》，遂有朋友建议，把精华呈现给读者。另一方面，像过去香港很多文学杂志，出了几期便消失得无影无踪，我们却想为香港文学留下一份史料。"④ 他说："在力所能及的条件下，我们愿意继续做一些文学积累工作。"⑤

为了保存《香港文学》改版以来的阶段性成果，2003 年 7 月陶然主编的"《香港文学》选集系列"丛书第一辑由香港文学出版社出版，包括小说选《伞》和《Danny Boy》、散文选《秋日边境》、文论选《面对都市丛林》共四册，作品和评论选自 2009 年 9 月号至 2003

① 陶然：《夏季里的春天》，《香港文学》2006 年 9 月号。

② 陶然：《小说小说》，《香港文学》2009 年 1 月号。

③ 马辉洪：《从纸本到网络——记小思与"香港文学资料库"》，《香港文学》2001 年 9 月号。

④ 李浩荣：《一个文学杂志编者的轨迹——专访〈香港文学〉总编辑陶然》，《明报》2014 年 11 月 1 日。

⑤ 陶然：《回望来时路——〈香港文学选集系列〉第二辑前言》，《香港文学》2005 年 10 月号。

《香港文学》的史料建设

年 6 月号《香港文学》，陶然在丛书"前言"中指出，"在有限的范围内尽可能扩大作者阵容，呈现各家各派的风貌"，"兼及题材的广泛性、手法的多样性和布局的合理性"，以求达到"为文学积累尽点绵力"，"为文学打开一扇通风的窗口"。香港作家梅子评价道："他们的劳动，令香港文学'基本工程'的建设增添了岂止一砖一瓦，给有志构撰香港文学期刊和副刊史乃至香港文学史的人以支援。"①

在《香港文学》创刊 20 周年之际，2005 年 10 月，陶然主编"香港文学选集系列"丛书第二辑四本，由香港文学出版社出版，包括小说选《垂杨柳》和《鸳或羔羊》、散文选《尚未发生》、文论选《夜读杂抄》，作品选自 2003 年 7 月号至 2005 年 9 月号《香港文学》。

2008 年 4 月，上述两辑选本中的六本小说卷和散文卷，以"《香港文学》精选集"的名义由广东花城出版社出版，促进了《香港文学》的对外传播，加深了内地读者对香港文学的整体认识。编者在前言中指出："在香港，文学从来就不曾占据中心，近些年来更趋边缘化。但边缘自有边缘的特色与优势，文学依然以其韧力发展壮大，以这些年发表在《香港文学》的作品而言，老作家依然继续写作，中年作家成了主力，而年轻新锐也不断涌现，给香港文学注入了勃勃的活力。像这样的格局，不仅有年龄段的意义，更重要的是包容了不同社会生活形态、都市节拍烙印、个体思维意识，组成一幅幅斑斓的社会生活画面。"不过，六本花城版的精选集虽然与港版同名，但内容有所删减。《伞》删减了颜纯钩的《自由落体事件》、王安忆的《伴你而行》、康夫的《阳炎》、孤草的《2001 半空漫游》、黄静的《夜行的人》等 5 篇小说；《Danny Boy》删减了黄劲辉的《最完美的故事——荆轲刺秦王》1 篇小说；《垂杨柳》删减了袁兆昌和黄敏华的《对写》、潘雨桐的《石溪》、颜纯钩的《红灯魅影》、沈大中的《公寓中的女孩》、小汕的《段落记忆》、黄东平的《出卖自己的动

① 梅子：《勇气充沛，功德无量——读〈香港文学〉选集系列（2000.9—2003.6）》，《香港文学》2003 年 9 月号。

物》、容子的《函鲁班祖师》、袁霓的《上报》等8篇小说;《鸶或羔羊》删减了关丽珊的《异域》、董启章的《罪与写》、巴桐的《假发》、余非的《煮一碟意大利粉的时间》、龙升的《博士硕士不是》等5篇小说;《秋日边境》删减了余光中的《萤火山庄》、张启疆的《侧影》、黄秀莲的《京都情韵》、蓉子的《廋西湖的涟漪》、绿骑士的《紫荆片语》、张错的《香港行旅四帖》、郑明娳的《从比尔·盖茨到史蒂芬·霍金》、黄仁逵的《一宿无话》、方娥真的《人间绝色》等9篇散文;《尚未发生》删减了朱蕊的《身体·爱情·死亡》、海静的《今年的水仙开得没有往年灿烂》、施友朋的《声音随想——"沙士"下的城市笔记》、西西的《做家具》、孙绍振的《和余光中面对面》、聂华苓的《流浪,流浪——摘自〈三生三世〉》、王安忆的《男之俊女之倩》、舒非的《雨雪纷纷吊戴妃》、晓风的《烁烁的眼睛》、蔡诗萍的《曾经是恋人——那就让我疯狂想你一整天吧》、张错的《曹溪谒六祖》、张仁强的《尊师重教——纪念我的老师钱瑗》、蔡雨眠的《借歪小便》、顾艳的《那一天》、陈惠英的《走出去·退回来》等15篇散文。

2009年5月,陶然秉持"文学的坚持有益于世道人心,虽然已属小众,也应该有其存在的权利"的信念,主编"《香港文学》选集系列"丛书第三辑四本由香港文学出版社出版,包括小说选《野炊图》和《银旄牛尾》、散文选《片瓦渡海》、笔记选《这么近 那么远》,除了《这么近 那么远》选了少量自2000年10月至2004年9月期间发表在《香港文学》的文章之外,其余均选自《香港文学》2005年10月至2008年12月期间的作品。

2012年7月,陶然主编的"《香港文学》选集系列"丛书第四辑四本由香港文学出版社出版,主要收集2009年1月至2012年6月期间发表在《香港文学》上的作品,包括小说选《解冻》和《西游补》、散文选《家具清单》、笔记选《黑夜里的闪电》。丛书《前言》指出:"自2000年9月《香港文学》改版后,每隔一段时间,我们就推出小说、散文、评论(稍后扩大成笔记)选本……迄今为止,已成初具规模的文学选集系列，共十六册。我们希望把每个阶段发表在《香港文学》的佳作以选本的形式，保留下来，为香港文学做点文学积累的工作。"

"《香港文学》选集系列"作为特定阶段《香港文学》的缩影，成为《香港文学》再生产的重要举措，它的意义或者如曹惠民教授所指出："每隔两三年，由刊物总编辑自己主编刊物的作品选，可能前例甚少。这种作为，从宏观的层面而言，是对于一个地区文学创作与编辑状态的原生态'留影'；而从微观的层面而言，则类似于为'这一个'刊物刻绘'年轮'——那几乎是同步的回顾与总结。"① 当然，从《香港文学》整体的角度出发，这套选集系列也有缺憾，陶然自己就意识到选本是"遗憾的艺术"，他在丛书第四辑的《前言》中指出："本来我们打算再编选一册新诗选，可惜客观条件不太成熟，终于放弃，非常遗憾，但无奈；只得寄望将来了。"其实，诗歌的缺席从一开始就引起关注，梅子在评价丛书第一辑时就认为："至少新诗选应该补编，如果可能，也不要忘了儿童文学、散文诗、香港文学史料等。"②

时光漫漫，《香港文学》正慢慢建构起独具特色的文学资料库，积少成多，积沙成塔，为香港文学留一份史料，为后来者提供了方便和指南。

---

① 曹惠民：《桥梁·触角·心田——评陶然主编的〈香港文学〉选集系列》，《常州工学院学报》（社科版）2012 年第 6 期。

② 梅子：《勇气充沛，功德无量——读〈香港文学〉选集系列（2000.9—2003.6）》，《香港文学》2003 年 9 月号。

言说的疆域

——浅谈大陆学者所撰台湾文学史的理论视野

巴尔特把历史写作看作一种话语形式，"历史写作中明显存在着话语的手段，不仅表现在形式单位上——譬如'音变'，而且表现在主题单位上——譬如'内容'的类别和宏观结构"①；海登·怀特进一步拆解历史建构的行为过程，分析历史写作中庞杂烦琐的操作程序。长期以来对"历史"的迷信终于在结构主义以及后结构主义的轰击下粉碎了，"历史"不再被当成一架忠实记录的古朴摄影机，相反，它更像是一个永远不能完形的拼图，其趣味性正在于选择、组合和拼接的过程，历史话语不可能达到真实界，它的全部作用在于培植一种真实性的效果，正如我们紧张地关注，目不转睛地凝视，寻找能够互相接洽的板块，这种对过程的关注代替了对结果的偏执。没有必要再把历史当成神圣的偶像，当众多历史叙事围绕时，我们发现任何一种历史呈现方式都永远无法穷尽事实的真相，因此它的价值也并非在于"记录"的"真实性"，而恰恰在于叙事的"虚构"和"想象"。呈现历史的叙事行为以前所未有的姿态获得了人们的重视，与此相关的叙事者、叙述视角、叙述话语和声音等一系列问题也随之慢慢凸显，人们终于放弃了对真相唯一性的追逐，转而在承认真相多面呈现的基础上探讨呈现的内在动机，"历史"于是获得了新的表现

---

① ［美］戴卫·赫尔曼主编：《新叙事学》，马海良译，北京大学出版社2002年版，第178页。

活力。

"学术领域反思自身的一个方法是回顾自己的历史"①，既然历史呈现是一个可供开掘的丰饶领域，那么它就必然能为学术研究提供多方位多角度的资源参照。可以说，"回顾历史"不是一个追问终极真理并以此判决是非的仲裁性举措，而是意在审查透视历史建构的行为主体的精神动态，并借由对这种精神动态的深入分析，进一步发现学科自身的生长轨迹。因此，我们有必要关注"台湾文学史"呈现的相关问题，这首先是基于学科建设的需要，学科历史是学科建设中一个至关重要的问题，任何一门学科都有属于自己的发展历史，这种历时性地位使学科获得某种共时性的身份凭证。对学科历史的整理、归纳和描述不仅提供了必要的数据和文献资料，更重要的是，资料收集背后的操作程序不是简单的个体行为，它往往能够映照出当时学科理论的秩序、规则等结构特征以及演进变化等动态行程。其次，对学科历史的关注也有助于学科的发展提高。学科必须有自己特殊的研究对象和相应的研究成果，而一门学科要发展提高，就不能僵化现有的研究成果，对研究成果的再审视和再研究往往能开拓更广阔的思考和探索空间，成绩和不足都能为学科的理论建设提供充足的理性支持，在这种充实完善的过程中将学科研究提高到一个新的水平。台港澳暨海外华文文学的研究既然形成了自己的研究区域，就势必需要关注自身的学科历史，不仅是研究的历史，也包括研究对象的历史，正是凭借手中的历史航线地图，我们或可在茫茫大海的浮荡中找到属于自己的方位坐标。

"台湾文学史"是一个看似简单实则复杂的命题。我们当然知道，它整理描述的是台湾的文学历史，但是问题正出在对象的特殊性上，"台湾"和"文学史"都是两个关键而又难解的概念，首先，关于"台湾"，正如王力指出的："20 世纪的台湾文学是一个具有多重

---

① 张京媛主编：《新历史主义与文学批评》，北京大学出版社 1993 年版，第 160 页。

研究意义的对象。从台湾被日本割据，后又为国民党政权长期据守的政治变迁看，这是一部民族文化与异族文化抗争承传的艰难历史，也留下了国民党政治文化的深刻烙痕。从20世纪50年代后台湾与西方文化的特殊联系看，台湾文学又是反映东西方文化交流尤其是汉语文学现代化得失的活化石。因此，铸就了20世纪台湾文学基本形态的'五四'新文化，和殖民文化、党制文化、现代工商文化以及西方现代主义文艺思潮，构成了解读20世纪台湾文学的多重参照。"① "台湾"作为一个文化活动场域，虽然隶属于中国文化的总体版图，但在长期诡谲曲折的历史变动中，已经逐渐游离于版图之外，异质声音不绝于耳，这正是台湾的特殊性所在：既有千丝万缕的文化母缘承续联结，又有暧昧难明的文化自主疏离。这样特殊的活动空间必然孕育出相应的文化性格、若即若离的态度、多元共生的局势，使得台湾文学本身充满冲突碰撞，不易辨认识别，而"两岸相隔"的观察距离更增添了梳理整合的难度，这是我们研究台湾文学存在的问题。其次，关于"文学史"书写，洪子诚早已指出："'文学史'实际上包括两个层面：一个是'发生的事情'，另一是我们对这种联系的认识，和对它的描述的文本。前者是历史事件，是研究描述的'对象'，是作为'文本'的'历史'得以成立的前提，可以称为'文学的历史'；后者则可以叫作'文学史'，它的研究成果则是'文学史编纂'。"② 我们这里谈的"台湾文学史"即"台湾文学史的编纂"，文学的历史是一个诡异的秘咒，一方面，文学是人类特别的一种精神文化活动，以虚构和想象的叙事行为为主，不论作者做了多么真诚深刻的自我剖视，只要形诸文字，其对于真实性的传达和探求就始终置于形而上层面，文学从来就是"叙事"的先锋；另一方面，如前所

---

① 王力：《"现代性"视野中的台湾文学史——评〈20世纪台湾文学史论〉》，《世界华文文学论坛》2005年第1期。

② 洪子诚：《问题与方法》，生活·读书·新知三联书店2002年版，第19页。

述，历史呈现虽然也是一种"叙事"行为，不可避免主观意念的介入，但它的目的就在于尽量避免"虚构"的干扰，力图最大限度地接近"真实"的核心，这仍然是它得以确立地位的标志，当这种叙事行为置入文学领域时，就产生了一个疑点：如何以叙事方式追究虚构的叙事行为之"真实性"？这一追究过程具有多少吊诡性质，对其的解读能为学术建设提供什么参考意义和价值？这是所有文学史书写作普遍存在的问题，而在面对"台湾文学"如此纷繁的图像时，编码的工程显得更严峻，在这一运作过程中，书写主体的位置尤为重要，它直接影响了观察的视域。本文谈论的"台湾文学史"的书写主体都是身处台湾这个文化活动现场之外的大陆学者，这里将这种隔岸的历史写作称为"此岸书写"，他们对台湾"彼岸"的文学历史观察是在距离的对视下发生的，表现在具体文本中，必然反映出视野的偏差以及隐含在偏差背后的文化理念特征。距离的存在固然造成资料整理和收集的困难，有可能带来写作的缺漏，但也在一定程度上提供了远离"中心"的冷静客观态度，是值得分析的一种文化视野现象。这里特别指明"理论视野"，主要是基于文学史写作特性的考虑，文学史写作既然力求接近事实真相，就必须做到归纳与分析的理性化和数据化以及研究成果的理论化，因而其观察视野也必然被统摄在理论建构的系统下。通过这种"此岸书写"展示的言说疆域版图，或能一窥大陆关于台湾的文化想象。

　　大陆的台湾文学史著述卷帙纷繁，这里无法一一详述，只准备从中选出几部较有代表性意义的文学史样本，观察大陆对台湾文学关注的重心位移，并在此基础上试析大陆研究台湾文学史的理论视野之变动迁转。入选的样本有刘登翰等人主编的《台湾文学史》（海峡文艺出版社 1991 年、1993 年版）、杨匡汉主编的《中国文化中的台湾文学》（长江文艺出版社 2002 年版）、黎湘萍著的《文学台湾——台湾知识者的文学叙事与理论想象》（人民文学出版社 2003 年版）以及朱立立著的《知识人的精神私史——台湾现代派小说的一种解读》（上海三联书店 2004 年版），有必要指出的是，在这几部编著中，除了刘登翰和杨匡汉主编的台湾文学史有较明确的全面系统梳理台湾文学发展变迁历史的意图与实践，其余均在文学史领域内有所偏重，并非完全意义上的线性文学历史，但因为它们都注意到了文学发展的历时性轨迹，并试图沿着这条轨迹追踪某种逻辑性规律，一定程度上符合历史写作的基本特征，因此将它们统一归入"台湾文学史"写作的总体格局中，以期在开阔的研究视域中丰富理论建构体系。

刘登翰等人主编的《台湾文学史》出版于 20 世纪 90 年代初，是国内较完整全面地梳理台湾文学历史的编著，全书分为上下册，内容丰富、条理清晰、论证翔实，除去总论和结束语之外，主体部分包括古代文学、近代文学、现代文学和当代文学四个板块，正如朱双一在谈到刘登翰的视域风格时说的："从事台湾文学研究已有十多年的刘先生，就是以对台湾文学现象的历史的、宏观的整体把握著称的。"①两卷本的《台湾文学史》正是体现了这种"历史的、宏观的整体把握"的理论视野。这首先表现在整部《台湾文学史》都贯穿着一个明确的主题"文学的母体渊源和历史的特殊际遇"，可以说，这是一个统摄全局的文化理念，也是一个涵盖整体的意识形态视野，即从大中国的母体概念出发，将台湾视为中华民族版图之内的一个区域，其文化属性必然根植于中国文化命脉中，正如刘登翰在总论中强调的："认同其归属，是研究的前提与出发点；而辨异则是在确认归属之后对现象的更深层分析，是研究的深入和对认同的进一步肯定。"很显然，这是一种带有鲜明意识形态色彩的文化理念，这里的"意识形态"概念不是特指某种政治主导类型，而是一种带有普遍性质的观念体系，"现代社会科学提供了这样的定义：它把意识形态当作一种具有行动取向（action-orientated）的信念体系，一种指导和激发政治行为的综合性的思想观念。这种观念由一系列概念、价值和符号（symbols）所组成，从总体上表达了对人性的看法，对人类行为的批

---

① 朱双一：《大角度研究台湾文学——读刘登翰〈文学薪火的传承与变异〉》，《台声杂志》1995 年 8 月号。

评，对应然问题的阐释，以及对正确安排社会、经济和政治生活的意见"。① 显然，刘登翰等人的台湾文学史理论视野的意识形态是一种典型的国族认同标准，即以政治上的国家主权判决为文学划分标准，隐含了"中央—地方"的文化发展模式，其文化认同具有隐在的政治规约性，立足国族想象，开拓叙事边界，台湾文学从一开始就被纳入中华民族文化的整体框架中，其异质特征即使如何跳脱，都不会也不能蔓延出这个范围。这有点类似文化"寻根"，即为错综繁茂的文学大树寻觅深植的根须，其上所有枝叶花果的生发都被视为吸收了根须提供的营养，这样的梳理方式显得从容有序而且逻辑严密，两条线索并行不悖，各成风景，既能体现台湾文学的"母缘"文化意识，又能适当展现其攀缘于母体之外的奇异景观，在整体性视野观照下，台湾文学获得了某种归属的安全感，也正是在这种指认中，台湾的文化性格被定位为一种边缘状态，体现在文本中，呈现出这样的叙事特征：

> "如我们前面所曾分析的，台湾移民社会的形成和后来的历史遭遇，带来了台湾社会普遍存在的漂泊心态和孤儿心绪，它赋予了台湾文学特殊的'移民性格'和'遗民性格'。"
>
> "这样，被日本殖民者割据达半个世纪之久的台湾，终于回到祖国的怀抱。这是我国台湾省历史发展的一个巨大转折，标志着台湾作为殖民地时代的结束。在此历史转折关头，台湾人民在政治、思想、文化等方面，面临着艰巨而繁重的历史新任务。"
>
> "光复初期，台湾文坛曾经出现一个短暂的复苏时期。在日据时代受尽日本凌辱、欺压的台湾作家，接续中华民族的文化传统，积极投入文学活动，各种刊物如雨后春笋不断出现。"
>
> "国民党当局的迁台，开始了此后40余年海峡两岸的严峻对

---

① 燕继荣：《政治学十五讲》，北京大学出版社2004年7月版，第93页。

峙，也由此带来了台湾社会发展的不同形态和当代台湾文学进程的一系列变化。"

我们注意到，这些叙事隐含了一个绝对权威的叙事者，他代表的是主权中国的立场。

我们看到，在这种意识形态的支撑下，作者对"时间中"的事件进行了有意识的选择、排除、强调和归纳，从而将其变成一种特定类型的故事，"也就是通过'发现''识别''揭示'或'解释'而为编年史中掩藏的故事'编排情节'"，在这个编码过程中，国族归属的政治文化认同始终是主导力量，它直接参与判定台湾的文化性格底色、面对异族的态度以及异党的入主性质等，台湾被叙述成一个远离家国的"孤儿""弃儿"，长期受到异族压迫，而后又被落败的政党把持，进而一步步走上追逐西方文化脚印的艰难行旅。这个叙事情节构成台湾文学发展的总体背景，台湾文学因此被还原成一种"中国想象"，它被想象成中国文化大海中的一叶扁舟，在苍茫的海域载浮载沉。这里"大陆"的政治文化视角是相当明确的，在这个视角的观测省察下，台湾文学具有可依托的文化凭借，呈现出清晰的风貌。当然，编著者也注意到了台湾自身的本土性和外来文化的冲击等问题，也比较充分地展现了这些异质文化在台湾体内交融碰撞的过程，但是这些都是统一在"文化母体"的认同中，没有逾越这个范畴。例如在论述到台湾20世纪50年代中期至60年代现代主义文学思潮的兴起时，论者将源头牵到了大陆"五四"新文化运动，很自然地将台湾的现代主义文学归入"中国新文学发展史"，台湾文学就被置入中国文学发展的整体格局中了。值得注意的是，论者始终注意到两岸关系的变化对台湾文学的影响，沟通与对峙、交流与阻绝，在论者的关注下都成为台湾文学发展不可忽视的重要背景之一，再次体现了"大陆"政治文化视角的作用。

我们发现，这种视角无形中形成了一定的推理逻辑：台湾文学对中国传统文化的承传是自觉的世代延续，而对外来文化的接受则相对被动而勉强，多少产生摩擦和抵触。这种文化理念长期以来成为台湾文学研究的主要思路，对台湾文学的考察是建立在对其主权从属性的确认上，这点在杨匡汉主编的《中国文化中的台湾文学》中得到了最充分的阐释和发挥。正如引言中指出的："正是从这种整体的、合璧的文化视野出发，尽管是曲曲折折、分分合合，台湾文学无疑是中国文学在一个特殊地区的合理延伸。"理论视野的选择对应着相应的思维逻辑，编著者正是以对台湾文学的"中国化想象"逻辑抽绎出台湾文学的筋髓，将曲折的台湾文学历史与浩荡的中国文学历史相结合，这种结合不是体现在具体历史情节的发生上，而更多地体现在历史情节内部精神领域的探寻上，正是一种"中国人文精神"的承传续接使得台湾文学即使历经数千劫难变动，都依然存有中华血性。这是文本中很有意思的一个章节，在寻找"中国人文精神"对接时，研究者举出几种典型的"中国人文精神"模子，如"感时忧国的忧患意识""天人合一的和谐意识""德性化的人格追求""家园意识与故乡憧憬"以及"中和之美的艺术形态"等，在具体论述时，都注意到台湾文学呈现面向与中国古代传统文论的相和相应之处，"它利用真实事件和虚构中的常规结构之间的隐喻式的类似性来使过去的事件产生意义"①，如果单独零散地看这些台湾文学现象，也许不会发现什么特别之处，无非是人类精神追求的一个向度表现，但一旦经由作者有意的组合联结，分类归整，这些文学事件立刻获得了某种意义，完全符合台湾文学"中国情结"的叙事模式。这一理论视野不仅体现在叙事情节安排上，更体现在叙事话语上：

> "就台湾地区而言，这类包含感时忧国的忧患意识的作品，大体上映现了三种苦难的精神历程。一是以异族统治（1895—1945）下台湾民众的命运际遇为历史内容，表现中华民族精神话

---

① 张京媛主编：《新历史主义与文学批评》，北京大学出版社1993年版，第171页。

语对日本殖民者的抗争之声。……二是在政治的高压专制（光复后至80年代初）的环境下，表现寻找精神的通道以谋求思想自由的骚动之音。……三是面对意识形态和消费社会的双重钳制，自80年代中期以至今天，表现为对社会、历史、身世充满扭曲而进行文化批判的不平之鸣。"

我们很容易分析出这段历史中的叙事机关，它隐含了几个信息：1. 台湾长期受到日本异族的压迫，并以民族精神作为对抗；2. 光复后又处于国民党的政治高压专制下，自由维艰；3. 80年代则受政治意识形态和消费社会的双重挤压。这里面隐含了"转义"的全部机制："从对世界的隐喻理解，经过换喻的和提喻的理解，最终对一切知识的不可还原的相对主义达到反讽的理解。"[1] 转义机制作为话语的灵魂，影响甚至决定了话语特征，"话语的主要特点在于它具有一种辩证的双重性。……从这种辩证的运动概念，怀特首先看到话语的前逻辑性，即用话语标识出一个经验领域，以供后来进行逻辑分析，和话语的反逻辑性，即解构这个经验领域里已经僵化的概念，从而促进新的认识"[2]，历史话语是一种表述话语，这里的"苦难""抗争""政治高压专制""双重钳制"等叙述话语具有明确的贬义色彩，它们共同标识出一个关于台湾文学—中国意识的经验领域，以家国概念为中心，无形中建构起家国文化与异族、异党、异文化的二元对立对抗模式，台湾文学因而获得了某种身份界定：它不是可以自由生长的独立体，无论受到外来文化多大的影响，它始终都是中国版图上的一隅。正是在这种身份下，作者找到了台湾文学"中国情结"的可靠证据：从人文精神到艺术策略，从文化母题到原型意象，从文字书写

---

① ［美］海登·怀特：《后现代历史叙事学》，陈永国、张万娟译，中国社会科学出版社2003年版，第9页。

② ［美］海登·怀特：《后现代历史叙事学》，陈永国、张万娟译，中国社会科学出版社2003年版，第9页。

到文化政治，从文学思潮到文学代际群体，从地域方言到宗教信仰，总之，作者尽可能在一切层面寻找并编排台湾—中国的对应联结，理论视野的宏观国族性质得到了最充分的诠释。

对研究对象的关注重心往往暗示了理论视野的指向，一旦理论视野转向，会直接影响观察的视角和言说的疆域。因此通过考察理论视野的变动情况，我们有可能发现学术领域中意识形态的转变。历史书写既然是一种体现主体意识形态的叙事行为，就必然通过各种叙事呈现展现主体的精神动态，同一时间平面上，有可能因为主体意识形态的不同而产生不同的历史叙事模式，对同一事件，也可能产生不同的理解和阐释。这里我们可以参考海登·怀特对历史修撰中四种"解释"观念的划分："形式论的真实论旨在识别研究客体的独特性。因此，当一组特定的客体被正确地识别出来，赋予其特定的种、类和属性，并对检验它的特殊性给以标识时，形式论者便认为一种解释已经完成了。……有机论的世界假设及其相应的真理和论证理论相对是'集成的'，因此在运作上更具还原性。……机械论倾向于把寓于历史场的'动作者'的'动作'看作是源自'历史场'的超历史'动因'的显示，叙事中描述的'动作'就在这个'场'内展开。……语境论用以提供信息的前提是通过把事件置于它们发生的'环境'当中解释事件。"① 显然，若以此观之，上述刘登翰和杨匡汉等人编著的台湾文学史倾向于一种"有机论"的历史解释范式，"有机论策略的核心是对微观—宏观关系范式的一种形而上承诺"②，正是基于国族政治文化的整体视野观照，研究者将台湾文学的各个零散部分整合于"中国文化"的大叙事内，形成了集中凝聚的历史叙事特征。随着学科建设的提高和拓展，理论视野开始出现多方转向，微观叙事

---

① ［美］海登·怀特：《后现代历史叙事学》，陈永国、张万娟译，中国社会科学出版社2003年版，第384—388页。

② ［美］海登·怀特：《后现代历史叙事学》，陈永国、张万娟译，中国社会科学出版社2003年版，第384—388页。

逐渐以自己独特的优势在学术研究领域中占一席之地，与宏观叙事不同，微观叙事更倾向于"语境论"的阐释方式，即"事件为何如是发生，这将通过它们与周围历史空间内发生的其他事件的特殊关系来解释。在此，如在形式论中一样，历史场被解作一种'景观'……历史场中'所发生的事件'可以通过在特定时间占据历史场的动作者和动因中存在的特定功能的相互关系得到说明"①。这就是下面将要分析的两部台湾文学史的叙事特征。

通过题目我们就可以发现这种理论视野的微观建构意图："文学台湾——台湾知识者的文学叙事与理论想象""知识人的精神私史——台湾现代派小说的一种解读"，显然，两者都将关注点放在台湾知识者的内向空间开掘上，如果说宏观的理论视角注重的是国族的政治文化背景，那么微观的理论视角则偏重于个体的精神文化质素，当然，这里的"个体"也是被放置在历史叙事的整体框架中，不可能完全脱离，但是研究者明显更注意个体在文化场域内的成长状态，注意他们作为文化单位的独立性和个别性，相较于外界动能的分析，研究者更关注内部势能的探讨。微观视野并非拒绝外界环境的描述，但若说宏观理论视野下的历史叙事提供的是一种环境—影响的效能模式，强调环境对事件的作用，那么微观理论视野下的历史叙事则内含了影响—环境的反射模式，凸显的是事件在环境中的变动状态，各种外界因素与其说是被呈现，毋宁说是被内化为主体机体的细胞分子，直接参与主体建构的过程。这种微观视野的推进是逐渐深入的，在黎湘萍的《文学台湾——台湾知识者的文学叙事与理论想象》中，著者已经明确将叙事重心放在"知识者""叙事"与"想象"的文化精神层面上，但是这里的"知识者"仍然是一个比较宽泛的群体概念，可以说是对整个台湾文化精神的探索。有趣的是，著者很早就注意到了文学叙事的多样性和复杂性："我们在目前已经问世的各种台湾文学史

① ［美］海登·怀特：《后现代历史叙事学》，陈永国、张万娟译，中国社会科学出版社 2003 年版，第 384—388 页。

里发现多少种有趣的叙述，而每一种叙述又呈现着多少不同的记忆上的差异啊！""显然，每一种解释都可能有助于逼近某种历史的、现实的或情感的真实状态，但任何一种单一的诠释也都有可能是不完整的。"那么，著者凭什么建构"完整"的台湾文学历史叙事呢？著者提出了一个概念"记忆"——这是一个属于意识领域的词语，书写记忆与书写历史本质上不能等同，因为前者显然难以把握，并且可能带有很多非理性的色彩；而后者强调的恰恰是理性思辨的逻辑，重视历时性规律和共时性特征，但是著者很巧妙地将这个词语意义进行了转化，文本中的"记忆"排除了模糊不确定的情感特征和非理性结构，实际上指称具体的文学现象，在这种现象中内含文化精神及理论想象，也许这种精神理念比起纷繁芜杂的现象更具有集中抽绎的性质，"记忆"因此提供了"个案研究"的可能，成为研究者进入台湾文学迷园的精神甬道。我们可以看到，文本的历史叙事延续了"国族想象"的意识形态特征，仍然致力于寻找构建两岸文化的交通联结，即使论述了两岸的文化融通之后，也注意回到台湾自身做更深入体贴的观察：

> "沉默的台湾究竟在想什么呢？我们或许可以从这些真正关注台湾的大陆作家的报告文学里感受到台湾的悲情，但这毕竟是同情的言说。要想真正听到台湾的声音，还是应该把焦点放回到本土作家身上来。"

这样的叙事话语隐含了一条叙事逻辑：我们应该回复台湾本身，倾听它自己的发声。这一逻辑贯穿整个文本，在第四章"现代消费社会的另类叙事"以及第二编"知识者的理论想象"中表现得尤为明显。

如果说《文学台湾——台湾知识者的文学叙事与理论想象》因为一定程度上整合了两岸关系的视域，仍然具有"国族"想象的特征，还不能算完全意义上的"微观理论视角"，那么朱立立的《知识

人的精神私史——台湾现代派小说的一种解读》可以说比较集中地
运用"微观理论视角"建构台湾文学历史叙事。正如作者在引言中
指出的："我把台湾的现代主义文学理解为一种动态的开放的精神现
象，也理解为个体认同危机与文化认同焦虑的一种复杂呈现方式，一
种战后台湾知识者精神私史的文学叙事。""精神私史"提醒了历史
"私密"空间的存在，其实"文学史"要考察的对象天然地包含具体
的文学写作现象，除去那些广阔的政治文化背景，文学叙事和想象的
历史更多体现在具体的文本写作中，"所谓精神世界，并不意味着封
闭的主观自我。真正的个体精神体验是深邃的也是开放的，与历史、
与社会现实、与其他文本之间，都存在着复杂的交错与互动关系"，
这实际上是"微观理论视角"的真正意旨，即并非排斥文化语境的
描述，而是将主体精神置于文化语境的中心，突出的是主体受制于各
种文化力量冲击的状态。这种视野支持下的历史叙事需要一种"内
部"呈现，"内部"在这里包含着两个层面的意义：既是指评论者要
潜入研究对象的内部世界，与之同呼同吸；又是指研究者要真实自然
地面对自我内部的生命世界，将它发挥流泻。只有在这两种"内部"
之间达到贯通与融合，才能让文学批评真正具有人性化的关怀和美感
的肌质。

　　我们注意到，在这个历史叙事中，对文本的细致解读构成了不同
于其他台湾文学历史的一个主要叙事特征，不论是对白先勇关于
"存在、时间与文化忧患"的分析、对王文兴表达人之困难与知识分
子异化的解剖，还是对七等生"荒谬境遇中自我抉择以及伦理考辨"
的探究，抑或是对马森和李永平"漫游书写与自我追寻"的展
现……所有这些深刻的批评，都是建立在对文本耐心品读的切实基础
上，而最本质的，是作者将这些现代派作家当成有血有肉真实存在的
个体，直面他们的思想和情感，而不是将其视为本雅明所说的"机
械复制时代"的无生命机器进行拆解，这才是真正的"精神私
史"——我们看到的是白先勇浪漫唯美的心灵在时空穿梭中失落的
伤痛，看到的是王文兴在"生命局限与自由之间"徘徊的恐惧不安

的灵魂，看到的是有着超验理想追求的七等生阴郁绝望的疏离，更看到浪漫自我的王尚义"苦闷的象征"，以及马森、李永平在昏暗迷乱中游荡的惶惑神情，正是在此时，文学历史被绘制成一幅精神喧哗与骚动的图腾，涌动着生命的激情。某种意义上说，《知识人的精神私史——台湾现代派小说的一种解读》可以视为一种思想史，"那么与其说它构成一个边缘的领域，不如说它构成一种分析的方式，一种透视法"①，也许以微观理论视野观察的文学史，其意义就在于提供一种新的分析和透视对象的方法。

"第一，它让我们了解到历史写作实际及认知上的力量，可能不是出于过去实事存在，而是出于其叙述的形式所引发的'功能'；第二，历史写作不单是一种将经验组织成形的方法，同时也是一种'赋予形式'的过程，而这种过程必定具有达成意识形态、甚至原型政治的功用。"② 历史叙事实际上表达了写作主体的精神动态，通过历史叙事呈现，我们可以洞察主体意识形态走向。鉴于台湾文学史的特性以及两岸相隔的现实，大陆的台湾文学史写作更突出了距离对视中包含的种种想象，值得关注，透过叙事差异可以探掘想象空间的不同维度。这里试析的几部台湾文学史只是众多著作中极小的一部分，它们或许不足以构成一个系统的论证体系，但是却能提供给我们一种研究思路：对台湾文学史的言说疆域始终处于意识形态支撑的理论视野观照下，这永远是一片开阔的秘土，将随着理论视野的位移无限拓展蔓延，我们或能在这片土地上搭筑起台湾文学研究的理论大厦。

---

① ［法］米歇尔·福柯：《知识考古学》，谢强、马月译，生活·读书·新知三联书店 2003 年版，第 150 页。
② 王德威：《想象中国的方法：历史·小说·叙事》，生活·读书·新知三联书店 1998 年版，第 299 页。

张爱玲研究的趋势与可能

——以新世纪第一个十年研究生学位论文为例

一

现代性对于主体的强调早已提醒我们注意，文学研究不再是躲闪于文学创作身后亦步亦趋的随从，而是以能动活泼的方式进行再创造的文化实践，当代文学研究就是穿越迷幻的感官经验，为理解当代世界而重新绘制文化地图，这也就是詹明信"认知图绘"的意思。① 可见对于文学研究的考察，其意义绝不是表面的资料收集和梳理，而是可以通过深刻理解作品丰富内涵感和深入作家精神生命的多维思维拓展和多元价值发现的过程，触摸和把握社会思潮动态和文化风向变换，是当前文化研究的一种主要方式。正是在这个意义上，我们选择对张爱玲的研究进行考察，以期发现更丰富的文学文化生态景观。

从傅雷先生《论张爱玲的小说》对张爱玲小说可圈可点的评价开始，张爱玲研究经过了二十世纪四十年代社会各界的热烈关注，五六十年代海外研究者的高度肯定，八九十年代大陆学界的重新发现，直到如今二十一世纪媒体传播的普遍推广等历史过程，可以说已经形成了一个相对独立的研究领域，这也使我们的研究具有了扎实的基础

---

① ［美］《晚期资本主义的文化逻辑》，詹明信著，张旭东编，三联书店 1997 年版，第 510 页。

和可拓展的余地。在这样的场域中，对张爱玲的研究当然也就呈现出更加丰富多元、生动活泼的文化态势，同时也可能因此而显得混乱芜杂。因此，本文以硕、博士论文为例，考察新世纪第一个十年中国大陆的张爱玲研究情况，从一个侧面了解社会文化思潮动态发展与其对文学创作研究的影响。

二

首先，文本研究持续深入。张爱玲的"横空出世"是在二十世纪四十年代，正如陆兴忍在他的博士学位论文中指出的："在抗战烽火燃起的二十世纪四十年代，当整个民族进入了一个空前特殊的抵御外侮的时期，处于沦陷区的张爱玲有着自己明确的关于日常生活的创作观念。"① 面对振臂呐喊的民族大义和风起云涌的无产阶级革命文学，张爱玲以少见的冷静保持着适度的距离，用平凡得近乎琐碎而又尖刻得极具穿透力的日常生活叙事表达自己对动荡不安的时代和复杂幽深的人心的体验，对此，她曾明确直言："我发现弄文学的人向来是注重人生飞扬的一面，而忽视人生安稳的一面。其实，后者正是前者的底子。""强调人生飞扬的一面，多少有点超人的气质。超人是生在一个时代里的。而人生安稳的一面则有着永恒的意味，虽然这种安稳常是不完全的，而且每隔多少时候就要破坏一次，但仍然是永恒的。它存在于一切时代。它是人的神性，也可以说是妇人性。"② 并强调："我愿意……从柴米油盐，肥皂，水与太阳之中去找寻实际的人生。"③ 有研究者就此认为她是"在世人对柴米油盐、吃穿用度中

---

① 陆兴忍：《走向女性主义日常生活诗学——论日常生活对女性主义批评的意义》，华中师范大学博士学位论文，2007 年，第 73 页。

② 张爱玲：《自己的文章》，载《张爱玲散文全编》，浙江文艺出版社1992 年版，第 112 页。

③ 张爱玲：《必也正名乎》，载《张爱玲文集》第四卷，安徽文艺出版社 1992 年版，第 60 页。

微末的喜怒哀乐、酸甜苦辣的执着，实有着寻常人生的如泣如诉的庄严"①。正是在这个意义上，张爱玲对时代风潮的有意回避，对日常世事的精雕细描和对恒常人性的窥视探掘，都使她的作品具有了超越时空限制的特殊意义，因此她作品中的每个细节都能引起研究者的关注，如李新宇的《夏日最后一朵玫瑰——论张爱玲的小说创作》（郑州大学硕士学位论文，2000年）、王文参的《张爱玲小说意象论》（河南大学硕士学位论文，2001年6月）、曹非的《广大的同情——张爱玲小说创作观探析》（苏州大学硕士学位论文，2007年11月）、陈莉的《张爱玲〈传奇〉的隐喻内涵及启示》（西北大学硕士学位论文，2008年6月）、饶玮的《游走在传统与现代之间的艺术精灵——张爱玲小说创作新探》（西南大学硕士学位论文，2008年4月）和奇恩暎的《张爱玲〈金锁记〉研究》（山东大学硕士学位论文，2009年5月）等论文，都是运用相关的文艺文化理论，通过对张爱玲作品的仔细解读，分析张氏文本的人物塑造、意象经营、比喻设置、情节结构等具体艺术风格的技巧层面的文本分析。这种研究方式当然是解读张爱玲的最直接方式，但是它也存在局限于作品表层意义的开掘，可拓展和深入程度有限，阐释的空间相对比较狭小以及很难超越前人研究成果等问题，实际上，不论是哪个角度的文本分析，都并未远离七十年代水晶所作的《张爱玲的小说艺术》一书对《倾城之恋》原型批判、《红玫瑰与白玫瑰》人物心理把握、《沉香屑·第一炉香》的情节结构分析和张爱玲小说中的镜子意象解析的解读，而有些研究论述试图达到"探讨张爱玲作为一个接受了现代化音乐、美术、数理、诗歌教育，又历经了新旧交接的世俗生活的人，如何把一个自己感知的文明世界写进书中，构成一个有涵养的人的知识场，体现一种融合与再现，研究这些艺术形式、科学技术乃至人情世故对文学作品

---

① 余彬：《张爱玲传》，广西师大出版社2001年版，第185页。

的影响"① 的目的,更是未能超越水晶先生对张爱玲的总体评价,即粗看像章回小说,但貌合神离,精神技巧近西洋,是属于现代的这一结论。更进一步看,有些研究论述的严整性不够,理论运用失之恰当,也使文本技巧研究难以深入,如陈莉就在《张爱玲〈传奇〉的隐喻内涵及启示》一文中这样论证:"后来张爱玲又在香港大学学习西洋文学,那么我们不妨大胆推测:只要教授西洋文学,就必然会涉及西方一些经典名著,那么亚里士多德的经典名言,对于怀着天才梦的女孩,自然过耳不忘!……事实上,隐喻在张爱玲的前期作品《传奇》中运用得尤其多,这一切不能说都是一种巧合吧?"② 论述的假设性显然违背了学术研究实证分析的基本要求和逻辑推理的基本手段,从而造成了结论的含混和模糊,这样的论述实在很难令人信服。

因此,大多数研究者还是采取文本研究的透视方式,即通过文本细读,穿透技巧层面,深入把握文本内部蕴含的文化意义和历史含蕴,这种意义的开掘大致可以划分为两个主要方向:第一是对性别意义的生发。中国大陆女性主义研究萌发自二十世纪八十年代初到八十年代中后期,大致经历了大量引荐和介绍西方女性主义理论学说的初期发展,锐利批判中国传统男权专制、重新发现和肯定女性历史价值的二元对立过程,提倡打破既定性别等级秩序、建立新型的两性审美关系、催生丰富多样的两性性别角色、建构精彩宽容的性别文化内涵和审美外观的"性别诗学"等阶段,逐渐形成了扎根于中国文化传统、面对中国社会现实、重视性别生态平衡的独特风貌,这给文学研究开启了一扇豁亮的窗户,使其得以借助性别视角切入文本,进而为了解创作主体思想情感、社会时代思潮风尚、历史传统内含蕴义等问题提供一条独特的路径。结合张爱玲来看,这个文坛奇女子身怀苍凉

① 代佳:《艺术呈现与生活逻辑——张爱玲作品新论》,硕士学位论文,华中科技大学,2008 年。
② 陈莉:《张爱玲〈传奇〉的隐喻内涵及启示》,硕士学位论文,西北大学,2008 年,第 3-4 页。

的身世背景，具备独特的敏锐感知，又擅长男女恩怨情仇的咀嚼，这些都与性别文化有着千丝万缕的联系，注定成为性别研究热衷探讨的对象。陈静的《中国现代女性文学的一道独特的风景线——从张爱玲的前期作品谈其女性创作》（福建师范大学硕士学位论文，2001年6月）、王海兰的《展示与演绎、鞭挞与放逐——从张爱玲小说中的男女形象对比中看张爱玲的女性主义意识》（兰州大学硕士学位论文，2001年4月）、陆兴忍的《走向女性主义日常生活诗学——论日常生活对女性主义批评的意义》（华中师范大学博士学位论文，2007年1月）、陆美娟的《苍凉、孤绝与守望——张爱玲笔下的爱情书写》（湖南师范大学硕士学位论文，2008年5月）和付蓉娣的《张爱玲作品的男性批判研究》（山东师范大学硕士学位论文，2009年6月9日）等论文，就都是从性别角度解读张爱玲的研究，他们从文本入手，通过细致的分析，结合个人成长历程、时代背景环境和社会文化影响等多方面因素，考察张爱玲创作中强烈而独特的性别意识，得出她"对两性关系的深刻而清醒的审视，筛漏出现代人尤其是现代男性的自私、功利、冷酷与悲凉"①，男权文化批判和"从女性主体的视角出发去观察、体验和审视女性日常生活的情感、欲望和生存"②的女性生命体验，然而必须指出的是，大部分性别研究者得出的都是类似这样的结论，并没有什么新见，这当然跟研究对象有关。张爱玲对男性的批判态度是明显的，对女性的悲悯感受是细腻的。但是如前所述，张爱玲这个略带偏执的女性作家的作品大多表现的是一些"日日习见，视为平常的男女小事情"③，擅长的也是一些幽微曲折的心事刻画，表现领域的狭窄和表现内容的单调局限了她的性别思考，

① 刘福政：《张爱玲小说的男性书写与男性观》，硕士学位论文，山东大学，2007年，第28页。

② 陆兴忍：《走向女性主义日常生活诗学——论日常生活对女性主义批评的意义》，博士学位论文，华中师范大学，2007年，第74－75页。

③ 刘力：《论张爱玲现象——张爱玲小说的沉浮及开辟的文学新方向》，硕士学位论文，湖南师范大学，2007年，第29页。

也许她的性别发现意义更倾向于"在社会性别视角的基础上，进一步确立日常生活视角去考察中国女性文学的历史、创作和批评，它将有助于我们重新发现被埋没和被曲解的女作家和女性文学文本，并分析和归纳这些作家作品在日常生活表现上的思想内涵和审美特点，从女性自己的书写中发现被意识形态压抑、隐匿和扭曲了的女性生存体验和生命存在真实"[①] 的历史价值，而不是"发现隐藏在世俗世界后的不寻常，在平凡的女性心灵或扭曲的女性精神世界中去表现近乎自然的人的本性，虽然是对日常生活的关照，却指向了人类终极命运的思考"[②] 这样的理论高度，因此，张爱玲的性别研究在经历了初期的发现惊喜、中期的深度探索之后，已经逐渐进入了模式化的凝滞阶段，研究者如果想要在张爱玲研究上取得新的进展，恐怕还需要寻找新的突破点。

于是，不少研究者将文本研究转向了创作主体研究，他们试图通过文本研究的方式，呈现作家情感思想风貌和精神生命图像，如邵瑞霞的《"荒凉"意识与"安稳"情结——论张爱玲创作的精神特征》（河北师范大学硕士学位论文，2000 年 4 月）、吴芬芬的《"颓废"之花——张爱玲的艺术意味》（南昌大学硕士学位论文，2007 年 12 月），从作品中解读出张爱玲关切"时间的破坏性"和"没落的宿命"的"颓废"思想，并进一步指出："'颓废'既是一种艺术风格，也表现为一种生活姿态；既是艺术家借以逃避生活的矛盾、痛苦和精神荒芜的解救之道，又在客观上体现了艺术家对抗外界的不妥协的审美性立场。颓废和虚无作为一种思想之光有时更能指引我们抵达生命的深处。"[③] 从而在理论意义上提升了张爱玲艺术风格和思想精神的

---

① 陆兴忍：《走向女性主义日常生活诗学——论日常生活对女性主义批评的意义》，博士学位论文，华中师范大学，2007 年，第 108 页。

② 刘力：《论张爱玲现象——张爱玲小说的沉浮及开辟的文学新方向》，硕士学位论文，湖南师范大学，2007 年，第 29 页。

③ 吴芬芬：《"颓废"之花——张爱玲的艺术意味》，硕士学位论文，南昌大学，2007 年，第 41 页。

重要性；与此相似的是郝梅娟的《面对虚无——阅读张爱玲》（西北大学硕士学位论文，2009 年 6 月），论文"主要通过细读文本来归纳分析张氏作品中的几种虚无倾向，结合当时的时代背景及张爱玲的成长经历，尝试探讨其虚无思想的成因"。① 这种研究方式显然比较符合研究对象的特征，因此也可能获得持续深入的能量，因为张爱玲本身就是一个充满着矛盾的复杂的"异类"：她是名门之后、贵族小姐，却骄傲地宣称自己是一个自食其力的小市民；她是一个善于将艺术生活化、生活艺术化的享乐主义者，又是一个对生活充满悲剧感的人；她悲天悯人，时时洞见芸芸众生"可笑"背后的"可怜"，但实际生活中却显得冷漠孤清；她通达人情世故、洞悉世事人情，但自己却又总是表现得我行我素、特立独行；她声称自己喜欢写那些小儿小女的琐碎家常，却有意无意和一切保持距离，不让人窥测自己的内心……对于这样一个性格矛盾、情感复杂、思维怪异的奇女子的精神世界和个体情怀进行考察和探究，对于许多研究者而言就成了一项富有挑战性的工作，他们可以通过自圆其说的研究，从不同面向进一步深入张爱玲生命内宇，从而破解张爱玲奇谲瑰艳的创作魅力的密码。但我们在肯定这一研究方式的同时，也有必要清醒地意识到，一切深入主体生命的研究必须建立在扎实的史料收集整理和文本细读深究相结合的基础上，只有这样，研究得出的结论才能最大限度地接近主体的真实状况，以免出现理论先行和贴标签等情况，如龚文华的《后殖民批评视域中的张爱玲》（华中师范大学硕士学位论文，2007 年 5 月）以后殖民理论解读张爱玲作品，并通过论证得出："张爱玲对殖民者的嘲讽、对民族语言和民族文化的坚守、对殖民地女性生活和命运不遗余力的关注共同构成了作品中的后殖民主义特点，体现了本土意识的回归，张爱玲用回到过去的方式促进了本土文化、民族语言和精神的复苏。她让我们认识到：尽管各国的文化经验不同，但要求确

① 郝梅娟：《面对虚无——阅读张爱玲》，硕士学位论文，西北大学，2009 年。

立文化身份，抵制殖民者的愿望却是共同的。"① 这样的结论，且不说与张爱玲对中西方文化均保持审视批判的历史事实不符，更与张爱玲一直坚持的远离政治主流、消解民族大义的价值观产生了冲突，不能不说是理论先行的结果。而马春景的《三度香港之行与张爱玲自由主义思想的发展》（厦门大学硕士学位论文，2008 年 5 月）仅仅从张爱玲与新文化运动的关系、与左派的关系、上海及香港等生活环境对其的影响等方面，就判定张爱玲为自由主义作家，证据显然牵强，恐怕也未必符合张爱玲不入任何门派主义、始终自成一家的事实。可见，创作主体研究固然是张爱玲研究的一个有效而重要的研究方式，但因为涉及难以把握的复杂幽深的精神私史而需要更加谨慎。

三

其次，文化研究长足发展。前面所述的各类研究虽然研究目的、研究重点、研究过程和研究结论都不一样，但基本上都是从文本出发进行的研究，研究者大多通过文本细读的方式，结合时代背景、文化思潮、主体精神等因素进行考察分析，因此我们将其统一归入文本研究的行列。当然，张爱玲是一个作家，任何对她的研究都不可能脱离对她作品的分析，但有些研究显然更侧重文本之外的文化考察，在这样的研究中，张爱玲不再被仅仅当成一个作家，而是一个产生影响、发生效能的文化符号，这就是我们所说的文化研究。事实上，这也是张爱玲研究的必然发展趋势，张爱玲追逐人情俗世，她的琐碎、敏感、苍凉、恓惶，正应和了街巷里弄寻常百姓的喜怒哀乐——实在、烦琐、纷扰。谁叫男人和女人的话题亘古常新，谁叫张爱玲偏偏能在历史空间中悠悠转身，指点情爱虚实。于是，张爱玲成了追逐直接明了而又怀揣着点文化随想的商业社会的一个巨大的文化符号，她的身

---

① 龚文华：《后殖民批评视域中的张爱玲》，硕士学位论文，华中师范大学，2007 年，第 33 页。

世、她的情爱、她的故事，都带有市民喜欢的传奇色彩，于是模仿、复制、生产、制造、流通，张爱玲的姿态一直绵延到了现在，张爱玲俨然已经成为一个文化符号，正如台湾学者邱贵芬教授指出的："对台湾而言，张爱玲绝对不是个作家而已，'张爱玲'是个超级符号。"① 虽然其所谓的"符号"概念是基于文化工业行销文化商品的生产意义，但也明确了张爱玲及其创作在一定范围内发挥影响的强大势力效能。若参考萨姆瓦对非语言符号的定义："非语言传播包括传播情境中除却言语刺激之外的一切由人类和环境所产生的刺激，这些刺激对于信息发出者和信息接受者具有潜在的信息价值。"② "张爱玲"作为一个文化属性的"非语言符号"，代表的已经不是单一意义的作家而已，其文化意义在于她的创作风格、修辞特征、性别视野以及人文关怀、文化反思等一系列原属个人的特征，都将被转化为"文化信息"，在传播过程中产生文化辐射能量，这种文化能量是什么？为什么具有如此的效力？它给我们带来什么启发和警示？……这些问题正是研究者感兴趣的所在，也是张爱玲文化研究开辟的新方向。

这其中较为常见的就是比较研究和影响研究，研究者往往抓住张爱玲创作的某一风格特征，将她和其他作家的创作进行参照比较，以此为切入点探讨某一类文学现象或社会问题，而女性主义无疑仍是关注比较的重点，如刘艳的《市民文化的女性言说——张爱玲、苏青创作品格论》（山东大学硕士学位论文，2001 年 7 月）、王羽的《"东吴系女作家"研究（1938—1949）》（华东师范大学博士学位论文，2007 年 4 月）、李秀兰的《中朝现代女作家作品中的内在意识比较——姜敬爱与丁玲、萧红、张爱玲比较》（中央民族大学博士学位

---

① 邱贵芬：《仲介台湾·女人》，台北元尊文化企业股份有限公司 1997 年版，第 16 页。

② 萨姆瓦：《跨文化传通》，陈南等译，上海三联书店 1988 年版，第 203 页。

论文，2007 年 5 月）、冯晓艳的《跨越时空的文学唱和——二十世纪末香港与台湾女性作家小说与张爱玲》（山东大学博士学位论文，2007 年 5 月）、胡志辉的《爱又如何——张爱玲、张欣笔下都市女性情爱困境比较》（湖南师范大学硕士学位论文，2007 年 11 月）、郭昕的《从日常生活叙事比较张爱玲、王安忆的小说》（西南大学硕士学位论文，2008 年 3 月）、骆丽的《张爱玲与聂华苓后期小说比较研究》（福建师范大学硕士学位论文，2008 年 5 月）、钱芳的《张爱玲与萧红女性悲剧意识的比较》（山东大学硕士学位论文，2008 年 5 月）、龙梅的《论张爱玲、王安忆小说中的两性关系书写》（湖南师范大学硕士学位论文，2008 年 11 月）、袁睿的《"俗"字背后的不同体认——张爱玲、池莉"俗"的表现成因》（东北师范大学硕士学位论文，2008 年 11 月）等。这些研究虽然也关注女性书写和女性问题，但相较于单独考察张爱玲女性主义探索的研究而言，比较的方式显然有利于开拓历史观照视野、丰富文化理解内涵，其研究重点不在于简单比较几位作家之间的同或不同，而是希望通过比较分析相同或者不同历史环境中作家创作的诸多特征，透视汹涌起伏的历史长河中那些"常"和"变"的文化因素，以及这些因素给作家带来的精神影响和审美创造，正如冯晓艳在她的博士论文摘要中就指明的："本论文将以张爱玲小说为出发点，香港、台湾两地的女性作家的创作与其形成参照，点面结合，从缱绻与决绝的女性立场、虚实相生的时空叙事、文本互涉与反高潮的传奇性、观照世俗人生而消解史性尊严的新历史视角、善恶交织的人性叙事、文本中异质文化和观念的对抗书写与魅影重重的叙述基调等七个方面着手，通过对二十世纪末港台女性作家创作与张爱玲作品之间的比较性研究，揭示她们对张爱玲创作的继承以及自身个性化的文学超越，同时也体现了张爱玲跨越时空对世纪末作家创作意义上的影响的延续。"[1] 这样的研究无论是对于我

---

[1]　冯晓艳：《跨越时空的文学唱和——二十世纪末香港与台湾女性作家小说与张爱玲》，博士学位论文，山东大学，2007 年。

们更好地理解张爱玲，还是了解其他作家的创作，或者是深刻思考历史文化的变迁，都具有积极意义。当然，张爱玲素来是以奇谲瑰艳的独特创作风格闻名的，因此对她的比较研究也就不仅限于女性主义探索这一领域，而是涉及延展到创作风格和创作类型的比较研究，如张黎的《中国文学传统的现代回响及其与"现代性"之关系——以赵树理、张爱玲为中心》（复旦大学博士学位论文，2005 年 4 月）和马力的《从〈传奇〉到〈台北人〉看——张爱玲与白先勇的比较研究》（西北大学硕士学位论文，2009 年 6 月）等论文。

文化研究中尤为重要的、也是近年来发展迅猛的研究方式就是传播学研究。当我们通过报纸、广播、电视或者网络等传媒资讯回望数万年前人类茹毛饮血的年代时，我们可能还没有意识到自己已经紧密地黏着在一个无形的传播网络之中，这个网络不仅塑造了空间的概念，横向拓展了我们的视野，甚至重构了时间的意义，纵向延伸了我们的视域，它简直无时不有、无处不在，俨然成为我们生活的一部分，就像 *Artificial Intelligence* 中展示的那样，世界好像一个巨型游乐场，人类在电磁声波的嘉年华中享受生命的盛宴，因此从传播的角度审视和考察文学创作就具有了现实的重要意义，此时的文学不再只是简单的作品，而是一个集合策划、生产、营销等产业因素的文化现象，作家也不再只是简单的创作者，而是一个可以被包装、改造甚至消费的文化符号，这其中反映出来的正是当前信息时代和消费社会的根本问题——媒介文化。在这方面，张爱玲无疑具有良好的优势，正如李碧华指出的："我觉得'张爱玲'是一口井——不但是井，且是一口任由各界人士四方君子尽情来淘的古井。大方得很，又放心得很。古井无波，越淘越有。……是以拍电视的恣意炒杂锦。拍电影的恭敬谨献。写小说的谁没看过她？"[1] 作品改编的影视剧的热播、佚稿与遗稿的面世、上海旅游产业对其故居的修整与开发等因素的推动……这些都使张爱玲逐渐成为中国文化市场领域里的一个重要的文

---

① 李碧华：《绿腰》，上海人民出版社 1996 年版，第 30 页。

化消费符号，受到文学与文化批评学者的关注，如高源的《张爱玲现象解析》（东北师范大学硕士学位论文，2007 年 5 月）、陈小民的《一种文学"谱系"中的张爱玲现象》（苏州大学博士学位论文，2007 年 10 月）、孙昕的《论张爱玲作品的影视改编》（山东大学硕士学位论文，2008 年 4 月）、屈小青的《张爱玲作品的市场价值研究》（中国海洋大学硕士学位论文，2009 年 6 月 1 日）、胡霁的《消费文化语境下文学的跨媒体传播——以张爱玲作品为例》（重庆大学硕士学位论文，2009 年 5 月）、张志豪的《张爱玲：从小说到电影——以〈倾城之恋〉〈半生缘〉为例》（上海交通大学硕士学位论文，2009 年 10 月）等，都是从传播视角考察"张爱玲现象"的研究文章，虽然其中仍然存在着不少问题，如理论预设、缺乏田野调查、分析表面化等情况，但总体而言，这方面的研究确实显示了新时代文化研究的生机和活力，值得深入拓展。

专注于张爱玲研究的文章很多，涉及张爱玲的研究论文就更多了，如复旦大学赵炳焱的博士学位论文《三四十年代海派小说的人物形象演变》（2000 年 4 月）、浙江大学张鸿声的博士学位论文《文学中的上海想象》（2005 年 12 月）、东北师范大学韩冷的博士学位论文《现代性内涵的冲突——海派小说性爱叙事》（2006 年 5 月）、苏州大学张立新的博士学位论文《现代知识分子作家在"群"中的自我体认与改写——以鲁迅、沈从文、张爱玲、钱钟书为例》（2007 年 4 月）以及山东大学王昉的博士学位论文《面对失落的文明——论中国文学现代转型中的人文主义倾向》（2009 年 4 月）等，都是选取文学史或者文化史上的某个现象问题如城市文化想象、现代性爱伦理、知识分子主体建构、人文主义发展进行研究，其中均涉及对张爱玲的考察，它们从不同角度不同方面丰富并立体了张爱玲研究。

几则人世传奇，几段奇情悲恋，几许幽微心事——造就了一个奇异女子，她就是张爱玲，一个文坛的不老神话，历经了半个多世纪的时光荏苒，这个女子仍然具有独特的魅力，吸引一代代研究者对她投注热切的关注，这本身就是值得我们思考和重视的学术现象。而众多的研究成果、研究经验对于我们而言更是弥足珍贵，因为它们已经建构起并将继续建设着的不只是张爱玲研究的院落，而是新时代文学生态整体发展的大厦。

一个不容忽视的文学谱系
——世界华文文学中的旧体诗词

一

世界华文文学研究作为一门新兴学科，三十多年来在不断争议和探索中前行。从早期的"台港文学"，到"台港与海外华文文学"，再到"台港澳暨海外华文文学"，直至"世界华文文学"，内涵和外延一直在发展变化中。不过，有个创作类别虽然时隐时现，不绝如缕，却始终未获得世界华文文学研究界应有的青睐，那就是旧体诗词。"旧体诗词"这个名称各地称呼不同，台湾学者多称为"古典诗"，香港学人称为"传统诗词"，还有人主张称为"汉诗"等，总之都是指中国古代形成的各种诗词体制。

有人认为，中国现代文学史研究权威唐弢先生曾有旧体诗词不宜入史的言论，影响所及，有关现当代台港澳暨海外华文文学研究中，旧体诗词被忽视。早在1980年1月15日，姚雪垠写给茅盾的信中就提到"打破文言白话的框框"，建立一种"大文学史"的观念。他认为："解放后写的现代文学史很少对'五四'前夜的文学历史潮流给予充分论述，私心常以为憾。目前正在陆续出版的《中国现代文学史》（唐弢主编）第一册前边，也未重视这个问题。""关于中国现代文学史，我常常考虑应该有两种编写方法。一种是目前通行的编写方法，即只论述'五四'新文学运动以来的白话体文学作品，供广大读者阅读，也作为大学中文系的教材或补充教材。另外有一种编写方法，打破这个流行的框框，论述的作品、作家、流派要广阔得多，姑名之曰'大文学史'的编写方法，不是对一般读者写的。"姚雪垠心目中的"大文学史"，"第一要包括'五四'新文学运动以来的旧体诗、词"，他特别提到"新文学作家也有许多人擅长写旧体诗、词"，如"郁达夫的旧体诗写得很好，这是大家都清楚的，当然应作为郁氏文学遗产的一个组成部分。现代文学史应该在论述他的小说之外，也提一提他的诗"。此外，"不写白话作品，却以旧体诗、词蜚声文苑，受到重视，也应该在现代文学史中有适当地位"，如柳亚子、苏曼殊、吴芳吉、沈祖棻、于右任等。①

事实上，支持"现代旧体诗词"进入文学史的黄修己在《旧体诗词与现代文学的啼笑因缘》一文中提到，据他所知唐弢先生对现代优秀诗词是很喜爱的，对郁达夫的旧体诗词评价很高，在他主编的《中国现代文学史》的郁达夫一节中，还引用了郁达夫的《过岳坟有感时事》等三首旧体诗，并说旧体诗是他的作品感情最浓烈的部分。黄修己认为："这样单独写一个人的旧体诗，似乎与全书风格不统一，但唐先生还是这么做了。这说明他并非不重视'五四'后旧体诗词的成就，不赞同将旧体诗词入史是出于他的现代文学观。"他认为我们以前写文学史，只讲新的战胜旧的，取代旧的，这不完全符合历史实际，有的文类创造了新品种，推进了文学的现代化，与此后继续存在发展的旧形式并存，谁也不能取代谁，"新诗自有其优越性"，同样，"文言旧诗词也有白话诗达不到的特长"，正如胡适发表在1918年1月出版的《新青年》第4卷第1号上的《论小说及白话韵文》一文中提出的观点，"不必排斥固有之诗词曲诸体。要各随所

————————

① 姚雪垠：《中国现代文学史的另一种编写方法——致茅公同志》，见《无止境斋书简抄》，《社会科学战线》1980年第2期。

好，各相体而择题，可矣"。①

研究华文文学的学者中如李瑞腾、汪毅夫等人，早就注意到这一现象，并在研究中加以论述。但是似乎关注的人不多，不时仍有人在不停地呼吁。

2007年，台湾学者简文志在《"世界华文文学"研究在台湾的发展》一文中，谈到未来世界华文文学研究的发展时指出："目前在台湾谈世华文学，主要还是集中在现代的华文创作。如果能够将古典文学也纳进去，那么是否能从古典文学来形塑不同华文在区域风格表现的明显差异呢？在台湾仍然有很多人写作古诗、做古典诗词研究，例如龚鹏程写就古典诗集《云起楼诗》，劳思光编有个人《思光诗选》，叶嘉莹谈诗词……台湾的古典诗词人才不胜枚举。"他认为，这些旧体文学"也是世华文学应当关注的对象"。② 2010年，大陆学者陈友康在《台港澳暨海外华文文学研究不应排斥现代旧体诗词》一文中认为："台港澳暨海外华文文学研究还存在一些需要深化的地方，其中一个亟待解决的问题就是要把研究对象拓展到旧体诗词，让它进入'文学公共空间'。现代台港澳暨海外华语诗歌发展和大陆一样，实际上是新旧诗双线并行的，新诗有自己的优秀诗人和作品清单，旧诗也有自己的优秀诗人和作品清单，各自建立起自身的知识谱系并发挥作用。""从学理的层面看，开展台港澳及海外华人旧体诗词研究，对其进行描述、总结和评价，才能客观、全面地反映20世纪以来台港澳文学状况，建构科学的台港澳文学史和中国文学史。"③

有些学者为了规避这一命名的尴尬，另起他名，以避免涉及当代人写的旧体诗文。如朱寿桐就标举"汉语新文学"来取代"现代汉

---

① 黄修己：《旧体诗词与现代文学的啼笑因缘》，《中国现代文学研究丛刊》2002年第2期。

② 简文志：《"世界华文文学"研究在台湾的发展》，《汉学研究集刊》2007年12月第5期。

③ 陈友康：《台港澳暨海外华文文学研究不应排斥现代旧体诗词》，《中国社会科学报》2010年7月13日。

语文学"，他认为："如果用'现代汉语文学'，则凡是现代历史时期的汉语文学都得计算在内，则对于大量的现代文言文、现代旧体诗词都需要负起研究的责任。这不仅是许多现当代文学研究者力所不能及的，而且影响汉语新文学的学科整体性、严整性甚至规范性。"① 台湾学者陈芳明新出版的文学史，也取名为《台湾新文学史》。在世界华文文学史研究中使用"新文学"一名，确实可以规避当代人写作的旧体诗文，却不能忽视它存在的事实。一个不容置疑的事实是在二十世纪汉诗的发展历程中，新诗与旧体诗既相颉颃又相渗透，正如台湾学者高嘉谦在《二十世纪的古典与现代诗学》的课程说明中所指出的："综观 20 世纪的中国诗学，可以分为两个视域加以观察，一个是白话新诗，一个是传统旧诗。尽管新诗回应文学革命的号召而起，新文人打破旧形式，努力进行白话新诗的尝试和实验，但旧体诗的传统也不曾断绝，诗社雅集依旧蓬勃，旧体诗的古典精神和文化元素，持续回应着现代时空的种种变异。当我们检视 20 世纪的中国诗歌领域，值得我们重新思考以下议题：旧诗接触新世界而产生的语言和形式变化，以及新/旧文人写作旧体诗的文化意识和想象；新诗因应白话变革而必须重建诗的审美意识，进而跟古典传统互涉交融。"

由于不同区域华文文学的发展具有自己的特殊性，尤其是海外华文文学具有跨文化、跨国别、跨民族的特点，它与中国现当代文学存在相当大的差异，饶芃子和费勇就曾指出："由于海外华文作家处于活生生的异域，因而他们所负载的中华民族传统文化的许多素质可能会变成精神上的'家园'；而在本土，出于变革的要求，异域的文化因子常常作为革命的思想被广大的知识分子接受，并借以抨击传统文化的许多质素。"② 因此，按照传统的单一思维来一统世界华文文学

---

① 朱寿桐、熊焰：《学术个性的觅取——朱寿桐教授访谈录》，《澳门研究》2014 年第 2 期。

② 饶芃子、费勇：《海外华文文学的命名意义》，《文学评论》1996 年第 1 期。

研究，就可能出现削足适履的局面，现在是到了改变这一局面的时候了。

二

大陆学者中，较早关注台湾文学中旧体文学的是汪毅夫，他不仅在《台湾近代文学丛稿》（海峡文艺出版社 1990 年 7 月版）、《台湾文学史·第二编　近代文学》（海峡文艺出版社 1991 年 6 月版）中，较为深入地探究台湾近代文学的发展，而且在《语言的转换与文学的进程——关于台湾现代文学的一种解说》和《文学的周边文化关系——台湾文学史研究的几个问题》等论文中，提出了自己的台湾文学史编写理念。在前文，他认为，"台湾现代文学"不是"台湾新文学"的同义语，"'台湾现代文学'乃同'台湾古代文学''台湾近代文学'和'台湾当代文学'并举，而'台湾新文学'则与'台湾旧文学'对举。与此相应，台湾现代文学作品包括了文言作品、国语（白话）作品和日语作品等，而台湾新文学作品首先就排除了文言作品"。可是，"有台湾现代文学史论著对台湾现代作家吴浊流的文言作品完全未予采认，对其日语作品，则一概将译文当作原作，将译者的国语（白话）译文当作作者的国语（白话）作品来解读。我们可以就此设问和设想，假若台湾现代文学作品在写作用语上的采认标准是国语（白话），文言不是国语（白话），文言作品固当不予采认；但日语也不是国语（白话），日语作品为什么得到采认？假若日语作品的译者也如吾闽先贤严复、林纾一般将原作译为文言而不是国语（白话），论者又将如何措置？另有语言学研究论文亦将吴浊流作品之译文当作原作，从 1971 年的国语（白话）译文里取证说明作品作年（1948）之语言现象"。① 后文是他指导几位博士生撰写台湾古

---

① 汪毅夫：《语言的转换与文学的进程——关于台湾现代文学的一种解说》，《中国现代文学研究丛刊》2004 年第 1 期。

代、近代、现代文学史时的讲义，他指出："在我看来，我们收集台湾文学史料的注意力应当及于台湾作家的联语、诗钟、制义、骈文、歌辞等各类边缘文体的作品。"①

正是在汪毅夫重修台湾文学史的新思路指导下，他所带领的几位博士生撰写的论文，努力实践他的这一思想。如游小波的博士论文《台湾近代文学边沿研究》，在传统文学史通常意义上的主流作家与经典作品之外，把研究目光投向一批数量庞大的"另类"文学——边沿文学，诸如诗钟、击钵吟、制义、联语、竹枝词、笔记、骈文以及俗文学形态的"歌仔册"等的整理；对于游宦与游幕作家、内渡作家以及艺旦、怨妇等另类作家（非主流作家）的创作和文学史料的收集；对于文学外部制度与文学史实、圈外事件与文学史分期的关联等构成的文学周边文化关系的探究。正如作者自述："本文避开正面论述文学思潮、文学流派、主流作家、经典文本等传统的文学史撰述方法，借鉴'文学的周边文化关系'理论，以'文化诗学'的人类学视角和方法，把文学还原到文化背景之中，对台湾近代文学边沿问题进行了多侧面的考察：整理、观察往常被视为'末技小道'的边沿文体；选取往往被忽略的另类作家进行解读；透视、分析那些似乎远离文学的外在势力。目的是对文学史写作、文学史料的收集起到丰富充实与拾遗补阙的作用，并以此迂回包抄，还原历史原貌、寻找文学祖庙。"②

李诠林的博士论文《台湾现代文学史稿（1923—1949）》，从文本创译用语的角度构建台湾现代文学史，通过语言与文学的关系来考察台湾现代文学史上的诸多文学现象，而这正是汪毅夫所提倡的契合台湾现代文学研究的新路径。台湾现代文学作品的语言载体有汉语文言、国语（白话）、方言（客家语、闽南语、台湾少数民族语言）和

---

① 汪毅夫：《文学的周边文化关系——台湾文学史研究的几个问题》，《福建师范大学学报》（哲学社会科学版）2004 年第 1 期。

② 游小波：《台湾近代文学边沿研究》，《华文文学》2009 年第 5 期。

日语等多种样态。使用不同写作用语的台湾现代作家在其文学活动中经历了以下几种不同类型的语言转换：1. 从用文言写作到兼用国语（白话）写作，如赖和、陈虚谷和杨守愚；2. 从用文言起草到用国语（白话）和方言定稿，如赖和；3. 从用文言写作到兼用日语写作，如吴浊流；4. 从用文言写作到兼用日语和国语（白话）写作，如叶荣钟；5. 从方言俚语到文言词语，如许丙丁的《小封神》与赖和的《斗闹热》；6. 从用日语写作到用国语（白话）写作，如吕赫若；7. 从方言思考到用日语和国语（白话）写作，如吕赫若、张文环；8. 从日语作品到国语（白话）译文，如杨逵；9. 从使用国语（白话）创作到改用日文创作，如杨云萍；10. 各类翻译文学，如张我军的日文中译，黄宗葵、刘顽椿、吴守礼等的中文日译，许寿裳、黎烈文等的欧文中译等。论文除了注意区分原作与译作，辨别台湾方言与文言词语和国语（白话）的血缘外，其中一个重要的特点是"重视台湾现代文学史上的文言诗文"，作者认为："文言诗文在台湾现代文学史上具有其独特的作用与意义。比如，台湾日据时期的旧体文学（或称文言文学），与同时期的中国大陆文言文学有着不同的文学史意义。台湾日据时期的文言文学在很大程度上起到了抵制日本文化同化、高昂中华文化旗帜、弘扬中华传统文化、强力挽留殖民者所妄图泯灭的炎黄文化之根的作用。因此，不能将台湾的文言文学者简单地视为不适应历史潮流的封建旧势力的维护者与代言人。……即或是击钵吟之类的赋诗游戏，也不能轻易就完全抹杀其在整个中华文明史进程中的特殊的历史意义与作用。"①

　　黄乃江的博士论文《台湾诗钟研究》，以台湾诗钟为研究对象，通过钩沉辑佚，发掘出有关台湾诗钟的大量史料。论文认为，诗钟在台湾社会文化生活中曾经产生过极其广泛而深刻的影响。清代末年，诗钟一经传入台湾，便迅速在台湾兴起，占据台湾诗坛的主流地位，

---

　　① 李诠林：《台湾现代文学史稿》，海峡文艺出版社 2007 年版，第 19－21 页。

并使台湾诗风为之一变。日据时期，台湾钟手以诗钟为载体，同声相应，同气相求，广泛开展社际联吟、区域联吟与全岛联吟，由此，台湾诗钟汇聚成声势浩大的诗海钟涛，掀起一股股反抗日本殖民统治、保存和延续中华传统文化的民族文化浪潮。光复之初，台湾钟手纷纷释放出长期被压抑的诗思与热情，台湾诗钟迎来了盛大的狂欢。1949年前后，随着一大批大陆钟手特别是闽地钟手的纷至沓来，台湾钟坛形成了大陆钟手与台湾钟手合流的局面，从而把狂欢中的台湾诗钟推到了顶点与极致。二十世纪八十年代以来，诗钟又成为海峡两岸文化交流的桥梁和纽带。作者指出："从对台湾诗钟发生、发展与演化过程的考察，及与大陆诗钟、台湾击钵吟等的比较中，我们看到，诗钟在台湾社会文化生活中曾经产生过极其广泛而深刻的影响。然而，现有台湾文学史的写作，大都把诗钟弃置于台湾文学的边缘。……可以说，现有台湾文学史，特别是台湾现代文学史，对诗钟文体的关注和重视还很不够，没有全面、真实地反映出台湾文学的发展生态。诗钟在台湾文学史上应有更高的地位。"①

三

台湾学者许俊雅在反思台湾区域文学史时曾指出："二十世纪以来的传统诗赋创作及通俗文学，相对台湾现当代文学研究的主流叙述，可说一直以来即受到不公正待遇，或被排斥或篇幅仅是点缀，这自然是撰写者不熟悉旧文学外，可能也存在捍卫新文学精神的用心。幸而几个区域文学史特别留意战后的古典诗，发掘一些淹没已久的文献，就台湾文学史的知识建构、文本的选择，区域文学史相对提供了

---

① 黄乃江：《台湾诗钟研究》，博士学位论文，福建师范大学，2007年，第347页。

较多的史料文献……"① 她说的点缀或许是指伴随着20世纪六七十年代台湾地区"中华文化复兴运动"而出版的由尹雪曼担任总编纂的《中华民国文艺史》，在第三章"诗歌"中，把台湾当代旧体诗的繁荣归功于这一运动："二十年来，台湾的诗社，比较光复以前，有增无减，其中有超过三五十年活动历史的，也有在近几年才露出锋芒的。著名的诗社如：瀛社、栎社、延平诗社、春人诗社、瀛洲诗社、明夷诗社、复社等……而由华冈中华学术院成立的诗学研究所，更荟集了海内外的名诗人，济济一堂，钻研诗学，并以发扬国粹，鼓吹中兴为职志。尤其在复兴文化运动的伟大号召下，各大专院校成立了全国大专青年诗社，真可谓彬彬称盛了。"② 她所提到的区域文学史是20世纪90年代末陆续出版的一些地方文学史，包括施懿琳、许俊雅、杨翠合著的《台中县文学发展史》，施懿琳、杨翠合著的《彰化县文学发展史》，江宝钗主编的《嘉义地区古典文学发展史》，陈明台主编的《台中市文学史初编》，莫渝、王幼华撰写的《苗栗县文学史》，龚显宗撰写的《台南县文学史》，彭瑞金撰写的《高雄市文学史》，李瑞腾等人撰写的《南投县文学发展史》，陈青松编撰的《基隆古典文学史》等。如《台中县文学发展史》在"第四篇 战后至今（1945—1992）"部分，列有"第六章 战后台中县旧文学发展概况"，下分三节，分别叙述"战后初期以雾峰栎社为主的中县文人""以清水、大甲为中心的滨海诗社""以丰原、神冈为中心的中县诗社"。此外，也有一些台湾年轻学者注意到当代的旧体诗词写作。仅涉及战后旧体诗（古典诗）研究的博士论文，就有孙吉志的《罗尚〈戎庵诗存〉研究》（中山大学2005年）、尹子玉的《叶荣钟诗稿研究》（"中央大学"2007年）、李知灏的《战后台湾古典诗书写场域

---

① 许俊雅：《建构与新变/敞开与遮蔽——台湾区域文学史的意义与省思》，《台湾文学研究学报》2014年4月总第18期。

② 尹雪曼总编纂：《中华民国文艺史》，正中书局1975年版，第273页。

之变迁及其创作研究》（中正大学 2008 年）、顾敏耀的《台湾古典文学系谱的多元考掘与脉络重构》（"中央大学" 2010 年）、姚蔓嬬的《战后台湾古典诗发展考述》（台湾师范大学 2012 年）等。

在这里，需要特别提及的是李瑞腾，他虽然主要研究台湾新文学，却始终对台湾当代旧体诗的创作持续关注。李瑞腾在担任《文讯》总编辑期间，曾在 1985 年 6 月出版的该刊上策划"传统诗社的过去、现在与未来"专题，他指出："比较起现代诗社来说，他们绝非存在的少数，诗社多，写诗的人更是不少，他们也常办活动，有的还出版了诗刊，但是他们被漠视，仿佛在现代社会和现代诗社的强势压力之下，他们便被命定得自生自灭，果真如此吗？我们不信，君不见各种传统的技艺都不断被注入新的血液，有了新的生命吗？而纵使不幸真的是这样，也该确实找出原因来。"① 此前于 1985 年 4 月 20 日，他策划召开了"传统诗社的现况与发展"座谈会，邀请张梦机、曾文新、许君武、李犹、罗尚、王文颜、龙冠军、庄幼岳、傅紫真、林荆南、林安邦、史元钦、简锦松等人，围绕四个方面："一、传统诗社一般的活动状况；二、传统诗社面临哪些困境；三、传统诗社在现代社会中的存在意义；四、传统诗社未来的发展"展开讨论。他希望借着这个座谈会和《文讯》这个文学的传播媒体，"让社会大众以及文学界对传统诗社有基本而且准确的了解"。② 1988 年 4 月 10 日，他在《大华晚报》上撰文《研究台湾的古典文学》，认为尽管二十世纪二十年代新文学正式登上台湾文学的舞台，然而被张我军视为"败草丛中的破旧殿堂"的"垂死的旧文学"并非真的死去，疾呼："正视那个传统的存在是非常重要的，整理与研究的工作必须积极进

---

① 李瑞腾：《编辑室报告》，《文讯》1985 年 6 月总第 18 期。
② 何芸记录：《传统诗社的现况与发展》，《文讯》1985 年 6 月总第 18 期。

行。"① 1990 年 8 月 25 日—26 日，他出席新加坡同安会馆主办的"华人传统文化的保存与发扬"学术研讨会，提交论文《台湾旧体诗的创作与活动》，透过文学社会学的考察，从"大学校园的教学与活动""诗社及其他社会性活动""旧体诗的发展与出版"三个方面，将台湾旧体诗的创作及其社会性活动做了扫描，他感慨台湾当代旧体诗作"流传不广，搜罗匪易，将来要做，恐怕得大费周章"，指出："我个人站在研究台湾文学的立场，已经着手这一部分资料的清理工作，深感旧体诗的创作及活动，在当代仍颇具意义，尤其是它以传统形式面对现代化社会所形成的冲突，正是我们在保存与发扬传统文化所遭遇的最大难题，如果现代新诗也能纵向继承传统；旧体诗也能突破过去格律严谨的书写成规，横面关切现实，则新体旧体各自发展，并行不悖，我们更愿它们彼此互相渗透，互补互化，共存共荣。""而作为一个文学的研究者，去搜辑、整理，披沙拣金，提出一个合理的历史和文学的解释，应该也是一件责无旁贷的事。"②

正是基于上述理念，李瑞腾在 2002 年至 2003 年期间，指导硕士班学生林淑华、顾敏耀、蔡谷英、简小雅，完成台湾"国科会"专题研究计划"台湾报纸四个旧体诗专栏调查分析（1954—2000）"。在该研究计划精简报告的前言中，他指出："从明郑时期以迄日据时期的台湾汉诗自有其高度的价值，关注于此者颇众；而国府迁台以后的旧体诗，虽也有其丰富的文学、社会、历史、文化等各个层面的意义，很值得学者研究，但是有志于这方面的研究者却如凤毛麟角。"③该计划涉及《大华晚报》的"瀛海同声"专栏（1954 年 5 月 3 日至 1988 年 12 月 30 日），《自立晚报》的"海滨诗辑"专栏（1955 年 11

① 李瑞腾：《研究台湾的古典文学》，载《台湾文学风貌》，三民书局 1991 年版，第 13 页。

② 李瑞腾：《台湾旧体诗的创作与活动》，载《台湾文学风貌》，三民书局 1991 年版，第 26、16、28 页。

③ 李瑞腾主持：《台湾报纸四个旧体诗专栏调查分析（1954—2000）》，"行政院国家科学委员会"专题研究计划精简报告 2003 年版，第 1 页。

月 23 日至 1966 年 5 月 1 日）和"自立诗坛"专栏（1966 年 5 月 5 日至 1988 年 1 月 5 日），《民族晚报》的"南雅"专栏（1957 年 10 月 6 日至 1987 年 7 月 26 日），《台湾新生报》的"传统诗坛"专栏（1976 年 10 月 31 日至 1982 年 1 月 29 日）、"新生诗苑"专栏（1982 年 1 月 31 日至 1999 年 12 月 31 日）、"台湾诗坛"专栏（1996 年 7 月 7 日至 2000 年 12 月 10 日）。其中仅《民族晚报》的"南雅"专栏，三十年间就刊登诗作三万六千余首，曾经发表作品的诗人不下千人，诚如精简报告小结指出的："这些作品数量十分庞大，有关诗坛及诗人的信息量十分可观，是十分珍贵的台湾文学资产，可依此更深入当时台湾古典诗坛之情形。"① 但是，这些战后台湾报纸古典诗专栏研究者甚少。作为这一课题组的成员，顾敏耀此前 2001 年在"中央大学"中文研究所举办的"文学社会学研讨会"上，发表过《"海滨诗辑"研究（1955—1957）》；此后在李瑞腾指导下于 2009 年底完成博士论文《台湾古典文学系谱的多元考掘与脉络重构》，其中第九章《台湾战后古典诗与大众传播媒介——以〈自立晚报〉古典诗专栏为例》加以扩展，将维持 32 年的《自立晚报》古典诗专栏作者整理后发现，有三个显著特点，"第一，栖身军公教者甚多"，"第二，诗人与书画家的重叠身影"，"第三，新文学与旧体诗的双语复调"。这些人中，"除了有跨足新文学者之外，几乎都不见于台湾的文学史论述以及作家作品目录之中"。古典诗作者中新旧文学兼擅者包括毛一波、曾今可、阮毅成、易君左、黄得时、周定山等人，论者认为处于新旧文学交替的时代环境中，这种现象不足为奇，同时也印证了台湾学者黄美娥在《台湾古典文学史概说（1651—1945）》中所指出的："文学史论述中习见的将传统与现代间的不兼容性、新与旧的紧张对立关系，当成是一种研究前提的说法，也就有了重新省思的空间，新、旧文学的发展将有承衔转化的可能。"也就是说，"文学阅读焦点／作家创作

---

① 李瑞腾主持：《台湾报纸四个旧体诗专栏调查分析（1954—2000）》，"行政院国家科学委员会"专题研究计划精简报告 2003 年版，第 8 页。

主力由旧文学转移到新文学的过程应为一缓慢的柔和曲线，而非如部分文学史的想象体系那般毫无瓜葛地一刀两断、薪尽火灭，其间藕断丝连、身份混叠的情况实亦不可忽略"。① 此外，顾敏耀在第七章《台湾古典诗与战后移民社群——以李炳南在台诗作为例》、第八章《台湾战后古典诗与女性诗人群体——从诗话、地方志到选本的考掘》等章节中，通过爬梳考掘"台湾战后文学史最具分量的古典诗人之一"李炳南"量多质精"的古典诗作，以及让许多曾经被注意/尚未被注意的女诗人重新浮出地表，在在说明："一、台湾古典诗的创作活动在战后日趋没落，社会大众对文坛的注意力聚焦于新文学（包括诗、散文、小说等）；二、台湾文史的研究在国府迁台之后一直受到打压，要到解严之后才逐渐复苏；三、台湾文学的研究着重在新文学方面，古典文学不受重视；四、近年来虽然台湾古典诗文的相关论文有缓慢增加之势，但是仍以明郑、清领及日治时期的诗人为主，战后的古典诗研究非常少见。至今许多学者听到台湾战后的古典诗作，一般都想当然耳地认为其素质必定'自郐以下'，不足一哂；然而若深入研究之后，往往会有与成见不同的发现。"②

在李瑞腾担任台湾文学馆馆长后期，于 2013 年 8 月 6 日至 12 月 22 日，举办"战后台湾古典诗特展"。本次展览的时间设定为 1945 年—2012 年，分为"诗社的传承与开展""延续斯文于不坠——战后古典诗人及其作品""纸上展乾坤——战后古典诗报刊""学院延风雅——诗学教育传承"及"网络新世代——古典诗发展的新契机"五个区块，从社团组织、参与成员、刊载媒体、诗歌传承以及新世代的表现方式等不同面向，呈现台湾古典诗近 70 年的发展历程。它的意义或许如台湾学者李知灝所指出的："此次台湾文学馆所举办之

---

① 顾敏耀：《台湾古典文学系谱的多元考掘与脉络重构》，博士学位论文，台湾"中央大学"，2010 年，第 245 - 246 页。

② 顾敏耀：《台湾古典文学系谱的多元考掘与脉络重构》，博士学位论文，台湾"中央大学"，2010 年，第 184 页。

'战后台湾古典诗特展',是台湾文学史上难得一见的展览主题。借由展出前人的诗集、诗社的活动照片,展现战后古典诗在诗人、诗社、大学校园与网络等层面的活力;更以数位交互式的方式展示未来进行文创加值的可能性,这都可为战后古典诗的活动、整理与研究发展等面向,再添无数的想象空间。也希望借此次特展的机会,提升大众对战后古典诗的兴趣。"①

四

在香港,旧体诗创作同样面临不被关注的尴尬局面,许多文学史对此视而不见。香港学者邓昭祺在《论旧体诗在香港文学史应有的地位》一文中指出:"我们追溯香港文学的源头,缕述香港文学的发展,描绘香港文学的整体风貌,评论香港文学的整体成就,似乎没有理由把文体集中于白话诗文,而把传统诗文摒诸门外。一本以‘香港文学史’为名的书,应该是白话与文言相提并论,新诗与旧诗共冶一炉。"他提到内地学者编撰的几本《香港文学史》,"对香港的传统文学,或是做过场式的简单交代,或是干脆只字不提"。②

本身也写作旧体诗词的香港报人罗孚较早关注此事,他在 1998 年撰文指出:"无论是香港文学或内地文学里,当代人的旧体诗词都有着一个地位的问题,它们是客观的存在,也在起着实际的作用,这些作用而且很大,是不可能被忽视的。""在中国的文学活动中,旧体诗却好像已被消灭,不复存在,其实完全不是这样一回事。这不能不说是一大怪现象。这就不仅香港一处为然,整个中国文学史,无论

----

　① 李知灏:《踵事增华:战后台湾古典诗的教学、研究与文献整理》,《台湾文学馆通讯》2013 年 9 月总第 40 期。

　② 邓昭祺:《论旧体诗在香港文学史应有的地位》,《文学研究》2006 年第 4 期。

海峡此岸或彼岸，都是这样。总该有人出来，改变这样的现状。"①

著有《香港诗词论稿》《香港旧体文学论集》等，并在香港主办过十几次"诗词大赛"的香港中文大学黄坤尧教授，在1998年12月香港中文大学主办的"中华文化与二十一世纪国际学术研讨会"的发言中指出，香港现当代文学中不乏诗词名家，例如廖恩焘、刘景堂、王韶生、陈湛铨、饶宗颐、罗忼烈、苏文擢等，"他们的诗作丰富，意境高远，反映现实生活，表现时代的节奏，写现当代文学史的专家有他们的章节吗？香港文学的星空有他们的席位吗？我想，如果他们能顺应潮流改写新诗，可能就会呼风唤雨，摇身成为二十世纪香港诗坛的新宠了。可是现在治文学史的专家却是不闻不问的，视而不见，甚至不加任何的褒贬或评价，这是否又有失责之嫌呢？这种现象推而至于大陆及台湾文坛，几乎同出一辙"。② 在1999年4月由香港艺术发展局和香港中文大学新亚书院联合举办的香港文学国际研讨会上，黄坤尧再次呼吁："香港文学应该包括古典诗词的写作在内，而搜集、整理及评价当代的诗词文集也是研究香港文学的重要任务之一。"他以香港番禺刘景堂一门三世皆富诗才并都有诗稿传世为例，认为："这是香港文坛上最骄人的文学成就，希望文艺界能做出公正的鉴别和评价。同时亦宜及早抢救当代以古典体式写作的文学史料，不要任其流失。"③ 同样在这次香港文学国际研讨会上，多位学者在发言中涉及旧体诗文入史的问题。王晋光指出，黄坤尧和邝健行两位学者很重视香港旧体文学的文献，是少数不随波逐流的研究者，而"绝大部分现当代文学史著作都排斥旧体诗文，我认为这是不合理的现象。研究香港文学的学者也一直忽视香港文坛存在着一批优秀的旧

---

① 罗孚：《当代旧体诗和文学史——从〈追迹香港文学〉谈起》，《明报月刊》1998年9月号。

② 黄坤尧：《廿一世纪诗词写作的展望》，载《香港诗词论稿》，当代文艺出版社2004年版，第186页。

③ 黄坤尧：《香港番禺刘氏四家诗说》，载《香港诗词论稿》，当代文艺出版社2004年版，第18页。

体诗文作家，只有极少数的学者关心这一问题。其实香港旧体诗文作家之创作生命力一直很旺盛"。① 陈耀南的发言以香港大专教师文言诗作为例，认为："历来论述香港文学者，总是不谈或少谈旧体文学。但是，以文言为'死文学'这种偏颇狭隘、鲁莽武断的讲法，早已经不起事实的考验；而能读能懂、喜写喜作的人数多寡，并不就是衡量文学价值的标准。本文列数香港大专教师所作之旧体诗，以见其情采交融、华实并茂，富有民族感、忧患感、时代感，既是社会的写生、历史的见证，也是香港文学园圃的异卉奇葩。"②

在香港艺术发展局于 2006 年 11 月 29 日至 12 月 1 日举办的"二十世纪中国文学的回顾与二十一世纪的展望"国际学术研讨会上，香港作家容若借用余光中批评五四文学健将"高估了西文，低估了文言"一语，指出："'高估'和'低估'的偏差，也见于某些写香港文学史的人。他们谈'诗'，只承认形式来自西洋的新诗才是诗，不承认属于中国传统的旧诗是诗。这些文学史，只见新诗不见旧诗。""五四至今八十多年，旧诗仍然不断开花结果，显得千年古树尚未衰老。写香港文学史的，又怎可以'贪新忘旧'呢！"③ 他认为，谈诗不宜"贪新忘旧"，这该是写香港文学史应有的态度，许多写传统诗词的香港诗人及其作品应该载入香港文学史。在这次研讨会上，香港教育工作者何世强提交了一篇《香港二十世纪旧文学概况及展望》的论文，洋洋洒洒论述香港旧文学（主要是旧体诗词）的发展

---

①　王晋光：《王韬——香港作家鼻祖论》，载黄维樑主编《活泼纷繁的香港文学——一九九九香港文学国际研讨会论文集》，香港中文大学新亚书院、中文大学出版社 2000 年版，第 69 页。

②　陈耀南：《香海黉宫怀国步，汉唐旧体绘新情——香港大专教师文言诗作的华夏情怀》，载黄维樑主编《活泼纷繁的香港文学——一九九九香港文学国际研讨会论文集》，香港中文大学新亚书院、中文大学出版社 2000 年版，第 137 页。

③　容若：《香港文学的反思与前瞻》，载寒山碧主编的《中国新文学的历史命运——二十世纪中国文学的回顾与二十一世纪的展望国际学术研讨会论文集》，中华书局（香港）有限公司 2007 年版，第 410、411 页。

概况。他以诗词题材上的变化，将香港旧体诗词分为四个时期，1900年至1935年为第一期，"此时期香港文坛十分鼎盛，诗人辈出，题材多咏香港风物，稍涉时事及晚清民初时中国之乱局"；1935年至1950年为第二期，"反日情绪及慨叹悲苦岁月则成为香港诗人之题材"；1951年至1980年为第三期，"此时期之诗词题材亦最为多样化。除上述以'避秦'为题材外，其他如游记、酬唱、答赠、题画、时事等都有不少，不过诸家仍囿于旧题材，少赋新事物"；1981年至2000年为第四期，"此时期之诗词题材较为新颖，诗人开始接受新事物，以新事与现代科技入诗"。① 在"香港诗词作者之部分作品简介"中，涉的旧体诗人有何绍庄、伍宪子、余芸、岑光樾、李洪泽、林伯聪、李巽仿、何国华、汤定华、易君左、饶宗颐、罗忼烈、唐石霞、王淑陶、熊润桐、梁简能、何敬群、李璜、王韶生、张叔平、陈荆鸿、曾克耑、陈湛铨、张翼诒、吴天任、曾希颖、陈耀南、黎晋伟、费子彬、张纫诗、潘小磐、萧颖林、郭亦园、夏书枚、郑水心、刘祖霞、伍醉书、周仪、张江美、陈蝶衣、董力行、杨逸骏、陈襄陵、蔡俊光、韩穗轩、余璞庆、叶玉超、潘兆贤等四十八家。不过，他也认为，香港之旧文学已日趋式微，主因是时代变迁，环境有异。"当今学子，以习英文、念理科为能事，以便日后谋职，而诗词歌赋、对联等旧文学，不合时宜，亦欠实用价值，在功利主义与实用价值为尚之环境中，旧文学之日渐式微，乃意料中事。现代纵使习文学之大学生，大部分皆学习新文学如新诗、散文等，旧文学难有用武之地，故其式微乃由于后继者少人，而后继者少人之原因是时代与环境使然。"②

---

① 何世强：《香港二十世纪旧文学概况及展望》，载寒山碧主编《中国新文学的历史命运——二十世纪中国文学的回顾与二十一世纪的展望国际学术研讨会论文集》，中华书局（香港）有限公司2007年版，第449—453页。

② 何世强：《香港二十世纪旧文学概况及展望》，载寒山碧主编《中国新文学的历史命运——二十世纪中国文学的回顾与二十一世纪的展望国际学术研讨会论文集》，中华书局（香港）有限公司2007年版，第500页。

与此观点略有不同的是，黄坤尧认为近百年来香港诗坛大约经历了清末民初、二三十年代、五六十年代、八九十年代四个世代，有两次高潮：先是二三十年代重建传统文化，回应五四运动的疑古思潮；后是五六十年代的诗社勃兴，直接面对大陆惨烈的"文革"，在文化救亡的严肃使命下，见证了中华诗词不死的传说。进入八九十年代，香港诗坛除了享有盛名的"当代国学大师，多才多艺"的饶宗颐，"兼通新旧文学""诗风豪迈，意气昂扬"的曾敏之等大家外，本土中青年诗人崭露头角，而内地新移民也正在不断地填补新血，香港诗词表现出特有的新世纪、新事物、新思维、新观念。他指出："过去香港不断地吸纳来自全国各地的诗才，香港的诗史其实也就是中国的诗史，不分左右，不辨主客，不论流派，不管雅俗，大家屏除成见，逐渐地融为一体，通过诗艺的切磋，香港诗词早就在一个艺术的国度里统一起来了，甚至足以填补中国诗史残缺断层，以至现代文学空白的一页，将现代和传统之间重新嫁接起来。"①

　　作为"为香港文学修史"先声的《香港文学大系一九一九——九四九》，终于在千呼万唤中由香港教育学院陈国球教授总主编，2014 年由香港商务印书馆先行推出六本，其中就包括程中山主编的《旧体文学卷》，可谓一大创举。陈国球在大系的总序中指出："香港能写旧体诗文的文化人，不在少数。报章副刊以至杂志期刊，都常见佳作。这部分的文学书写，自有承传体系，亦是香港文学文化的一种重要表现。……可以说，'香港文学'如果缺失了这种能显示文化传统在当代承传递嬗的文学记录，其结构就不能完整。"② 《旧体文学卷》选录王韬以下九十多位作者的旧体文学作品，"各体诗文具备，唐宋风格及中西思想，兼采并重；而于题材，或写人生际遇得失，或

　　① 黄坤尧：《香港诗词百年风貌》，《中山大学学报》（社会科学版）2007 年第 1 期。

　　② 陈国球：《总序》，见程中山主编《香港文学大系一九一九——九四九·旧体文学卷》，商务印书馆（香港）有限公司 2014 年版，第 26 页。

描绘江山风月，或反映不同期的香港时局、家国灾祸，具有鲜明的时代色彩"。①

五

澳门大概是唯一的例外，由于特殊的历史原因，旧体诗创作十分活跃，写作澳门文学史，这是绕不过去的一个文学现象。澳门本地学者、诗人郑炜明的博士论文《澳门文学发展历程初探》（中央民族大学1999年），2004年6月以《澳门文学史初稿》为名由香港CVSV Limited出版，2012年6月增补版改名《澳门文学史》由齐鲁书社出版。其中第二章是"16世纪末至1949年澳门的华文旧体文学概述"，用了四万字洋洋洒洒梳理了明末至民国时期澳门旧体文学的成就，认为中国文学在澳门这块土地上，是从来没有间断过的。杨匡汉在书序中高度评价："尤其是对16世纪末至1949年澳门旧体文学的概述，作者从丰富的文学沉积中征引了七十余种名家诗文集资料，梳理敷演，下了一番狮子搏大象般的功夫，当属难能可贵。这种努力，正是把'问题'回放到'历史情境'中去审察，为显现当初的人文情境和文学现象提供比较丰富的材料，也为我们走近'文学'和'历史'增添了可能性。"不过，略感遗憾的是，在第三章"澳门现当代华文文学概述"中，作者留给澳门现当代诗词的笔墨不到两千字，加以分析的诗家仅有冯刚毅、程祥徽二人，让杨匡汉感叹，与第二章相比，"对于当代澳门旧体诗词的繁荣以及如梁雪予这样的名家，还缺乏足够的注重"。② 杨匡汉此前1997年参加澳门大学中文学院举办的"澳门文学的历史、现状与发展"研讨会时，在闭幕式上的讲演中指

---

① 程中山：《导言》，见《香港文学大系一九一九——一九四九·旧体文学卷》，商务印书馆（香港）有限公司2014年版，第76页。

② 杨匡汉：《流动岛上的文学沉积——序〈澳门文学史〉》，载郑炜明《澳门文学史》，齐鲁书社2012年版，第3、2页。

出:"一般讲澳门文学是指从现代到当代的语体新文学。但以诗歌为例,澳门诗歌可谓双水分流、双峰对峙——新诗与旧诗并驾齐驱,后者历史长、数量大、成就高,如梁披云先生当属旧体诗文的大手笔。有些新诗人的旧体诗词亦出手不凡。"① 这些兼写旧体诗词的新诗人就包括郑炜明、冯刚毅等。

耐人寻味的是,刘登翰在主编《台湾文学史》《香港文学史》时,涉及当代台港文学部分,只谈论新文学,不关注旧体诗词的创作,但在此后主编《澳门文学概观》(鹭江出版社 1998 年 10 月版)时,特别设置了第八章谈论澳门当代的旧体诗词创作,由词学专家施议对执笔,分析了澳门悠长的与诗结缘的传统,并对梁披云(梁雪予)的《雪庐诗稿》、马万祺的白话诗词、佟立章的"晚晴"诗词、冯刚毅的行吟诗词详加评价,从而阐明旧体诗词创作在澳门文学中占有的独特地位,与第四章的澳门新诗创作相并肩。刘登翰在谈到这一现象时指出:"时至今日,澳门的古体诗词创作仍然有着相当广泛的群众基础。澳门中华诗词学会拥有的会员达一百多人,就会员数与常住人口比例而言,可能居于中华之冠。其成员既有年过古稀的老人(如在古体诗词和书法艺术创作中取得很高成就的梁雪予先生),也有初学的中学生;既有政界商界的闻人(如马万祺先生),也有普通的市井小民。新文学作者中,不少也擅古体。每有所感,新诗古诗两体并发。以用云独鹤的笔名写新诗,用本名写古体诗词的冯刚毅为最典型。在近年刚刚活跃起来的为数不多的澳门文学出版物中,当代作者的古体诗词集的出版,仍是最重要的门类之一。"②

饶芃子、莫嘉丽等著的《边缘的解读——澳门文学论稿》一书,虽然限于叙述的角度,对澳门当代旧体诗词"存而不论",但也"并

---

① 杨匡汉:《给澳门文学一颗奔腾的心——在学术研讨会闭幕式上的讲演》,载李观鼎主编《澳门人文社会科学研究文选·文学卷》,社会科学文献出版社 2009 年版,第 279 页。

② 刘登翰:《澳门文学概观》,鹭江出版社 1998 年版,第 28 页。

不意味着将旧体诗逐出'汉语诗歌'的范畴",论者坦承:"我们注意到当代澳门汉语诗歌中'新旧'并立的现象,不仅'新''旧'两体共存于同一杂志或报刊,而且相当一些诗人同时创作新体与旧体,如冯刚毅、苇鸣等。澳门的旧体诗成绩非常引人注目,本身构成一种耐人寻味的文化现象与文学现象,引发诸如文言与白话、旧体诗与当代生活、汉诗的语言技巧等问题。"①

朱寿桐立足于"汉语新文学"视角主编的《澳门新移民文学与文化散论》一书,尽管是为了避开涉及澳门当代大量的旧体诗词,可是具体论述时还是不能回避,如谈到"转换期澳门移民文学"时,云独鹤(冯刚毅)的诗词集《天涯诗草》和《镜海吟》得到高度评价,认为:"(《天涯诗草》)体现出作者很高的古典文学造诣……(《镜海吟》)在言志与抒情的创作方向下,诗词题材多种多样,体裁也力避单一,诗以五七言律诗、绝句为主,词则以小令、中调较多。风格雄迈流畅,清新自然,艺术手法多样。"②

六

在海外华人社会,旧体诗词创作绵延不绝,同样在海外华文文学研究中遭到冷遇。新加坡学者李庆年在与有志于此研究的中国学者赵颖通信时感慨万分:"有关华文新旧文学的研究,是一种十分寂寞无奈的工作,外人无法了解我们的感受。其道理是研究不被社会重视,或甚至漠视,因此研究者实属稀少。"③ 李庆年将博士论文修改出版的《马来亚华人旧体诗演进史(1881—1941)》是一本填补空白之

---

① 饶芃子、莫嘉丽等:《边缘的解读——澳门文学论稿》,中国社会科学出版社2008年版,第37-38页。

② 朱寿桐主编:《澳门新移民文学与文化散论》,中国社会科学出版社2010年版,第84页。

③ 赵颖:《新加坡华文旧体诗研究》,陕西师范大学博士学位论文,2012年,第193页。

作，内容涉及"甲午战争前后的马华旧体诗（1881—1895）""戊戌维新运动前后的马华旧体诗（1896—1900）""辛亥革命前十年的马华旧体诗（1901—1911）""新文化运动前后的马华旧体诗（1912—1926）""国共纷争时期的马华旧体诗（1927—1936）""抗日战争时期的马华旧体诗（1937—1941）"。他在书的前言中指出："马华旧文学是华族整体文学不可分割的部分，它是华族文化中承前启后的一道桥梁，因此，我们是有必要整理这批文学遗产的。""1919年10月，马华新文学诞生，取代了旧文学的地位。自此以后，人们就集中精神于新文学而忽略了旧文学，数十年来，几乎没有人对它进行任何评价。"实际上，"马华新文学诞生后，旧体诗仍然一枝独秀，活跃于文坛，甚至到了今天，还可见到它的踪影"。[1]

诚如斯言，复旦大学潘旭澜曾撰文谈及新加坡著名文化人潘受的书法和旧体诗。他指出："潘受的诗词，题材广泛，中外古今。青年时代迄今，宽阔的人生阅历，华夏文化的深厚涵养，炎黄子孙的赤忱，中正豁达的品性，艺术家的想象与感悟，在不少优秀篇章中浑然融合。……总的说来，他的诗词有书香味、沧桑感、浩然气，常令人击节赞叹。还应提到的是，他以中国古代诗词为根基，又努力从西方吸收滋养，这正是许多擅长中国旧体诗的老诗人所不及的。"令他感到不解的是，"新加坡和马来西亚的华人，知识界不说，连许多中老年半文盲，都知道潘受，引为华夏文化的骄傲。可是在他的祖国，除了老一辈文化人之外，到了八十年代，才逐渐为书法界所知。他的诗集《海外庐诗》，虽由一家出版社重印，却没有引起应有的重视。十余年来，中国大陆的报刊，介绍、评论过几千位台港澳及海外文化界华人，有些已有几本专著或上百篇评介，而谈论潘受的，只有寥寥可

① 李庆年：《马来西亚华人旧体诗演进史（1881—1941）》，上海古籍出版社1998年版，第1页。

数的几篇短文，无论从哪个角度来说，都极其不成比例"。① 类似潘受热心旧体诗词创作的海外华人还有不少。

遗憾的是《马来西亚华人旧体诗演进史（1881—1941）》的论述主要集中在二十世纪五十年代以前，对于抗战之后的华文旧体诗一笔带过。这种缺憾在赵颖的博士论文《新加坡华文旧体诗研究》中得以弥补，论文对新加坡华文旧体诗作者的时代背景与身份背景进行回顾，将他们分为"过客""流寓"者和新生代新加坡诗人，并具体分析不同的艺术风格，同时总结了新加坡华文旧体诗的传播途径——报纸及其副刊、诗集、社团传播和网络传播。作者指出："新加坡华文文学的发展是新旧两种文学并行的，新旧文学在不同历史时期发挥不同的功能，而华文旧体诗作为海外华文文学的组成，更是海外华人创造的精神产品，反映的是新加坡华人落地生根的历史和面对故土复杂的心理。将华文旧体诗纳入'文学公共空间'，不仅有增强海外华文文学版图完整性的意义，更是华人南洋生活经历的反映。"②

在相当长一段时间内，台港澳暨海外华文文学史的编写体例和评判标准趋同于中国现当代文学史，没有注意到各地华文文学的特殊性，甚至掩盖了世界华文文学的多元共荣，现在是到了反思并付诸实践的时候了。正如相关学者所呼吁的，世界各地华人社会中的旧体诗词创作，都应该引起华文文学研究界的关注并加以研究。只有这样，才能充分反映世界华文文学的多元性和各区域华文文学的独特性，描绘出一个完整的世界华文文学谱系。

---

① 潘旭澜：《星洲北斗》，载《小小的篝火》，群众出版社1996年版，第266－268、262－263页。

② 赵颖：《新加坡华文旧体诗研究》，博士学位论文，陕西师范大学，2012年，第180页。

第二辑

当代汉语散文的人文背景

　　中国是个有着悠久散文传统的国度。作为一个文类，散文一直在中国文学中占有不可替代的位置。郁达夫说过："中国古来的文章，一向就以散文为主要的文体，韵文系情感满溢时之偶一发挥，不可多得，不能强求的东西。"① 杨牧也认为："散文之为文类（literary genre），只有在中国文学传统中才看得出它显著的重要性。西方文学以诗、戏剧和小说为主，虽然其中曾经出现了一些结构圆融辞藻华茂的散文作品，借着它突出的艺术渲染和思维趣味，大略可以成为一种文类，但西方散文，不论长篇论著，或短篇小品，其赖以维系共相而成为文类的条件却又十分参差脆弱。"因此，"散文是中国文学中显著而重要的一种类型，地位远超过其同类之于西方的文学传统"②。

　　20 世纪以来，尤其是第二次世界大战结束以后，欧美传统散文日趋衰落，难以为继，而当代汉语散文却长盛不衰。无论是在中国大陆、台湾、香港、澳门，还是在海外汉语文学中，散文创作都非常壮观，形成多元发展、共生互补的繁荣鼎盛的整体格局，堪称 20 世纪文学中一个独特的人文景观。半个世纪以来，中国大陆、台湾、香港、澳门以及海外的汉语散文，虽说是在相对隔绝的情况下各自独立

---

　　①　郁达夫：《〈中国新文学大系·散文二集〉导言》，载《中国现代散文理论》，广西人民出版社 1984 年版，第 441 页。

　　②　杨牧：《中国近代散文》，载《当代台湾文学评论大系·散文批评卷》，台北正中书局 1993 年版，第 124 – 125 页。

発展起来的，但它们都同属于中华文学的延伸，同属发端于"五四"新文学的现代散文的延伸。正是在共同的民族文化精神和文学传统的基础上，不同区域的汉语散文相互融合，博采众长，不仅创造了近半个世纪来汉语散文在世界文学中一枝独秀的非凡业绩，而且为 21 世纪汉语散文的再度辉煌奠定了坚实基础。

一

在中国大陆，新时期之前的散文创作，主要继承了四十年代解放区以记叙为主的纪实性散文和古典散文。前者导致新中国成立初期"通讯""报告""特写"盛极一时，后者则促成六十年代初期"诗化"散文的创作热潮。新时期以来，为了挣脱"工具论""武器论""轻骑兵说""形散神不散"等诸多框框和模式，老一辈散文作者回归"五四"散文传统，他们在散文创作中高扬个性意识、文化品位和文体意识，使现代散文传统得以薪火相传。年轻一代散文作者不满足于恢复和因袭二三十年代的散文传统，他们表现出超越的激情。散文家斯妤在 1992 年就指出："无论是 17 年间形成的'三家'模式，还是现代文学史上的百家手法，都已不够，甚至不能很好地、完全地反映当代人的思考、探索、焦虑、苦闷，传达现代人的复杂情绪与丰富多变的心灵。散文必须在思想上、形式上都有大的新的突破，才能和这个时代日益丰富复杂的心灵相称。"因此，她认为散文家应该具有强烈的创造意识，不因循守旧，不墨守成规，广采博收，从二十世纪丰富绚烂的文学成果中汲取营养，立志在文体上、形式上、语言上创新拓展，创造出真正属于当今时代的"新文体"和"新形式"。①

在台湾，比起小说、诗和戏剧，散文更大程度地继承和发扬了中国古代文学传统和"五四"文化余韵，成为台湾文坛最能保持中国

———
① 斯妤：《散文需要新的思考、新的活力》，《散文百家》1992 年第 7 期。

传统中国气派的一种文体。从文化背景看，一方面是因为"在20世纪的西方文学里，散文，尤其是亲切可诵的小品文，却是很弱的一环"，无可借鉴；另一方面，"中国古典文学的传统，和五四新文学在来台作家中的流风余韵，仍然有极为巨大的潜力"，使得散文家向其"频频索取养分"。① 台湾老一辈的散文家大都是在故纸堆中下过功夫的，对中国古典散文了若指掌，如数家珍。林语堂就多次在文章中推崇孟子弘毅自信、雄辩善讽的文风，欣赏苏轼气充词沛、行云流水的笔法。中年一代散文家也大都对古典散文持一种肯定的态度，如余光中虽然主张"下'五四'的半旗"，但他每每以中国古典散文作为标尺与典范。他说："五四早期的散文，最流行两千字以内的小品文，常带感性。这种文体有其清新自然的优点，却也有其局限，好像认定散文的正宗就是晚明小品，却忘了中国散文的至境还有韩潮澎湃，苏海浩茫，忘了更早，还有庄子的超逸、孟子的担当、司马迁的跌宕恣肆。圣贤之境吾所不敢，但是韩潮苏海却令我心向往之。同时五四以来的散文阴柔成风，迁台初年余风犹盛，我乃有意向韩愈乞借淋漓大笔，挥而扫之，一面又写《剪掉散文的辫子》那样的文章，鼓吹革命。"② 年轻的一代散文家也并未斩断与传统文化的联系，陈幸蕙就认为："古典文学对我有很关键性的影响，我现在创作的养分，可以说百分之六十是从古典世界里来的。对我来说，那是我创作的巴颜喀拉山，是写作的源头所在。"③ 就连在散文创作中常有大胆出格和反叛的林燿德，也不否认中国古典散文给予他的滋润，坦承自己对王安石和张岱的酷爱。至于五四散文，更是可以从台湾老、中、青三代散文家那里找到流风余韵。香港浸会大学林幸谦指出："（台

① 余光中：《向历史交卷——〈中国现代文学大系〉总序》，载《余光中散文选集》（二），时代文艺出版社1997年版，第452－455页。

② 余光中：《十二文集——散文选集自序》，载《余光中散文选集》（一），时代文艺出版社1997年版，第5页。

③ 见《陈幸蕙访谈》，原载台湾《文艺月刊》第255期，转引自刘登翰等主编《台湾文学史》（下卷），海峡文艺出版社1993年版，第430页。

湾）'复兴时期'以来的散文发展状况，基本上可沿顺五四的散文脉络探寻各家流派的来龙去脉。在小品文和随笔方面……吴鲁芹、颜元叔和邱言曦等人则承续了周作人和林语堂的风格。在美文、纯散文方面，尤其是抒情写景之文，林文月，张秀亚、琦君、张晓风等人，继承发扬了徐志摩、朱自清和许地山等人所开创的散文格局。……在专栏或方块文章的成就，则有李敖和柏杨等人承续，更进一步发挥了鲁迅式政治性杂文的特色，尤以批判政治和社会为甚。这些发展轨迹，说明了台湾散文的整体脉络和五四散文的关系。"①

香港和澳门虽然长期以来沦为殖民地，但是，两地居民绝大多数是中国人，他们在语言文化方面与中华母体有着密不可分的血缘关系。柯灵就认为："香港地处南天，一岛孤悬，万流云集，尽管百五年来世局播迁，沧桑多变，绵邈的华夏文化传统，如一灯不灭，烛照海岸。"② 因此，不仅中国古典文学的传统，"五四"新文化运动奠定的现代文学传统也在港澳地区得到延续和传播。以小思（卢玮銮）为例，她说："自小至大，我一直接触古典文学，由小学开始就读古文和诗词。"③ 她的散文常常充满古典诗词的风味。同时她又说："我最感兴趣的是丰子恺。自幼就看他的漫画，初中时读他的散文，很欣赏他的为人，和他对天地万物的态度，实际上是喜欢他的人多于他的作品，不过通过他的作品可以更了解他的为人。"④ 她的散文因而又具有现代白马湖派作品的余韵。如小思以丰子恺漫画为蓝本而加以演绎发挥的随笔小品集《丰子恺漫画选绎》，文字精致，情韵动人。

不仅中国大陆和台港澳的散文家深受悠久灿烂的中华文化传统的濡染，即使是移居海外的华族，下笔作文时也离不开中国古典文学和

---

① 林幸谦：《九十年代台湾散文现象与理论走向》，《文艺理论研究》1997 年第 5 期。

② 柯灵：《序》，载卢玮銮《彤云笺》，香港华汉文化事业公司 1990 年版，第 1 页。

③ 许迪锵、朱彦容：《卢玮銮访问记》，《香港文学》第 3 期。

④ 许迪锵、朱彦容：《卢玮銮访问记》，《香港文学》第 3 期。

现代文学的影响。泰华散文家司马攻曾说过："中国是一个散文极度繁荣的国家……散文是中国的'特产'，是最能体现中国文字感情的文体。因此，如果包括泰华作者在内的，分布在世界各地的华文作家，今后还要以母体文字——汉文，来从事写作；尤其是用汉文来写散文，总脱离不了中国的散文传统，还会受到中国大陆、台湾、香港等地的散文风格、文句、词汇的影响。"[①] 美华散文家木令耆则进一步探讨了海外作家之所以大量选择创作散文这种"最接近中国传统的文学形式"的原因：

> 他们虽然生活在海外，在一个异国的传统中，可是当他们从生活中提炼生活经验的结晶时，他们却逃不出在他们心灵中烙印着的中国文化传统，而用中国文学的散文形式来表达他们的精神感受。

> 这是因为他们成长时代，读过那许许多多杰出的散文作品，他们忘不了《秋声赋》《赤壁赋》《五柳先生传》和《陈情表》等等，可是由于他们多半成长在五四运动以后，他们更忘不了《寄小读者》《往事》《背影》《荷塘月色》《落花生》《我所知道的康桥》，和那短小精悍，既尖利，又泼辣的鲁迅"杂文"。[②]

因此，木令耆认为，如果海外华人作家继续用汉语创作，他们必定脱离不了中国文学的传统，尤其是中国散文的传统，而且在散文形式上，他们将继续发扬这特殊的中国文化传统。

---

① 司马攻：《略谈泰华散文的过去与未来》，载《泰华文学漫谈》，曼谷八音出版社1994年版，第49页。

② 木令耆：《海外华人作家散文选·前记》，花城出版社1986年版，第4页。

二

与其他文体一样，散文的健康发展取决于一个良好的社会生态环境。政治开放、思想多元、艺术民主、个性活跃等因素，都是散文繁荣必不可少的客观条件，大陆和台港澳半个世纪来散文发展的历史证明了这一点。而海外汉语散文的发展，除了上述原因外，还与所在国汉语教育、华文报刊和图书市场的兴衰等密切相关。

中国大陆当代散文在前二十多年的时间里，一直是在一个相对封闭的内循环系统中缓慢而有限地发展，无论创作方法，艺术个性，还是品种样式，风格流派，都比较单调，甚至趋于雷同化、模式化、公式化。造成这种现象的原因"在于社会环境、政治气候以及与此二者密切相关的文艺思潮"① 的失误和偏颇。只有进入改革开放的新时期，思想个性的解放，封闭体制的打破，艺术视野的扩大，才使大陆散文迎来了真正的转机，散文从文学类别的边缘和冷门迅速成为门庭若市、熙熙攘攘的"公共空间"。一直关注和追踪新时期散文创作发展变化的韩小蕙在谈到九十年代这场可称为革命性的随笔崛起及其前卫的散文热潮时指出："近年来我国政治、经济和意识形态诸方面的进一步开放，使得过去那种'我花开罢百花杀'的局面成为历史。对于已十分习惯以一种观念思维的大多数中国人来说，他们突然发现了世界的丰富多彩，其惊异和新鲜感的冲击简直不亚于一场人生大地震。眼界越开阔就会有更大的开阔，精神的双翼几乎可以伸向无涯，不单读者，就连作家本身，也都像重新开始了一个生命似的，叩响了新的心音。"② 被称为"思想随笔新三家"之一的谢泳也认为，写文

① 潘旭澜：《法外求法——散文突破漫谈》，载《长河飞沫》，河北教育出版社 1998 年版，第 162 页。
② 韩小蕙：《随笔崛起与新现象随笔》，载《新现象随笔》，中央编译出版社 1994 年版，第 2—3 页。

章最重要的是自由心态，而且自由的心态得之于自由的生存空间。他说："能写自己的文章首先要有一个能自由说话的空间，在这方面，九十年代比八十年代好一点，所以散文也就多了一些生气，好散文都是说真话的，都是说痛话的。一九四九年以后散文之所以失去了自我，并不是因为写文章的人没有了技巧，而是因为没有了说真话的条件，没有自由的心灵，也就没有什么好文章了。"①

国民党政府迁移台湾后，在思想文化领域采取一系列强化统制的政策，在极大的范围内控制了台湾的舆论机构与阵地。正是在这种时代背景下，台湾早期散文出现软硬两种主要倾向。"硬性散文"即有强烈反共意识的"战斗散文"。"软性散文"即继承冰心《寄小读者》风格的"闺秀散文"，"其内容则是爱心、真理、哲言、梦幻。其文风则是怀旧、感伤、浪漫、纯情与唯美。其文字情调则是刻意雕镂，潜心修饰，充满文绉绉的软性腔调"。② 由于口号八股式的"战斗散文"很快被读者抛弃，"软性散文"成为台湾散文的主流。台湾战后实施的"白色恐怖"戒严体制，使散文家产生逃避社会特别是逃避政治的心态，这样就造成了一个不容忽视的现象："近四十年来，台湾的散文创作者大部分沉溺于感性的抒情小品。"③ 余光中在 1979 年指出，它所带来的负面影响则是："今日的青年散文作家，一开笔便走纯感性的路子，变成一种新的风花雪月，忽略了结构和知性，发表了十数篇之后，翻来覆去，便难以为继了。缺乏知性做脊椎的感性，只是一堆现象，很容易落入滥感。"④ 台湾另一位学者向阳也认为："戒严与言论思想表意受到国家机器压制，使得文学界不得不避免对

① 谢泳：《九十年代散文写作随访》，《美文》1998 年第 12 期。

② 郑明娳：《台湾现代散文的危机》，载《现代散文现象论》，台北大安出版社 1992 年版，第 83 页。

③ 郑明娳：《台湾现代散文的危机》，载《现代散文现象论》，台北大安出版社 1992 年版，第 87 页。

④ 余光中：《左手的缪斯·新版序》，载《余光中散文选集》（一），时代文艺出版社 1997 年版，第 5－6 页。

社会、对政治的书写，当代散文在这个过程中受害尤其严重……从而只能以身边琐事、性灵、小我情感作为书写题材。久而久之，抒情小品在错误的时代中，也扭曲形貌，成为散文书写的中心……"①八十年代末期，台湾当局解除戒严令，言论尺度大为开放。随着政治禁忌的减少，散文中意识形态的杂然并呈，实为七十年来所未见。作家们认为："台湾当代的散文圈更应该把握机会，透过知性散文的开拓和大量书写，透过文学与社会、时代的触及，再造一个足以见证时代、启发世人、影响社会的新的散文高峰。"②

殖民地时代的香港是个很独特的地方，政治上并不民主，言论和思想却十分自由，尤其是中文报章在自生自灭中享有自说自话的自由。香港散文家阿浓说："香港政府的言论自由尺度相当宽，可以说是唯一没有文字狱的中国人社会。香港的作家想骂人的话，最方便是骂政府，因为骂完之后一般不会受到反击，更不会文字惹祸。针对报纸上的批评，政府能做的是答辩，还要礼貌地感谢批评者"，"在香港出版的报纸，其言论自由的尺度，虽有高低之分，但在言论自由大环境的影响下，大致都令人满意"。③ 阿浓谈到他在报章专栏写作，因超越尺度而被抽掉的文字千中无一。黄维樑也指出香港式杂文题材和思想的多姿多彩："如果要问香港报刊杂文作者写的是什么，借此来认识香港式杂文，不如问他们不写的是什么。我想有三不写：太暴力的不写，太色情的不写，诽谤人的不写，此外什么都写。"④ 于是，"作者在专栏里，可以发表左、中、右的言论，与人无涉；可以写风花雪月；可以发表时评；可以赞颂某一事物；可以批评某种社会现象；可以写个人生活际遇；可以赞扬别人如何走上成功之路"，真正

---

① 向阳：《被忽视者的重返——小论知性散文的时代意义》，台湾《国文天地》1997 年 7 月号。

② 向阳：《被忽视者的重返——小论知性散文的时代意义》，台湾《国文天地》1997 年 7 月号。

③ 阿浓：《香港散文的香港特色》，《香港文学报》总第 15 期。

④ 黄维樑：《香港式杂文》，台湾《幼狮文艺》1994 年 6 月号。

做到了"百家争鸣"。① 但是，香港作者虽无"避席畏闻文字狱"之忧，却有"著书都为稻粱谋"的无奈，以写作报刊专栏为生。有人最多一天要应付18个专栏，专栏文字就如同流水线上的产品，有量无质，这就形成香港散文创作一种"多而滥"的畸形局面："有些人写散文不伦不类，就像杂文，的确很杂，杂而无文，结构薄弱；说像小品文，一味追求短小，而无小品文的真义，其实，小品文不一定是短小。"② 正因为香港的报纸专栏泛滥，作者又是固定的，专栏成了某些人的"私有地盘"，文章不论好坏，编辑一律照登，专栏的素质便不能保证。尽管如此，香港大学陈耀南教授在1989年召开的台港暨海外华文文学学术讨论会上指出："总的来说：不论立场、不论大小，香港专栏作者，固然也有许多只谈身边琐事，只是雪月风花，甚至哂夫人之薄帏、炫相公之厚我，却也从来不乏忧国伤时、针砭世病之作。在中国的南天海峋，在他邦的殖民之地，我们庆幸还能长久保持这个华夏文明的词章传统，下笔太速，发表太易，写作太滥，当然不免沙石俱下；不过，披沙拣金，总有可观可赏的神来之笔，总有可久可大的传世之作。这也可以说是香港因为自己的特殊条件而对中国现代散文的特殊贡献。"③

海外华文文学尤其是汉语散文的生存与发展，主要依赖于中文报章的副刊。新华作家杜诚说："新华文学的发展，从过去到现在，都是以华文报为根据地。这在历史上是有目共睹的事实。新华文学今后的发展，华文报纸依然扮演着最重要的角色。华文报的文艺副刊，便是华文文学发展的重镇。"④ 马华作家朵拉认为："虽然在马华文坛，

---

① 汉闻：《香港报纸专栏面面观》，《香港文学》第100期。
② 李华川：《从我想到散文，从散文想到其他》，《香港文学》第100期。
③ 陈耀南：《香港报刊的专栏文学》，载《台湾香港暨海外华文文学论文选》，海峡文艺出版社1990年版，第56页。
④ 杜诚：《新加坡华文文学发展近况》，载《当代东南亚华文文学多面观》，厦门大学出版社1996年版，第15页。

文艺刊物所扮演的角色，仅次于文艺副刊，但是，到目前为止，文艺刊物的地位不曾超越文艺副刊，因此有人说'马华文学就是副刊文学'。"① 泰华作家司马攻也指出："泰华文学的发展和华文报刊是分不开的。"② 华文报纸副刊一向是发表海外汉语散文的主要园地，这是无可否认的事实；华文报纸副刊带动了海外汉语散文的发展，这也是史实。但是正如新华散文家欧清池所指出的，"报章与生俱来的随读随丢的特点及副刊受到非常有限版位的局限"③，使它不能容纳篇幅较长的散文，往往刊登一些"轻、薄、短、小"的专栏文章，而这在某种程度上就会限制海外汉语散文的全面发展。欧清池还谈到图书出版与读者市场对海外汉语散文创作的影响。他说："在讲求功利的文化边缘地带生活是寂寞的，是绝难找到知音的。在过去的岁月里，我虽也曾出版过六册集子，但深感能读得懂或会去读你的文章的人一日比一日少，心情就更加落寞。在一个不重视文化的地带生活，出书除了得自费外，还有有书也少有人要阅读的烦恼。"④ 因此，打破区域隔阂，促进世界范围汉语散文的交流、融合，显得尤为迫切和必要。

---

① 朵拉：《与时代共迈步的新一代女作家——70至80年代马华女作家》，载《当代东南亚华文文学多面观》，厦门大学出版社1996年版，第127页。

② 司马攻：《略谈泰华散文的过去与未来》，载《泰华文学漫谈》，曼谷八音出版社1994年版，第49页。

③ 欧清池：《杂志副刊相辅相成》，载《风沙雁文集》下卷，海峡文艺出版社1997年版，第733页。

④ 欧清池：《后记》，载《风沙雁文集》下卷，海峡文艺出版社1997年版，第813页。

盘旋的魅影
——试论马华散文中的鬼魅意象

一

在汉语书写的马华散文中，有许多重复相似的主题：原乡迷思、边缘叙述、雨林穿梭、都市取象……在这些主题中，我们可以进一步发现"意象"修辞在书写中的重要作用，它有时甚至成为文本结构的支柱，将隐喻的功能发挥到极致，让文本成为繁华图像氤氲下的一个巨大文化所指。在众多频繁出现的意象中，文字背后的文化魔力潜滋暗长，为马华散文，或者说，为马华文学的特异性留下鲜明的注脚。

如果说文字是文本的色素符号，那么意象则是文本的图像符号，是由文字搭构的景观。"在汉语文学中，隐喻不只是一种修辞方式，借用某些相似性以一物来喻指另一物，而是文学结构文本的基本方式。"[1] 隐喻是一个复杂的意指系统，包含多种成分，"意象"就属于其中之一，意象是一个自足的符号体系，"符号所担负的是多种相互联系和相互作用的相关功能。……文学艺术的符号语言，并不仅仅是审美的符号，它由于在社会交往中频繁使用，而具有自然的、社会的

---

[1] 冯宪光、马睿：《审美意识形态的文本分析》，四川大学出版社2001年版，第332页。

意义关联。艺术的审美符号也随时可以扩展自己的意义范围"。① 意象的丰富性和多元性、多义性等特征，往往就是与其构成符号——文字背后的历史文化积淀、思维特质紧紧联系的，意象因此成为一个传达族群精神机制的重要媒介。意象的意指所在，实际上就是文字背后的文化、历史、现实的真相所在，"而意象是经过诗人更大的心灵作用的产物，已转化为诗人内在生命的一部分，成为情感表现的一种形式，具有个别性与独创性"。② 我们要透过意象来挖掘深厚的历史文化积淀，更重要的是理解作者个别而独特的文本策略和精神图像。在陈大为、钟怡雯主编的马华文学选本《赤道形声》中，收录了许多优秀的马华文学作品，并且进行了细致的分类，其中的"散文卷"就收有潘雨桐、林幸谦、辛金顺、林金城、方路、莞然、潘碧华、禤素莱、寒黎、刘国寄、林春美、钟怡雯、陈大为、林惠洲、黎紫书、胡金伦、许裕全、林俊欣等作家的散文作品，可以说，是很能够代表20 世纪90 年代马华散文创作的总体成绩的。值得注意的是，在编选序言中，陈大为很明确地指出："我们可以明显地读出90 年代马华散文在语言技巧上有大幅的跃进，比以前来得精练、灵动而且多变，尤其不同程度和角度的意象化趋势，更有效地凝敛着叙述主体的情感。"可见，马华散文中的文字运用和意象化是进入文本的重要路径，而这二者往往是缠绕生长的，这里以《赤道形声》中的散文文本为个案，尝试探讨马华散文中的"鬼魅"意象。

在人类文明蜿蜒盘绕的亘古身躯上，"鬼魅"文化早已铸成深邃的烙印，烫刻在人类文化的骨髓上，它的气息流淌在人类精神的血液里。这种带有史前艺术特征的文化思维与活动是人类的原始思维产物，是人类在史前时期想象世界、寻找自我确认的方式。从开天辟地

---

① ［美］尼尔森·古德曼：《艺术语言》，褚朔维译，光明日报出版社1990 年版，第 245－246 页。

② 吴晓：《意象符号与情感空间——诗学新解》，中国社会科学出版社1990 年版，第 11 页。

的诸神众魔，到抽象立体的玄异图腾，从鬼魅灵妖故事的口耳相传，到民间各种祭祀膜拜的仪式，"鬼魅"文化可以说根深蒂固地成为许多民族精神图像之一，其中的历史、文化内涵丰富曲深。这里不指明"神话"，而用"鬼魅"代言，是因为"鬼魅"符号是"神话"系统中更为幽深惊悚的一个独特意象，"鬼魂妖怪"与人类原始思维中的"灵魂说"相通，它幻入自然万物的躯体内，自由出入，较之高高在上、有严整秩序的"神"而言，更具有灵性和诡谲性，更能为作家的笔触沾染灵异情感。

让我们来看看马华散文中具体的"鬼魅"图像是如何体现的。潘雨桐《东谷纪事》中的魑魅水妖、山中精灵，《大地浮雕》中的木乃伊、山林讳忌和水妖传说；林幸谦《破碎的话语》中反复出现的乱坟和古墓群，《中文系情结》篇尾的女死者；辛金顺《江山有待》中"斑驳不清和残断不齐的墓碑"；林金城《三代成咎》中的古墓；方路《记忆的请柬》与《合岸》中的丧礼；莞然《花岗石砌成的梦》中的拜墓；褚素莱《吉山河水去无声》中的水鬼，《求你教我数算一生的年日》中的坟墓；寒黎《坟·坠魂人》中的墓园，《也是游园》中充满了鬼魅身影和阴异气氛，《摇滚灵魂》中的灵魂写生；刘国寄《遗落在南方》中刻画细致的死亡图景、父亲阴森恐怖的幻象和结尾骨骸的"寒意"，以及《烟》中恍惚的"神明"，《草香的记忆》中女娲补天的神话，还有《楼廊私语》中楼廊疯人凄暗森森的描写；林春美《葬》中对死亡和神话的关注，《我的槟城情意结》中也穿插死后何归的传说；钟怡雯《藏魂》中"森冷"的书魂；陈大为《从鬼》中直接将对"鬼文化"的关注搬上探察的思考层面，《帝国的余韵》也不乏对校园"毛骨悚然"的拂掠；林惠洲《伤逝》细述舅母的求神问卜和隐约的灵异，《鬼雨荒年》从题目到内容都腾晕着一派"诡丽的色彩"；黎紫书《是为情书》"冤魂"般的记忆萦绕前后，《图腾印象》则有类似张爱玲惯有的冷冽戚森笔调，细细刻画阿嬷和她的镯子，《画皮》更是直接借用中国古典鬼怪小说《聊斋》中的篇什，以极尽炫目奇诡的文字做自我窥视；胡金伦《走路》中还有仿佛魂魄出窍的双重书写，配合着"渐凉渐寒"的气氛；许裕全《梦过飞鱼》以飞鱼的传说贯穿全篇意旨，篇尾更有爷爷幻变飞鱼的景象，《招魂》则完全是古老神秘的死亡仪式……当然选择鬼魅意象的书写带有作家个人的喜好特性与创作时的偶然性，但是当它成为作家们不约而同选择的修辞方式时，就不能不引起我们的关注和思考。通观《赤道形声》中所选录的散文作品，可以说几乎每个入选的作家对"鬼魅"文化都有所涉及，有的形之于文字的铺排，有的意在气氛的营造，更有许多直接设置"鬼魅"的形象。我们要关注的就是这些鬼魅意象背后的精神机制和思维特征，考察的是作家真正的精神图像。

弗莱指出："如果我们不承认把一首诗同另一首诗联系起来的文学意象中的原型的或传统的因素，那么从单一的文学阅读中是不可能得到任何系统性的思想训练的。……把我们所遇到的意象扩展延伸到文学的传统原型中去，这是我们所有阅读活动中无意识地发生的心理过程。"① 很显然，我们要考察的就是这些形形色色的鬼魅意象的"原型"。我们先来看看鬼魅意象的分布：雨林书写中多是森林传说，与之相关的是各种山妖水怪精灵巫师，带有"异域"色彩；原乡追溯中多是前辈先祖，与之相关的是鬼魂灵魄和各种神秘奇异的祭奠仪式、卜问典礼，这多与中国传统的鬼魅文化相关，具有鲜明的"中国性"；当下现实取象中则较为零散，没有固定的鬼魅形象，多是借用神秘诡异的气氛和独特的思维逻辑想象审视诠释人生诸态。除此之外，文本中频繁出现的相关的鬼魅意象就是"死亡"，"死亡"的主题或者意象在众多作家的笔下得到反复渲染，淋漓刻画，而且多与凄冷林立的墓碑、墓群和各种隐喻不同的仪式相连，或多或少带有阴森恐怖的色彩。

---

① ［加］弗莱：《批评的解剖》，载叶舒宪选编《神话—原型批评》，陕西师范大学出版社 1987 年版，第 153－154 页。

二

先来看雨林书写中的鬼魅意象，这是马华散文中最具有当地性的鬼魅文化了，森林中的各种传说禁忌和祭拜仪式都具有"魔幻"色彩。有论者指出："森林，尤其是荒无人烟的原始森林，通常会成为民间想象中'荒'的典型代表。欧洲中世纪以来的大量神话和童话故事都讲到这种陌生的、险恶的森林背景。在这些作品中森林是邪恶的化身，是凶兆，是危险的无法控制的，应该回避或赶快穿过森林和荒野，还要对它们表示敬畏并以听天由命的方式加以接受。至于是什么原因使森林显得如此可怕，从神话中得到的线索是：那里往往是恶魔、妖怪、凶兽栖息和出没的地方。"这是森林神秘的所在，也是森林魔幻母题的原型所在，更是作者选择雨林书写，设置鬼魅意象的原因所在。马华散文文本中的森林"鬼魅"意象从最直接的层面上看，是为了撩拨雨林"神秘的面纱"，"用以凸显马华文学的特征，也彰显读者对马华文学的想象和欲望"①。因为它最直接地呈现了马来西亚特色风景的一隅。但是作者对森林"鬼魅"意象的精心布局，却不仅仅是为了一种感官上的刺激。在潘雨桐的《东谷纪事》中，"山中的传言很多，魑魅水妖总在深山峡谷河滩打转，就连开在峭岩的一朵野胡姬，都可能是一个精灵的化身"。"山雀是风雨的眼睛。"如果仅仅为了猎奇，这样的文字就足够了，但是文本中却反复出现"野花""山雀"的意象："……风化灰白，几棵野杜鹃在上面开着小小的紫花，苦苦地撑着。""而腾起的烟屑到了半空，却随风卷到垭口来，仿如群飞的山雀，遽然失去了依归……"精灵化身的野花在苦撑，风雨眼睛的山雀失去了归所，这样的对比不是随意的，作者点明了人类破坏生态的行为是对神圣的亵渎。《大地浮雕》中更是处处隐

---

① 钟怡雯：《忧郁的浮雕：论当代马华散文的雨林书写》，载陈大为等主编《赤道形声》，万卷楼图书股份有限公司 2004 年版，第 305 页。

约鬼魅和现实的对抗，"木乃伊静默无言，以一身的灰败抗拒世人的目光"。"（阿祖的女人）手里拿着的午餐盒掉落，撒了一地的黍米饭，像是祀奉山神和水妖的祭礼。""……赫然看见每一根码头的原木柱子都是一条鳄鱼的头颅，那样静静地竖立着，瞪着滚滚的河水，瞪着河水掀起许许多多的旋涡。""有人说水妖把被害者的眼珠点成水灯，夜来就提了和萤火虫在雨林、在河边、在码头嬉戏。"细细品读，我们会发现，一切的鬼魅意象都是被有意放置在现实境况下做参照的，仿佛人鬼共存，鬼族嘲讽人类：木乃伊不是所谓的森林妖幻，而是埃及的鬼怪形象，在这里却同样阴森恐怖，它在"抗拒世人的眼光"；阿祖的女人手里的午餐是现实意象，却撒落在地上，仿佛祭礼，在在显示人类在神魔面前的惶恐不安和低伏姿态；不怀信仰的阿祖掉入河中就出现鳄鱼狰狞头颅的幻觉；而水妖的传说又与伐木工人的生命紧紧联系……这一系列的魔幻现实穿插的意象场景足以提醒我们注意这样的事实：古老神秘的信仰是不能用现代的眼光随意阉割的。水鬼的意象在禤素莱的《吉山河水去无声》中也出现了，作者铺衬魔幻妖魅，让人惊惧不已，但是这似乎是当地人能够接受的理解方式，成为他们生活的一种理由，借此我们聆听到天地万物息息相连的生命呼吸。在原住民世代相传的生活中，森林、自然是魔幻的，因为魔幻而畏惧，因为魔幻而神圣，这是一种对生命原始状态的尊重。郑元者明确指出："神话既不是人类心灵的幻构之物，也不只是某种不可企及的神秘的隐喻性符号，神话之所以有着巨大的现实效用，那是因为神话本身就是人的生存理解的体化物。"① 原住民在技术思维不够发达的情况下，把对世界的认识和理解用他们可以欣然接受的方式"理想化"，即把森林的未知魔幻化，是为了理解不可理解的世界和生命，并以此作为自己生存的依据和秩序，借此他们能安然和平地生存和繁衍，这是一种人类存在的本体性状态。然而，当科学昌明、技术发达的时代来临时，人们不再相信这种单纯的理解世界的方式，

---

　　　① 郑元者：《美学观礼》，中国发展出版社2000年版，第98页。

而是用自认为科学发达的手段来重新认识、整理世界，然而悲剧也就随之发生：《东谷纪事》中大量的生态破坏报道，人类"从现在开始吃罐头食物……"；不怀信仰的工人阿祖在砍伐时发生意外而"成为一个血人"（《大地浮雕》）；"不远处那座神秘的河，却由于常年的积土，已变成浅浅的一湾池水，所有的传说都在淤泥里搁浅了"（《吉山河水去无声》）。一切的生命都笼罩在暗淡的血色黄昏中。当真正揭开生命的神秘面纱时，生命也就不受尊重了，这正是作者将鬼魅意象、神话传说的颜料调入雨林书写色盘中的真正意图——在作者看来，也许神秘诡异的神灵妖魅才是生命的本体价值所依，才是天地万物共生共存应有的精神图腾，作者正是借此反拨人类欲望的肆虐，控诉人类残忍的生态破坏，也许还试图寻找真正生命本体的生存样态和模式。"虔敬万物大自然的心，形之于外为种种令人迷惑的禁忌，这是先人何等奥妙的生命哲学。"（林惠洲《鬼雨荒年》）

三

我们说的鬼魅意象不是指单纯的人化鬼怪的形象，而是带有鬼魅色彩的各种意象符号。美学家鲍姆加滕说："意象是感情表象。"[①] 我们可以通过各种不同的鬼魅文化意象符号去探知作家的情感语言和文化思考。在原乡追溯的散文书写中，具有鬼魅色彩的意象与雨林书写中的鬼魅意象不同，不是鲜明的山神水妖形象，而是往往诉诸物象——坟墓，以及抽象的概念——死亡。"所有拓荒的历史都烟尘滚滚而去了，只留下一些斑驳不清和残断不齐的墓碑，在萋萋的野草中去聆听四周唧唧虫吟的悲歌。"（辛金顺《江山有待》）"只在外头那么惝慄一瞥，但见青冢上苔迹斑斑，似是荒芜已久的深邸幽院，乏人打扫。"（寒黎《坟·坠魂人》）"然而梦中浮现的是清幽的绿树和荒

---

① ［德］鲍姆加滕：《美学》，转引自吴晓《意象符号与情感空间——诗学新解》，中国社会科学出版社1990年版，第10页。

乱的残碑，相杂交错，一幅不可思议的荒谬配图。"（刘国寄《遗落在南方》）"走在长兴街旁的红砖道，或者孤立宿舍阳台，映入眼帘的是一片乱葬岗，和秋风中摇曳着白茫茫的野芒花。"（林惠洲《伤逝》）"在我们看来，鬼文化是古代的人们对人类死亡现象及相关问题的思考所带来的观念和行为。"① 对于生命终极意义的追问是所有文学作品的旨归，文学在对生存与死亡进行探询的意义上与鬼文化有独特紧密联系的可能。频繁出现的坟墓意象笼罩着浓浓的鬼魅色彩，阴郁凄凉，十足的鬼魅色彩渲染而成浓烈的隐喻符号。"隐喻不仅是文学想象和修辞之工具，而且是制约着个人思想行为的价值观念。"②

在原乡回溯题材中的坟墓意象实际上就是作者情感价值理念的形象化表现，具有特殊的文化色彩，与中华民族"祖先鬼"的文化特征分不开。中华文化系统中这种浓重的崇祖心态是自古有之，中国传统的祖先崇拜不是毫无道理的，"统治者为了维护以氏族组织为形式的政治秩序，必然把政治权力与祖先祭祀权力密切结合起来，从而把宗法制度下的祖先崇拜方式，作为政治制度的'礼'而赋予了法的性质，由此形成等级森严的祖宗崇拜制度"。可见华人对"祖宗"的尊崇敬畏是与政治权力的施行相配合的，从另一个方面说，也证实了祖先崇拜在中国传统文化中根深蒂固的稳定性。而"从积极方面看，祖先崇拜使祖先特别是各级始祖具有十分强大的民族或家族的凝聚力"③。从这个层面来看，祖先崇拜之所以能成为下至乡野民间持续牢固的传统文化之一，正是因为它保证了家族血缘的稳定性。为了证明和寻找自己的存在意义，就要回溯追寻祖先，这在世代中国人心中是很重要的，而对身居异域的海外华人而言则有着更切实的意义。正

---

① 赖亚生：《神秘的鬼魂世界》，人民中国出版社1993年版，第1页。

② George Lakoff and Johnson Mark, Metaphors We Live By, The University of Chicago Press, 1980, p. 3.

③ 詹鄞鑫：《神灵与祭祀——中国传统宗教综论》，江苏古籍出版社1992年版，第128–135页。

如陈大为在序言中说到的，选本中大部分年轻的散文作家，多是生于斯长于斯的华人，对当地政治、文化、历史、现实有着更贴切的感受，但是他们不可去除的"中华"血缘身份，却使他们在"属性"问题上始终缠绕不清，加上马来西亚当局对华人、华文的意识形态限制和约束，当地文化对中华文化的挤压，也使他们在认同问题上备感困顿挫折。与他们的父辈对自己中华民族身份的认同不同，年轻一代更疑虑也更迫切追问自己的所在身份和生存意义，原乡追溯的题材中出现的大量"坟墓"意象正是与此相关。

"坟墓"是先祖安息之地，就意味着是今人的回溯之源，这里埋葬的不仅是一具枯槁的身躯，而是身躯背后的家族故事，是一个遥远却又与自己血肉相连的"神话"。在戚戚的古墓中徘徊，是为了寻找先祖的足迹，"我的祖先大概没想到他们的后代竟得越洋过海，而且要经过人事时光多般的洗劫才有机会来告慰他们的幽魂，这样想着，心情就沉重起来"。"我即刻合手膜拜，感觉是在狭窄的路上与几千年的老祖宗相遇，小辈一时措手不及，舌头打结，心慌。"（莞然《花岗石砌成的梦》）"同时，我想起那干瘪的下巴，沾满尘土的双颊，骨突的脊梁瘦劲的胳臂汗津津洒落，祖父的形象兀立于南方的微风中……"（刘国寄《遗落在南方》）在零落的残墓前幽思，是为了寻觅命运的轨迹，"来到香江后，对山又是一片乱坟，却也压不住山麓前蓬瀛仙馆的黄金飞檐，引来羁思纷扰，犹如走进浮动的宇宙"。"对山的楼灯都成了古墓群，把我埋葬在年少的坟场之中"；"百年荣华，换得破墓倾颓，破烂的墓碑，一生的岁月都残破不堪"（林幸谦《破碎的话语》）。"坟墓"在这里用阴森的语调叙述着父辈开荒拓土的艰辛，却也暗喻了子孙身份不明的痛源。

与"坟墓"意象相近的就是"死亡"的意象，这是一个抽象的概念。生存死亡是生命的轮回，是不可摆脱的宿命，"死亡"常常成为作家笔下的意象，以此思考"生存"的意义和价值。"死亡"意象常被处理成阴森恐怖的昏暗场景："我不敢张望棺木，只看到棺上盖住祖母生前红色的被。"（方路《记忆的请柬》）"丧礼在大人的眼神

蛊族的魅影

里进行，逝者的房里点亮一根白蜡烛，一张旧被单盖好冻硬的肢体，平躺在草席上。小孩在房外烧冥纸，想为僵硬的肢体取暖，灰烬却在房里游动它的感伤。"（方路《合岸》）"外祖父的头七，小舅亲耳听见一阵又一阵拖地的铁镣声，一步步拖上楼梯。"（寒黎《也是游园》）"我依稀记得初中一甫进入生物室时，不敢面对这吊立着的骸骨，感觉是与死亡有关的禁忌和幻想。……觉得骨骸迟早会手足舞动腾跃飞扑而来，然后穿空而去，鸷然阴笑留下晚上噩梦的魇影。""生命的存无，夜以继日地在每一个不知名的角落轮转消蚀，在南方的世界里，实验室的角落，一具骸骨用空凹的眼神望着我，充满溢冷的寒意。"（刘国寄《遗落在南方》）死亡往往带有鬼魅的色彩，是与鬼魂说分不开的，人们相信死后有魂魄存在，来去自如，而且背负着生前的记忆，可以轮回转世，代代延续。无论死亡意象笼罩的是谁，祖父、祖母、父亲……都是先辈的形象，这就是今人在自我来源的追寻中对先祖怀想想象的体现。最能证明自己与先辈关系的不是概念化的"血缘"，而是血淋淋的"死亡"，对"死亡"感受的深刻和冥思，最能将先祖生前的事迹和此后世代延续的命运紧密相连，将自己融入先祖的血肉灵魂中。正如法国学者格罗特所说的："在中国人那里，巩固地确立了这样一种信仰、学说、公理，即似乎死人的鬼魂与活人保持着最密切的接触，其密切的程度差不多就跟活人彼此的接触一样。……因而鬼魂实际上支配着活人的命运。"[①]"死亡"在这里不是一个终点，而是一个联结点，是一个转折，所有对往事的追想感怀，对记忆的整理归纳都通过"死亡"得到中转，得到解释。

当然，原乡追溯题材中的鬼魅意象不仅仅是坟墓和死亡，还有很多是氛围的渲染，如寒黎的《也是游园》："耳边似乎滑过留声机流泄暗哑的乐音，有种属于鸦片的馨香兰麝像一袭黑色的大斗篷罩在霉烂的空气里。你可以感觉到一阵诡秘、妖异像蛇一样的眩晕从脚心直

---

① ［法］列维－布留尔：《原始思维》，丁由译，商务印书馆1987年版，第296－297页。

贯脑门。""又仿佛，有粉妆玉琢的女子向你裣衽屈膝，在你面前阴阴沉沉地挥舞翩跹的水袖，甩动着难以掩饰的心事，复又有一阵阵袅娜的莺声燕语伴着繁华升平的管弦丝竹咿呀的欲语还休。"而在黎紫书的《图腾印象》中，更是将所有的氛围集中萦绕在具体的物象"玉镯"上："那玉镯，通体碧绿，晶莹剔透，一条乌黑的细丝贯穿其中；似是唯一的瑕疵，却更使玉镯变得奇幻瑰丽——仿佛一条黑蛇，钻进镯子里摆动它妖魅的身体。""我从梦中乍醒，赫然看见阿嬷坐在帐前，正替我解开那系住白帐的细绳。就是在那个时候，透过卧房内一盏昏暗的煤油灯，我震撼于宽大唐衫中瘦削单薄的身子——板墙上巨大的动荡的黑影——那一双筋骨狰狞的手。"十足的鬼魅气氛让我们想到张爱玲《金锁记》中曹七巧骇人的经典出场镜头和《花凋》中川嫦恐怖的"泥金的小手"，还有那飘散着鸦片烟的宅子，"绣在恛郁的紫色缎子屏风上"死了的"白鸟"，作者正是在这样的氛围里展开对先辈的想象——亦幻亦真，亦阴亦阳，模糊了时间与空间，过去的魅影悠游飘荡在现实生活的角落，祖宗先辈的鬼魂在游荡着，他们的故事随着影子处处流传。正是坟墓、死亡和气氛三者的共同渲染，才足以造成震撼的鬼魅意象，这些鬼魅符号并不是可有可无的笔墨，而是渗透了作者对鬼魅文化的深切感受和认同。

四

这种对鬼魅文化的感受和认同是一种深植于内心的精神情感，意象是一种带有强烈隐喻色彩的符号，而"由于隐喻是在经验、在对客观世界认识的基础上建立起来的非常规的语言形式，而不是在常规的语义结合规则上建立起来的语言形式，隐喻的产生总是以作者或特定民族文化的审美价值为取向"[1]。哈罗德·布鲁姆也在《批评、正典结构与预言》中说，"神话之所以重要是因为我们喜欢用自己的语

---

① 冯广艺：《汉语比喻研究史》，湖北教育出版社 2002 年版，第 281 页。

盘旋的魅影

言来述说它"①，作家在认同了神话（这里特指"鬼魅文化"）背后的"民族文化审美价值取向"后，在自己的文本中用语言文字加以实践改造，形成诸种变异的意象符号，承续的是深层的文化机制，延续了这种文化在不同时代、不同地域的具体表达指向，探讨了文化意义的诸多可能。

如果说雨林书写和原乡回溯中的鬼魅意象是借用某些固有模式（如森林中的神话传说，中国文化中的"祖宗鬼"等），那么在注重现实取象的马华散文作品中鬼魅意象的处理则较为散乱，要考察这一书写中的鬼魅意象，我们需要格外注意作者的思维形式。原始——神话思维有显著的特征，"这是一种同记叙现实事件和超现实事件的思维程序相适应的思维形式。……进而就这种思维模式的形式因素与客体内容的相互关系而论，只有通过观察感知的物象和想象幻想的心象，才能构造与描述有象的神话世界和巫术世界以及蕴含于其中的深层秩序，思维形式的有象性与思维客体的有象性是配合默契的"。②我们不认为作家运用了鬼魅意象就是运用了原始——神话思维，他们同原始人类用代表内心的体验秩序来解释对应外界的表层观察秩序不一样，作家的鬼魅意象当然是一种艺术审美的处理，是一种书写策略。但是，我们认为作家对原始——神话思维那种特有的"投射——幻化思维"的理解和借用是他们设置鬼魅意象的重要原因，他们不是用思维形式的有象性来理解揭示客体的有象性，而是以这种思维形式的有象性来挖掘发现客体世界的深层秩序，构造想象腾跃的空间，反拨人类过于功利现实的生活追求，寻找追问生命的诸多可能。鬼魅文化是他们的借代符号，借此将触角深入世界的表层，实现真正的文化意义。在这里，可以将鬼魅意象粗略分成两种情况：一种是鲜明独特的物象化意象，围绕中心物象展开鬼魅叙述；另一种是氤

---

① ［美］哈罗德·布鲁姆：《批评、正典结构与预言》，吴琼译，中国社会科学出版社2000年版，第64页。

② 邓启耀：《中国神话的思维结构》，重庆出版社1992年版，第19页。

氤氲朦胧的景象化意象，没有一个固定中心的物象，而是多个物象组合，配合光线、声音、气味、形态等等，组合成一片场景，营造一种鬼魅氛围。当然二者不是截然划分的，其中有着许多的缠绕，物象化的意象中也有许多场景的设置，而景象化的意象也是以诸多具体的物象组合而成的，这样的划分主要是方便我们进入文本，做细致的分析考察。

　　寒黎的《摇滚灵魂》采用物象化的方式，这是一篇拟对话的散文，深入灵魂深处，探求情感纷芜与生命欲望。"灵魂"是文中反复出现的语词，在这里褪去了诡异的色彩而成为人性本我的指代符号，世俗纷争可以冷漠人的外在表象，但不能隐藏平抚灵魂深处的躁动和不安，它暴露了人最真实的渴求和欲望，这里作者显然是认同了中国传统文化中的"灵魂说"并加以改造。文章围绕"灵魂"这一中心意象加以渲染："于困蹇之时，你那单薄无依的灵魂再次交由永无止境的摆渡。""你的灵魂在那一刻得到最适在的纾放，悠悠然推开四肢匍匐于达芬西的天空……你的灵魂继续菟与女萝地攀附在鸽子的身上，以优美的飞翔姿势飞越大山，滑过高地，凫过一片囊囊的跫音。"钟怡雯的《藏魂》中也有典型的"物象"，"尤其在下着寒雨的黄昏，窗外的湿气仿佛都渗透书页，阴冷盘踞了多余的空间，恍如进入一座洁净，但森冷的纳骨塔。整齐有序的书本，宛如一个个编号的骨灰坛，坛子里都装载着作者的魂"。书中有魂，藏书如藏魂，文本中处处灵魅游荡，玄机暗喻，人不是阅读书籍，而是与书对话，千万年文化就浓缩在眼前往来飘散的无数魅影中，在在是"万物有灵"的生动演绎。还有什么比这样的形容更灵动奇诡？更诱惑人的视听？其他如陈大为的《从鬼》也算是一个物象化的鬼魅意象处理。作者直接以"鬼"字撩开中国千年鬼文化的面纱，可以说是深谙中国鬼文化的精髓。他将灵异鬼怪的故事融在民族精神心理的文化古乐中，悠悠弦乐，幽幽心事，一个"鬼"字尽得各种韵意。黎紫书的《画皮》借用古典鬼魅文化意象，将身体分割，实际上也是灵魂透视的另一种写法。

而大部分的现实书写都是采用景象化的意象处理方式，点染鬼魅气氛，如林幸谦的《中文系情结》："我随着《梦》的旋律下笔，顺势移入女死者的咽喉，笔随歌声回荡、内转、反折，把自己锁在双重的文本里。"在这篇叙述视角越位的散文中，篇尾的女死者形象如同怨鬼，唱出的歌声凄厉寒绝，幽幽回荡在文本中，为作者演绎的女性身份增添一层凄迷的怨愤，为揭示女性的"非我"处境增添凄厉的一笔。禤素莱《求你教我数算一生的年日》将智者的言论搬到了一个烟遮雾绕的神秘教堂里，进入教堂的过程被渲染得神秘诡异，"我大踏步地跟着老人走到教堂前，胸口翻腾着鬼魅般的神秘喜悦"。"而又那么诡异地，随着门的洞开，远远的长廊另一端，强烈扑面而来地亮着一个巨大的十字架。"这个仿若千年古堡的教堂成为作者挥洒想象的地域，而古老的箴言就隐匿其中，等待有缘人去发掘，去领悟。最后作者没忘记给一个"完满"的鬼魅结局："这一来，才看清楚了原来一尺多高的水泥墙全是坟墓，经过岁月的腐蚀，字迹已大半被抚平了。而脚底下整齐裂开的水泥地，也全都是一个个的坟墓。""这个老人，我真怀疑他是不是上天特地指使来，专为我开启教堂的精灵。""天又缓缓地下起毛毛细雨来，而我的背脊，也莫名地开始感觉凉冷。望望骑楼下黝黑的地下室，再看看下一个的第四百零三，阔大的地面突然无处落脚，一种生命的无力感重重袭来。四周开始感觉鬼影幢幢，我背好背包，快步地踏着一路的死人离开"，这样的场景相信谁看了都会毛骨悚然。中华文化中自古就有天启神示的信仰，仿佛冥冥中有所昭示，对这种昭示也万般虔诚挚信，也许作者就是想让我们将那句箴言当成神圣的启示，所以有意设置鬼魅的场景，让一句看似平淡的话语留下无限的反思和深省，笼罩着不可直言的神秘，一切鬼魅意象的涂抹都是为了追问生命的意义。要书写童年的记忆，童话化和鬼魅化是两种常用的书写笔法，在刘国寄的《楼廊私语》中，就是运用二者穿插的策略，一会是"我好像走进一个色彩明亮热情的画面里。……尤其夕阳斜挂的天幕，小粉脸红的云，印在像外国人蓝蓝眼睛的青空里，余晖的颜色已穿上仙女的彩装，柔美得如同白雪公主的仙境"；一会却是"夜里，我常被这疯狂的眼睛吓醒，楼廊处不时传来铁链碰撞墙壁的声音，像一种鬼魅的召唤"。童年的记忆色彩如此截然鲜明，让我们毫不怀疑欢乐和恐惧共存的可能，也提醒我们反思这种可能的现实，提醒我们"永世珍惜"眼前的蓝天白云，杜绝一切罪恶的行为，暗喻这样的行为和生活最终将导致的就是真实的"鬼魅"。陈大为的《帝国的余韵》中只是一笔，就已经"鬼气"十足："我们常常在夜里骑脚踏车经过校园，许多鬼魅的传说变成蝙蝠，低飞在感官的脆弱部位，不管风冷不冷，总有毛骨悚然的错觉。奇怪的是一旦绕到文学院，所有的鬼怪的联想和感觉，立刻烟消云散。"轻轻一点就展开文学院特有的宽阔磊落的气度，作者的鬼魅意象运用得恰到好处。许裕全的《招魂》完全重现了古老的死亡仪式，全文刻意营造焦灼不安的气氛，死亡在人们的眼中如此强大，一切人类的能力在死亡面前都显得软弱无助，魂灵在远处游荡，等待亲人的召唤，似乎只能依靠古老神秘的招魂仪式。文末乌秋尸体的出现是点睛一笔，这场古老的仪式真的将灵魂召唤回来？抑或冥冥中有着神秘的力量，人的生死原来只是微不足道，一切都是天地造化？

纵观这些文本，虽然可以从中寻觅到诸如神灵、鬼怪、妖魅的诸多身影，也常常到处蒸腾森然的鬼魅气氛，但是作者的隐喻所指却是不尽相同的，唯一可以确认的就是他们对鬼魅意象的选择以及对深邃的鬼魅文化的认同。当然，鬼魅意象的选择和运用只是作家书写的一种方式，是实现文化意义、探讨生命价值的一种可能，它以绵长的触须深扎在人类文化的土壤里，繁盛着一树茂密不绝的特质景观。鬼魅文化仿佛一只硕大的苍鹰，盘旋在人类，尤其是炎黄子孙的灵魂世界里，在浩瀚的生命天宇激荡，声嘶长空，巨翅翻腾出重重幻姿魅影，绚烂奇丽。

香港散文研究二题

一、《家具清单——〈香港文学〉散文选》

作为一个以研究散文为本行的学者，我对散文的挚爱是一直不变的。这么多年来，不论文学生态如何辗转变迁，不论文学创作队伍如何分流合并，散文始终像一片澄澈的净宇吸引着我的关注，喜欢它那种看似任性随意却又严谨细致的章法结构，喜欢它那份仿若散淡不拘实则真实自然的精神意念，更喜欢它海纳百川、天地容纳的气度和魄力。所以多年以来，不论是结集系列的散文篇章，还是精选编撰的散文选集，可以说是阅览了不少。陶然编选的这本《家具清单》，绝不是最齐全完备的散文典库，也不是最另类独特的散文奇葩，却仍然将我深深吸引。

我与散文选集编者陶然相识多年，对他的赞佩始终不曾减弱。要知道，在香港这个浮世繁华利益纠缠的商业化都市，坚持严谨求实的治学态度已属不易，何况还要在声色萦绕光影冲决的新媒介时代中执着于鼓励栽培文学新生力量的文学精神，更是一桩难事。没有对文学虔诚的尊重和淳朴的热爱是绝不可能做到的。作为《香港文学》的总编，陶然不仅自己笔耕不辍地坚持创作小说、散文等不同类型的文学作品，而且长期致力于搜寻录编优秀的老中青华文文学力作，涵盖小说、散文、戏剧、史料、诗、文学研究、报道、访问、专辑和座谈会、文学活动等文学活动记录，力求使《香港文学》呈现出种类广泛、题材丰富、内容充实的样貌，真正实现了"提高香港文学的水平，同时为了使各地华文作家有更多发表作品的园地"的办刊目的。更重要的是，他还会定期从收录文章中甄选出小说、散文、评论等优良精作编辑成册，至今已辑录了初具规模的文学选集系列，共十六册，他自称是"希望把每个阶段发表在《香港文学》的佳作以选本的形式，保留下来，为香港文学做点文学积累的工作"。谦逊的言辞之间，扎扎实实地体现了热爱文学的赤诚情怀。所以每次拿到他编选的文学选集，我都会有一份特别的感动，尤其这次的这本散文选集，更是让我感受到了那种"黑夜闪电"般在刹那间照亮一片天地的文学精神。

　　近年来国内外的散文选集、选本繁盛缤纷，编选内容海阔天空，编选体例也各有千秋，有以散文文体样式为准的，有以风格气质为准的，也有以文学史上公认的"经典"作品为标准，可以说是各出奇招，各显神通。相比之下，陶然编选的这本《家具清单》没有什么细致的分类，只是以2009年1月至2012年6月期间刊登于《香港文学》的作品为范围，以"提升人的层次，改进精神面貌"这样最基本也是最核心的文学本质为标准，将中国大陆、中国香港、马来西亚、新加坡和美国等地的散文名家佳制汇聚一堂，呈现出来的作品显得格外情态各异、万象纷呈。这里有地方游记，如开篇几位作家的成都游览、郑政恒的《八月的奈良》、张翎的《岭南行》、朱蕊的《日出和雨——关于黔东南》、赵丽宏的《德意志漫游》；有人物侧记，如金依的《食野太郎》、聂华苓的《从玉米田来的人——安格尔（Paul Engle）》、刘再复的《别外婆》、张婉雯的《忆杨国荣师兄》；有生活杂谈，如麦浪的《脱牙记》、绿骑士的《花言草语》、樊善标的《碎瓷》、西西的《家具清单》、胡燕青的《闲话针线》；有文化观察，如李娜的《泰雅族的司马库斯：一种部落共同体的实践》、黄康显的《最后的一片人间净土大溪地？——由华籍到华裔的客家社群》、何福仁的《我们的名字叫熊——序西西〈缝熊志〉》；还有意识实验，如王良和的《意识两题》、叶辉的《在日与夜的夹缝里》、谭惠贤的《两个世界》……从花絮蝇蚁的精致细微，到天地日月的庞杂宏大，从现代社会的繁华景象，到曲折深奥的内心幽微，似乎一切都被含纳在这本小小的卷册之中，让人怎么能不感叹黑白错落文字的神奇魔力？这种魔力不仅体现在取景不同对象间，即使是表现同一个对象，也可以凭着不同的组合编绘出各异的景象。也许这正是编者有意在开篇将几则关于成都的游记并置的原因，这是最能充分体现散文行云流水、舒展自如风格的方式。陈建功的《成都滋味》从成都人最日常的泡茶楼、打麻将这样的起居饮食说开，在和充满"京味"的北京比较之间，感悟到"安逸的成都，人性的成都，要过舒心日子的成都"那份"处变不惊、安之若素、从容不迫、乐天知命的处世态度"的坚韧与达观；韩少功的《灾区娃娃》则从汶川受灾的媒体报道入手，钦佩于成都在面临困难和顿挫时"收获亲情，回归群体，重新开启灵魂"的文明精神；叶永烈的《蓝光闪过之后的成都》将古迹寻访和现实呈现融合杂谈，在充满学理性、系谱性的思古幽情中，表达自己对成都人"坚定、坚毅、坚强"的感动；还有廖玉蕙《走一趟四川》里通过对百岁长寿老人的素描表现成都豁达乐观的精神风貌，廖子馨《三吃成都火锅》中饕餮麻辣火锅后对这座城市追求发展的赞叹，陶然《又见成都》遍寻市井坊巷特色风情时对淳朴性情的欣赏……同样是描写成都的游览经历，同样是表达灾区重建的关怀感慨，因着不同的视角和不同的情怀，就可以缔造出如此差异化的景致，你如何不感慨散文宽敞辽阔的胸怀？在这里，可以驰骋奔跳，可以踱步徜徉，可以纵声呐喊，可以低语浅吟，在贴近真实的大地呼吸和仰望浩渺的天宇召唤之间看取人事代谢、思虑往来古今，从琐屑细微中发现深情大义，从喧嚣嘈杂里探究明理真谛，以坦诚的自我、清明的自然和率真的自由在熙熙攘攘、嘈嘈杂杂的灯红酒绿现代都市中营造一片纯净深广的天地。

这本散文选集中，不论是行走观光的游记，还是细微琐屑的杂谈，不论是采访记录的人物写实，还是想象虚构的心理实验，都以或华美、或简约、或深刻、或警醒的表达绽放着各自的精彩；这里有优美的描写："时当盛夏，杨柳水湄摇绿，榕树道旁垂阴，相思树吐出一派金黄，木棉树则在万绿丛中千黄阵里挥霍它熊熊的火焰。湖湖相连的五湖呢，一无例外贮满的是碧绿与深蓝，而孤山则在长堤的尽头将我们召唤。"（李元洛：《生死两西湖》）这里有生动的象征："'我是一棵树，根在大陆，干在台湾，枝叶在爱荷华'，这是聂华苓先生为她自传体新书《三生影像》撰写的序言。如果说二十世纪是一座已无人入住的老屋的话，那么这十九个字，就是一阵清凉的雨滴，滑过衰草萋萋的屋檐，引我们回到老屋前，再听一听上个世纪的风雨，再看一看那些久违了的脸庞。"（迟子建：《一个人和三个时代》）这里有人生感喟："其实不少人心底都深深埋着一个微笑，一个眼神，一朵永远含苞待放的忘年花，都失散了在命运的流沙河间。匆匆走在今日的路途上，有时，刹那间，像夜空中一下闪电，那朵花儿忽远忽近地冒着光华，像在问：'如果赶上了另一个机缘，走的会是怎样的一条路呢……'"（绿骑士《花言草语》）这里有理性的文化评论："'部落主义'，回归原乡，重建原乡，既是一种运动落潮、形势转变的无奈因应，也隐含着一种新的族群自觉意识。怎么回到家乡？怎么在经历了现代文明和资本价值洗礼之后，重新认识那已然在消逝中的文明？进而为其寻找并未实质改变的'殖民处境'中的出路？这里其实有着一个艰难的过程。"（李娜《泰雅族的司马库斯：一种部落共同体的实践》）这里还有哲思化的生命质询："生命，无时不在准备迈步飞驰。是的，仿佛在荒古的时代，有些什么已经留在你的身体里，原始，野性，无法驯养。……所以我的耳边时常响起马萧萧的长鸣，骨节间金属的铮声；看到蹄间的尘土，掉落的刀剑，鲜血，和忽生忽灭，没有形体的风。"（王良和《意识两题》）……我们充分感受到了新世代散文充满弹性、密度和质料的饱满生命。它再也不是"文""笔"的审美功能和实用功能混淆不明的古老文类，而是集合抒情言志、议论杂谈等于一体的现代文体，在创作上既可以延续承传精致优雅的传统笔法，也可以展现跳跃错位的锐意创新姿态，在叙述与抒情、勾勒与铺陈、简约与繁缛、独白与对话、纪实与虚构等笔调的灵活运用和手法的自由掌握间展现广阔的社会画面，透露丰富的人文景观，具备了独立的艺术美学特征。这正是时代发展赋予散文新生命的体现，有学者指出："进入 21 世纪以来，散文创作进入了一个新的发展时期。……网络的发展尤其是博客的流行更使散文的空间无限扩大。"空间的扩展、受众的增加、形式的多元，都刺激着散文以更加活跃的姿态寻求发展，或振臂疾呼，或絮语闲谈，或锋芒毕露，或温情脉脉，以精彩的绽放成为最直面现实、最深入人心的文类。

不论什么样的散文，都要以反映社会人生、体现人文关怀为主旨，才能真正触动心灵。文学反映生活具有各种样态，诗歌的象征将对生活的理解抽象成符号，小说的虚构叙述了生活的内在规律，戏剧将生活矛盾缩窄在分明的情节中，而散文比之诗歌的抽象、小说的虚构、戏剧的错综，更实在地体现了"真实"的生活空间，正如钟怡雯在《天下散文选》的序言中说的："我们说的真实，是指当下叙述的真实，从创作者的角度来看，散文是真实的，但它不是现实，所以不是现实的反映。只是从创作者的角度来看，散文是真实的这个认知，其实反而更方便创作者虚构。"散文因着行文的随意自由、笔法的游走自然而能够涉猎众多题材，但它的目的绝不是简单的呈现或者映照，而是要在淋漓展现光怪陆离的现代社会时进行文明反思，在尽情俯仰浩荡苍茫的天地万物间执着生命追寻。一切繁华图像看遍，都是生活感悟，几朝沧桑岁月涤尽，皆是人间性情，散文的真实在此，散文的感动也在此。所以我们能从最寻常普通的哭泣中感受："哭，为己，为人，为世界，为宇宙，或哭得春溪乍暖，涓涓细流；或哭得骇涛汹涌，日月无光，都是本能、真性。勿须遮掩，勿须羞赧。佛学中所谓的'同体大悲'正是悲众生之凄苦，悲生命之无常。而这悲哀伤恸或大或小，或深或浅，或为己为人，都是那千古哀愁长流中的点滴。所以每声泣啼都述说着一个故事，每滴眼泪都撼动着一个灵魂。"（丛甦《哭》）从简单朴素的乡村假日里体悟："人活着不单单是为了食宿，宁静和超越、简单和悟性，才是幸福的根本和源泉。"（林湄《乡村的假日》）在迷茫漫长的寻乡途上质疑："下一代体验的是一种隔绝故乡和遗忘故乡的艰难。说到底，孩子们是没有故乡的，更何况，是我们这些农村移民的孩子。"（苏童《八百米故乡》）甚至对于司空见惯的暑假假期，都可以有这样的沉思："在市场价值横行、家长权益滔天、教育效能成为官员博取民望祭品的教育世代，放暑假，只不过是一条混浊的狭小溪流；在这些日子，不论你是何种身份，都可理解成一种现代教育的集体流放，又或者像通胀高企时微薄的薪酬加幅，似有还无，反而透出几分悲凉的反讽。现代的人们啊！既然教育注定是一场又一场的颠簸，'趣'耶'苦'耶，尚有何闲暇浅嚼深尝？"（潘步钊《文题三帖》）……散文最吸引人的地方也许就在这细微发现和点滴体悟中。人们喜欢看散文，是因为它千言成篇，是因为它华彩烁烁，更是因为它关照现实，反映当下，触动人心，是因为徐学所说的："散文不仅是某一时代情感水平的标志，也是那一时代个性和心灵活跃程度的标志，是作家智能水平（洞见、机智、情趣）、知识结构和文化视野的标志。"

散文就是这样一种令人着迷的奇特文类，它可以成为休闲消遣的自在风景，也可以成为现代都市的脉搏图像；可以成为家长里短的评说议论，也可以成为揭露针砭的短枪利剑；可以成为情愫感悟的轻歌曼舞，也可以成为沉思反省的倥偬足音……但不论它是什么，都应该是我们接触生活、体验生命最直接的文学形式，它凭着对生活的发现、对生命的尊重、对价值的追寻、对文明的思考，引领着我们即使在"消费文化高涨，漫画、电玩盛行"的新世代，仍然能够保留一份纯真坦诚的心思和一种合理逻辑的判断来面对变幻的世界，这就是编者所说的："没有文化没有文学的城市，物质再丰富，人们的精神生活还是贫乏的。……不论如何风云变幻，世事多曲折，我们依然相信，只要有人群在，文学必有存在的必要和价值，因为它有益于世道人心。"

二、《香港当代作家作品合集选·散文卷》

说到香港，过去人们总是习惯性称之为工商业的都会、文学的沙漠，这一观点当然是站不住脚的，但它机械复制的商业模式和高速繁忙的都市节奏，确实不断挤压着向往自由追求性灵的文学生长。而电子网络的兴盛和消费商品的大行其道，更是一步步逼退文字阅读的领地，难怪香港文学即使在业内研究中也很难得到充分的关注和重视，因为它的格局确实有限。然而这并不代表香港文学放弃了追求和发展，事实上，中西文化交融的政治文化背景和旅港、居港及本土的文化人往来交流，一直促使着香港文学在商业化、私人体验、实验技艺等方面的探索和开掘，并最终呈现出开放性、多元性和都市性等属于自己的鲜明特色。

这其中，香港的散文是最值得称道的。正如《香港当代作家作品合集选·散文卷》主编陶然所言，"繁荣和多元化，是香港散文创作的基本现象"①。也许，对于这个拥塞繁忙的都市而言，不限题材范围、不受体裁限制、不拘情感约束的散文是最适合的文类，因为"散文分狭义与广义二类，狭义的散文，指个人抒情志感的小品文，篇幅较短，取材较狭，分量较轻。广义的散文，天地宏阔，凡韵文不到之处，都是它的领土，论其题材则又千汇万状，不胜枚举"②。不论是狭义散文还是广义散文，都反映出散文真实自在和随性自由的特征，它既可以写实社会人生，又可以沉淀冥想哲思，既可以反思自然文明，又可以抒发情绪感怀，这种在纪实和虚构、抽象和写意中游走，在洋洒宏阔和短小精悍间徜徉的文类，当然最适合成为忙碌焦虑

---

① 陶然：《多元化的香港散文——〈香港当代作家作品合集选·散文卷〉代序》，载陶然主编《香港当代作家作品合集选·散文卷》，明报月刊出版社 2011 年版，第 VI 页。

② 余光中：《余光中散文》，浙江文艺出版社 2008 年版，第 1 页。

的现代人的精神日光。事实上，香港文坛也确实为香港散文提供了许多优良的环境，从城市变化产生的丰富多彩，到人口流动带来的文化多元，香港散文自从二十世纪六十年代取得长足进展以来，就始终保持着较为稳健的发展势头，成为世界华文文苑的一道靓丽风景。

正是在这样的背景下，这本《散文卷》才具有珍贵的意义和价值，因为它是对香港自二十世纪五十年代以来散文创作和散文作家的一个梳理和小结，通过这本文集，我们可以比较清晰地看到香港当代散文发展的脉络，也可以相对完整地了解香港当代散文的整体格局。更重要的是，香港当代散文丰盛繁茂的景象可以帮助我们更深入真切地了解当代香港的历史变迁、俗世风情和文化潮动。需要特别指出的是，要在社团集结贫乏、作家流动性强、文史整合能力有限的香港文坛，做出这样跨越半个世纪的散文选集着实是一件很不容易的事情，正如《明报月刊》总编辑、选集的总策划人之一潘耀明坦言的："新加坡的合集，由多个文学团体负责选稿，香港没有这种条件，个人的力量是微不足道的，还幸约请到几位在小说、散文、诗歌领域的资深作家担任主编，然后向每位入选作者逐个发信、征文、征求意见，其过程也是繁杂而艰辛的。"① 选择做这样"吃力不讨好"的事情，如果没有对香港文学的信心，没有对香港散文的热爱，是很难坚持下来的。而光有信心和热爱还远远不够，要在卷帙浩繁、纷繁芜杂的香港当代散文作品中精心挑选最具有代表性的作家作品，还需要将原则界定明晰："一、时间：从二十世纪五十年代至今发表的散文作品。二、范围：由于编选的是文学散文，故以文学杂志为主。三、身份：具香港永久居民身份证，即使已外流他方，但只要在香港成名，都在候选之列。四、内容：作为文学作品，应无地域之分；但如能反映香港人香港事香港的情思，当然更佳。五、手法：不论什么流派什么写法，只要是好散文，便在编选之列，以包容性反映香港散文缤纷活泼的面

---

① 潘耀明：《总序："红了樱桃，绿了芭蕉"》，载陶然主编《香港当代作家作品合集选·散文卷》，明报月刊出版社2011年版，第Ⅱ页。

貌。六、排名：以作者的姓氏汉语拼音字母为序。"① 从时间界限到表现范围，从身份归属到写作手法，细致明确的界定不仅体现了编选的严格，更体现了编选者对香港文学多元化、流动性等特征的理解和尊重。

人世间纷繁复杂，气象万千，香港当代散文也是如此，这里有思古幽情，如阿浓的《小住息风尘》，巴桐的《谁敲月下门》，曹聚仁的《章太炎先生》《西泠桥》；有怀旧乡愁，如北岛的《父亲》，杜杜的《给母亲的一封信》，潘步钊的《寂寞山城》；有世态写照，如蔡澜的《凉茶铺三老人》，施友朋的《美食专家浮生梦》，潘国灵的《街角恋人絮语》；有行游散记，如蔡益怀的《大漠魂》，陈家春《掠过三色带》；有社会观察，如陈德锦的《贫嘴的手机》，葛亮的《镜像之魅——香港制造的"老上海"电影》；还有生命感悟，如陈惠英的《隧道时光》，陈实的《嬗递》，董桥的《中年是下午茶》，此外，徐吁《夜》和樊善标《恬然录》的玄思哲理，黄仁逵《冰冰》与麦树坚《书缘》的实验虚构，以及黎翠华《夏日之色》的人物素描、林幸谦《十年雨季》的诗性象征等等，都被包含其中，大到家国情仇，小到蝇蚁猫狗，真可谓宇宙万千、世事百态，无所不包、无所不容。让人见识了散文取材广泛的辽阔，也见识到了香港文化海纳百川的涵容。

而真正让人动容的是这道散文之光直达人心的温柔和煦，这正是散文的本质特征之一。有学者指出："散文曾被称为'美文'，就在于它对美的意蕴的自觉追求，它的审美情感比小说、戏剧来得浓缩，又比诗歌挥洒，在当代社会中，这不能不说是它赢得读者的重要因素。优秀的散文往往是作家审美倾向的坦露和倾吐。……由于作家人格与情感的作用，散文的笔调往往充溢着一种浓重的情韵与气氛，而

----

① 陶然：《多元化的香港散文——〈香港当代作家作品合集选·散文卷〉代序》，载陶然主编《香港当代作家作品合集选·散文卷》，明报月刊出版社 2011 年版，第 V 页。

正是这种情韵的独特和由此构成的不同意象,在读者心灵中唤起丰富的感受。"① 虽然当代散文写作技巧和方式发生了不少变化,更重视记叙和抒情、象征和隐喻的结合与融洽,但从本质上说,散文毕竟与重视象征隐喻的诗歌和重视虚构表现的小说不同,它是作家生命情致和生存体验的最直接体现,不管它运用了什么现代技艺,都无法改变自有生命活动和自在心灵流淌的核心,这正是它打动人心的重要原因。香港都市的高楼环宇、车水马龙、霓虹旋绕的商业外表,并不影响其散文创作的真纯和真诚,因为不管南来北往、老少青中,这里始终聚集着一批批尊重生命、热爱文艺的作家,他们是有深情的,因而他们笔下的文字也是有深意的,所以同样是思念亲人,我们能感受到北岛在《父亲》中苦涩的追忆:"父亲,你在天有灵,一定会体谅我,把你想说的话说出来。那天夜里我们达成了默契,那就是说出真相,不管这真相是否会伤害我们自己。"也能体会杜杜在《给母亲的一封信》中擦干眼泪的坚强:"我要用微笑迎接更新的来临,而把我的眼泪留下,好能够洗亮照着我们母子在天上重逢的那一颗星。"同样是誉美青春,我们能接受陈惠英《流转》中跋扈的张扬:"日本青年金色的头发在音乐的强风中舞动,我们的青年坐在转角处不远的地上看得入迷。"也能欣赏黄仁逵《走地少年》中挥洒的活力:"球越过龙门落到后边的树丛里,一个少年跑过去,隐没在树丛里,漫天蜻蜓无声无息地飞来飞去。"同样是旅行漫游,我们能折服于西北大漠的浩瀚苍凉:"不管是白戈壁还是黑戈壁,举目望去,都是一派死寂,看不到一点生命的迹象。只有远处的祁连山雪域,遥遥的似一抹浮云,横于天际,给人一种神圣的召唤。"(蔡益怀《大漠魂》)也能观赏江南旖旎的秀美:"尤爱倒映在湖上的山树:鹅黄橘绿,榴红葱翠,仿佛夕照下的滚滚碧波,诸色竞艳,是无声的喧哗。"(古兆申《西湖看树》)……同样的题材,不同的情绪,同样的主题,不同的意

_____

① 李晓虹:《中国当代散文审美建构》,海天出版社 1997 年版,第 13 页。

境，香港当代散文真正做到了"把复杂深幽的主观世界呈现在作品中，使读者对作者（甚至人类）的内心的主观世界产生理解和沟通"。① 它带着我们一起数看潮起潮落，品味往来古今，记取人事代谢，这是任何现代科技和工业生产都达不到的心灵的奔放和洒脱。

而这样的浓郁的情感抒发中，当然还有日光沉淀的晶莹微尘，那是对人生的体悟和对生命的思考："我突然醒悟，所谓的熟悉，让我们失去了追问的借口，变得矜持与迟钝。而一个外来者，百无禁忌，却可以突围而入。……在原本以为熟识的地方，收获出其不意，因为偏离了预期的轨道。"（葛亮《城池》）"谈老来该走的路，若认定外物不足恃而细扣儒、佛、道、耶、回等门径求救度，可见这些给哲学踢入唯心范畴的东西全部讲究'内功'，也即以内力抗外力。""老来要走的路，是平顺、是崎岖，导致内心是宁谧安舒或风浪不绝，系于个人之一念。"（梁锡华《老的路》）"假如死亡真如古今哲人之所喻，像一场酣寐，而在那寐中的一场短暂的人生，岂不正像一场小小的失眠？还是其实人生本身才有如一寐，方死方生之顷，才是从梦中醒过来？既是如此，生死与醒睡之间的隐喻辩证，竟尔有多样的可能性。"（陶杰《无眠在世纪末》）……无须再多举例，我们已经能明确地论证，香港当代散文并不因为各种困境的包围而抑制思考的深度，它始终秉承着散文独特的精神力量，即"在散文家那里，'生命的存在与超越如何成为可能'，就不是一个通过艺术虚构，通过叙事情节加以展示的命题，而是作家对自我心灵的内审和追问，是融入作家的审美生命和人生境界的根本性的方式"②。对艺术探索的坚持，让香港当代散文迎着声光电影的滚滚风尘一路走来，越发呈现出"多姿多彩

---

① 张国俊：《中国艺术散文论稿》，中国社会科学出版社 2004 年版，第 43 页。

② 李晓虹：《中国当代散文审美建构》，海天出版社 1997 年版，第 3 页。

和极具个性"的"诱人的魅力"①，试问，这样绰约的风姿，怎能不倾城？

值得注意的是，谈到香港当代散文，一个无法回避的问题就是"身份"和"认同"的纠缠。香港作为一个国际性的贸易港口，多年来已经成为东西方各国经济交流的重要中心，这里中西交融、新旧并蓄、往来无拘、流派纷纭，既是沟通台湾海峡两岸文学的管道，又是海内外华人文学的汇集地。在香港，既有南来作家叶灵凤、曹聚仁、徐訏、吴其敏，又有本土作家舒巷城、侣伦、廖伟棠、麦树坚……文化背景的区别、成长环境的差异让他们以不同眼光和角度打量观察香港这座国际性都会，并产生了不同的理解和体会。不论是北岛认为的"香港如同一艘船，驶离和回归都是一种过渡，而船上的香港人见多识广，处变不惊"（《在中国这幅画的留白处》），还是陈德锦称道的"踯躅花城，听鸟品茗，抖擞身心，那么适合要自强奋发的香港人"（《踯躅杜鹃城》），抑或是力匡感慨的"旧的香港，我生活过的香港，已成为灰烬。但由灰烬中，却出现了另一个香港，新的香港，一如神话中五百年就要应劫一次，被烈火焚为灰烬，为轻烟的一只凤凰"（《三个香港》），都表现了作家身份的不同所产生的主体建构的不同。但是，如果把香港当成一个被建构的"主体"，那么它必然不只是被动感知，还成为一个有主权的自由体渗透和影响着感知者，因此南来北往的香港作家，不论是已经同化属于香港"主体"的一部分，还是异在于香港"主体"的"他者"，都会感染上"主体"的印记，并且将这份印记带入自我建构的内涵中，这就是小思所说的："香港既是一个朦胧之城，生长其中的人，自当也具备这种朦胧性。……我们已经与香港定下一种爱恨交缠的关系。对于她，我们有时很骄傲，有时很自卑，这矛盾缠成不解之结，就是远远离她而去的人，还会时在

---

① 陶然：《多元化的香港散文——〈香港当代作家作品合集选·散文卷〉代序》，载陶然主编《香港当代作家作品合集选·散文卷》，明报月刊出版社 2011 年版，第Ⅵ页。

心头。"（《香港故事》）

　　其实关于香港当代散文还有许多未竟之言，它融合东西方文化的视域、它结合古典与现代技巧的手法、它游离常规和实验之间的建构……这里的每一个问题都可以展开成洋洋洒洒的专论。我不想也不能穷尽对香港当代散文的评述，因为那是一个庞大系统的工程，正如这本《散文卷》，也只是这个工程中的一个部分，需要更加扎实稳进的努力。

20 世纪香港新诗与外国文学关系浅探

一

20 世纪初期，当"五四"新文化运动席卷神州大地，新文学应运而生风靡整个文坛时，香港却仍然是旧文化占主导地位，"国粹派"人士还在疯狂地复古卫道，拼命反对白话文，反对新思想和新文化的传播。直到 1928 年，被誉为"香港新文坛之第一燕"的新文学刊物《伴侣》创刊，已经是"五四"新文化运动之后 9 年。此后，香港的新文学刊物蜂拥而出，粗略统计有《铁马》（1929 年）、《岛上》（1930 年）、《缤纷集》（1932 年）、《新命》（1932 年）、《晨光》（1932 年）、《小齿轮》（1933 年）、《红豆》（1933 年）、《今日诗歌》（1934 年）等。这些刊物在刊登新文学作品的同时，也注意介绍西方文学，评介西方文艺理论。如《红豆》不仅有系统地介绍外国文学的《英国文坛十杰专号》《世界诗史专号》，还翻译左拉、赫胥黎、詹姆斯·乔伊斯、伍尔芙等人的作品，同时也刊载《关于曼殊斐儿》等评介文章。这些都充分表明香港文坛在向内地新文学学习的同时，也开始向西方文学吸取营养。

香港学者卢玮銮、黄继持、郑树森三人在整理、选编 1927 年至 1941 年香港早期新文学作品时发现："在二十年代末、三十年代初，香港新文学以诗歌的成就最高，而诗歌方面与上海的联系最密切。"① 30 年代与戴望舒、徐迟一起筹办现代派诗刊《新诗》，并创办《菜花》《诗志》的现代派诗人路易士也曾说过："我称 1936年—1937 年这一时期为中国新诗自五四以来一个不再的黄金时代。其时南北各地诗风颇盛，人才辈出，质佳量丰，呈一种嗅之馥郁的文化的景气。除了上海，他如北京、武汉、广州、香港等各大都市，都出现有规模较小的诗刊及偏重诗的纯文学杂志。"② 当时香港许多新诗作者如侯汝华、李心若、陈江帆、鸥外鸥、林英强等人的诗作都曾刊登在上海的《现代》上。《现代》是中国现代文学史上有名的引进西方现代主义文艺的刊物，其中象征主义是《现代》重点介绍的外国文学思潮，香港一些作者的诗作因而也带有浓厚的象征主义色彩。如侯汝华在《黎明》中，用白色的"丧服"形容黎明时分天空的鱼肚白色调，借"少女的香味"来隐喻晨风的温馨；侣伦在《讯病》中，用"葡萄味"比喻甜蜜的时刻，等等。尤其是路易士发表在1936 年 5 月 15 日出版的《红豆》第四卷第 6 期上的《雨天的诗》，更是一首欧化得比较自然的象征主义诗歌：

> 当三点钟打完了呵欠，
> 疲倦的病菌
> 遂从小黑猫的眼睛里
> 传染到我的身上，
> 啊，暴雨来了——
> 有着马赛的旋律感的。
> 而碎在院子里，碎在屋上的，

---

① 黄继持、卢玮銮、郑树森：《早期香港新文学作品三人谈》，载郑树森、黄继持、卢玮銮编《早期香港文学作品选》，香港天地图书有限公司1998 年版，第 17 页。

② 路易士：《三十自述》，转引自马良春、张大明《中国现代文学思潮史》（下册），十月文艺出版社 1995 年版，第 979 页。

是谁在云端里撒下来的珍珠啊!

但是，30 年代较常在上海《现代》上刊发诗作的李心若和陈江帆的作品反而缺乏《现代》所提倡的西方现代派色彩，"当时《现代》所提倡的诗歌，是欧洲象征主义的风格，即较倾向朦胧、多义、神秘这几方面的。而李、陈二人在这时期发表的诗歌，都以抒情为主，带有感伤（sentimental）色彩。一般会用浪漫来形容他们两人的诗作，但其实与西方浪漫主义强调个人解放的精神有别，而抒情仍是突出感伤，所以与《现代》提倡的诗风是有距离的，因为没有表现出当时上海现代派的特色。另一方面，虽然他们的创作量较多，而且能在上海杂志《现代》发表，但作品却缺乏都市性，他们虽然住在对外相当开放的香港，但诗作并没有都市性，只有感伤的抒情。……因此，他们虽然从香港进军上海文坛，但始终没有吸收当时现代派的色彩"①。

三四十年代，倒是立足于香港诗坛的鸥外鸥的创作明显可以看出受外国诗歌影响的痕迹，具有"前卫"色彩。鸥外鸥与柳木下并称三四十年代香港诗坛的两大诗人，他与柳木下田园牧歌式的传统写法不同，从事"具象诗"（concrete poetry）的尝试，而且个别诗作以都市为焦点，是香港都市诗的先驱。如鸥外鸥写于第二次世界大战前的《第二回世界讣闻》，作者通过 1937 年初各种不平常的社会动态，预感世界大战的迹象已迫在眉睫，于是利用英语"WAR"一词作为叫卖号外时惊呼"喝呀"的拟声，同时又兼用了原词"战争"的意义。诗的开头写道：

WAR!

---

① 黄继持、卢玮銮、郑树森：《早期香港新文学作品三人谈》，载郑树森、黄继持、卢玮銮编《早期香港文学作品选》，香港天地图书有限公司 1998 年版，第 13－14 页。

WAR!

WAR!

WAR!

WAR!

WAR! WAR!

钢铁市场闭市! 进口断绝!

金库价格突起!

出口商深入腹地

收买犁锄铁锅残废五金!

禁运金属出口令颁布!

　　这首诗同《军港星加坡的墙——香港的照像册》《第三帝国国防
的牛油》等诗一样，通过不同字形的组合，以文字的直观视觉效果，
造成一种很强的心理压力，表达知识分子对当时时局敏锐的忧患意
识。香港学者、诗人也斯指出，《第二回世界讣闻》里，好几段由小
至大地印了几个 WAR 字，"虽然仍保留了英文的原意，却强调了原
文中本来没有的声音效果；另一方面，不说战争而用了一个英文字，
也是化习惯的标题为新的声音，希望浑然不觉的人能对这有新的警觉
了。还有不知鸥外鸥有没有受电影的影响，一个个 WAR 字由小而大
的排列，也颇有电影中显示战云密布，国事危急时用的新闻标题手
法"①。这种"陌生化"的效果有助于读者从感知中反省出一种看法
来，对现实换一个角度重新凝神关注。香港另一位学者郑树森则认
为："鸥外鸥的成就在中国现代诗的发展上是独一无二的，尤其是在
具象诗的尝试方面，似乎一直到后来五六十年代台湾的林亨泰等，我
们才再次看到类似的表现。而鸥外鸥在时间上是很早的，所以在个人

　　　　　　　　　　　　　　　　　　　

　　① 也斯：《鸥外鸥诗中的"陌生化"效果》，载《梁秉钧卷》，香港三
联书店有限公司 1989 年版。

成就方面，我觉得他在整个 20 世纪中国文学中有其独特的位置。"①

二

进入 50 年代，香港的诗坛同整个香港文学一样，面临着空疏与重组。40 年代后期曾经活跃在香港诗坛的南来诗人如戴望舒、臧克家、沙鸥、吕剑、邹荻帆、袁水拍、林林、陈敬容等人陆续返回内地，这一时期香港诗坛主要由 1950 年前后从内地来港的诗人和香港本土成长起来的诗人组成。诗人马朗就是 1950 年从上海来到香港，他早年在上海与现代派诗人路易士结为忘年交，1956 年创办《文艺新潮》时，重新续上"五四"以来新文学中那股现代主义的流脉，同时大力提倡西方现代主义诗歌。他在 30 年后回忆说：

> 当初我们为什么要提倡现代主义，这固然是世界潮流所趋，我在一九五六年十一月《文艺新潮》第七期"英美现代诗特辑"序言中，曾经解释现代诗在世界的地位："自波特莱尔以降，蓝波发出'一切必须现代化'的呼声以后，诗更紧随着绘画，在形式和内容上都有急剧的变化，趋向了现代主义。那诚然是实业革命以后机械文明的必然产品，新的社会改革以及新的生活趣味，使旧有十九世纪的浪漫主义一落千丈。也许读者在今天仍未普遍有此要求，但对作者方面却是早已成定局的需要。事实上，在当时，现代主义领导世界文学思潮已经几十年了。因此，我觉得必须把现代主义灌输到香港的文艺界。"②

---

① 黄继持、卢玮銮、郑树森：《早期香港新文学作品三人谈》，载郑树森、黄继持、卢玮銮编《早期香港文学作品选》，香港天地图书有限公司 1998 年版，第 41 页。

② 张默：《风雨前夕访马朗——从〈文艺新潮〉谈起》，《文讯》总第 20 期。

马朗在《文艺新潮》上鼓吹现代主义不只是追随时尚，而且希望通过大力推介各国现代主义来"破旧立新"，把现代主义的形式和技巧应用到香港的诗歌创作上面。《文艺新潮》除了第七、八期集中推出《英美现代诗特辑》外，译介过的现代诗人有英美的艾略特（T. S. Eliot）、奥登（W. H. Auden）、康明斯（E. E. Cummings）、斯彭德（S. Spender）、庞德（E. Pound），法国的普雷维尔（J. Prévert）、夏考白（M. Jacob）、狄斯诺（R. Desons）、梵尔希（Paul Valéry）、许拜哲维尔（J. Superivielle）、夏尔（Rene Char）、布列东（André Breton），西班牙的洛迦（F. G. Lorca），希腊的沙俄利斯（George Seferis），墨西哥的渥大维奥·帕斯（Octavio Paz）等。因此，郑树森认为："《文艺新潮》在1956年至1959年间，肯定为当时现代派的主要阵地；对外国现代主义诗作及运动的译介，在英、美、法、德之外，尚能照顾拉丁美洲、希腊、日本等地重要声音，其世界性的前卫视野，在当时海峡两岸的华文刊物，堪称独一无二。"①

《文艺新潮》译介大量外国现代主义诗作，"扩阔了港台诗人的视野"②。同时，它还发表了一批"战后香港文学史上最出色的现代诗"，"替香港文学播下了现代诗的种子"③。在《文艺新潮》上，马朗、崑南、王无邪、贝娜苔、林以亮、叶维廉、木石、杜红等人的诗作，都是"由香港当时特殊的时空激发出来，在题材或表现方法上有所突破的作品"。④ 如马朗的《山雨》："饮鸩毒之太阳哭泣了/突然满天荆棘/有沉船的骨骼摇曳着/回声的涟漪在顶上空自荡漾/青色之

---

① 郑树森：《五六十年代的香港新诗》，载黄继持、卢玮銮、郑树森《追迹香港文学》，香港牛津大学出版社1998年版，第43页。

② 也斯：《台湾与香港现代诗的关系——从个人的体验说起》，载《香港文化空间与文学》，香港青文书屋1996年版，第22页。

③ 卢昭灵：《五十年代的现代主义运动——〈文艺新潮〉的意义和价值》，《香港文学》1989年1月号。

④ 也斯：《从缅怀的声音里逐渐响现了现代的声音——试谈马朗早期诗作》，载《香港文化空间与文学》，香港青文书屋1996年版，第6页。

恍惚慢慢移动/引渡出许多原已迷失的恋的船队/那时乃有悲哀的光/形成秀发的琉璃阱/倾倒窗上无数窥探的眼睛/扩大了蜉蝣们心中的水灾。"这首诗以及《夜》等作品，可以看出受到迪伦·托马斯（Dylan Thomas）和安德列·布列东（André Breton）等人的启发，深入意识森然的世界，主观的幻象溶化了现实的轮廓。

和马朗同时接受西方现代主义思潮影响的崑南，他的《布尔乔亚之歌》就以艾略特的《阿弗瑞德·普鲁弗洛克的恋歌》中的名句作为引言，"我已用咖啡匙量掉我的生命"，隐约暗示作者对现代主义诗人批判都市罪恶态度的继承和发展。同样，他的《卖梦的人》也继承了艾略特、波特莱尔对待都市文明的态度和眼光，既否定传统，"承认不习惯呼吸在古典世纪"，同时又贬斥机械文明，指责它是装着"和蔼的面孔"，把人诱入死局的"怪魔"。他甚至质疑真理的存在："我已不了解幸福，不了解真理！更不了解'了解'/向诗里找，向梦里找，只找到永恒的悲剧。"正如艾略特荒原式的呐喊，把伦敦看成"不真实的城市"（Unreal City），以及波特莱尔梦幻般的消颓，使笔下的巴黎充满忧郁的世纪末色彩一样，"《卖梦的人》也写出了城市人生活理想的破灭和失落，空洞的躯壳，如何贩卖腐朽的灵魂"①。

《文艺新潮》上现代诗沾染西方现代主义这种"灰暗、幻灭、败北、虚无的气息"②，也可以从王无邪表现现代人在都市时空中的空虚与苦闷的长诗《1957年春：香港》中见到：

> 一草一木的真实，已不能使我们
>
> 感觉到这世界；这种空洞与踟蹰

---

① 陈少红：《香港诗人的城市对照》，载陈炳良编《香港文学探赏》，香港三联书店1991年版，第126页。

② 郑树森：《五六十年代的香港新诗》，载黄继持、卢玮銮、郑树森《追迹香港文学》，香港牛津大学出版社1998年版，第44页。

随时月而增长，我们看到的全部
是青灰的顽石叠成庄严的长方形
立体，世界从没有如此充实的内容。
人类是其中的蚁群，对本身的渺小
尽管有怨言，但文明是高高地筑起了，
日趋伟大，已开始统治我们的一生。
…………

流落在无人注意的角落里，晚上
在烟酒咖啡之间，我们才有权利
闭目而又注视这狭小的土地，
也不复记忆眼前的生命，是慌张
而蜷缩，远非我们所自命的气概，
只随时面临着沦落和死亡的恐怖，
承受着来日如末日，我们的道路
伸展到幻梦和传统和宗教以外。

　　黄继持认为，当时香港的现代主义文学"把西方现代主义文学表现的焦虑感、危惧感，转接到东方文明之解体与招魂，加上面对香港这个殖民地商业社会而感到民族意识与人文精神之失落，于是以《文艺新潮》作者为代表的现代主义文学，并非简单的美学追求或西方范本之因袭，却承载着中国政治文化意识与香港处境的纠结，也不大像台湾同期现代主义较有意识回避政治而走向'纯文学'的道路"①。

　　五六十年代，《文艺新潮》等刊物所倡导的现代诗虽然给香港诗坛带来了"一丝生气，一线生机"，但是，同时也带来了一股追新慕奇、晦涩颓废的风气。诗歌内容"艰深难懂"，意象"过分跳跃"，

────────

　　① 黄继持：《香港文学主体性的发展》，载黄继持、卢玮銮、郑树森《追迹香港文学》，香港牛津大学出版社1998年版，第96页。

文字"佶屈聱牙",加上主题偏重个人心灵深处的探求,导致现代诗人"曲高和寡"。① 曾经是现代派诗人的戴天、古苍梧在他们 1967 年创办的《盘古》杂志上开辟"近年港台现代诗的回顾专辑",古苍梧在《请走出文字的迷宫》一文中,针对当时诗歌中存在的某些恶性西化倾向,提出了强烈的批评。这也是香港文坛第一次大规模反省、检讨这个问题,比 70 年代初期台湾展开的现代诗检讨还要早几年。在借鉴外国文学经验,同时走出一条有自己民族特色的艺术道路这一点上,香港的现代派小说相对会好些。刘以鬯就认为,一个民族的作家、艺术家吸收另一个民族文艺作品的技巧时,总不会是无条件的全盘照搬,而是带着本民族文化的特点加以改造,香港现代派诗人刻意追求西洋化的新奇,忽略了诗的民族性。刘以鬯自己则是在中西文学技巧的汇合与融通中体现出文学的现代性与民族性特征。他说:"我一直爱读现代主义作品,但不喜欢用晦涩难懂的文字去伪装高深。当我写自己想写的东西时,我固执地采用明晰的语言去表达,希望读者能够清楚看到我的思路。"②

70 年代以来,香港诗坛发生了新的变化,一大批在香港土生土长的青年诗人逐渐成长,并成为香港诗坛的中坚。他们包括 70 年代活跃于香港诗坛的也斯、羁魂、西西、黄国彬、陆健鸿、古苍梧、何福仁、张景熊、钟玲玲、关梦南、李国威、淮远、马若、叶辉、康夫、叶辞等,80 年代的王伟明、胡燕青、温明、凌至江、郑镜明、陈德锦、陈昌敏、秀实、钟伟民、王良和、罗贵祥、洛枫、吴美筠等,以及 90 年代更年轻的一批诗人,樊善标、刘伟成、张少波、缪启源、蔡志峰、小西、邱佩华、念形等,"他们大都在战后出生,随同香港社会的发展一起成长,普遍在香港、台湾或国外受过较为完整的高等教育,有着比较开阔的艺术视野和对世界艺术思潮的了解,因

---

① 胡国贤:《香港新诗五十年——〈香港现代诗选:1946—1996〉代序》,香港《诗》双月刊总第 32 期。

② 刘以鬯:《自序》,载《刘以鬯卷》,香港三联书店 1991 年版。

此在创作上更多地表现出对香港现实的热切关注和艺术实验的前卫精神"。①

伴随着诗人自觉的艺术追求和群体意识的加强，这一时期香港诗歌社团和诗刊显得特别活跃。进入 70 年代以来，较为重要的诗刊有《秋萤》（1970—1978）、《诗风》（1972—1984）、《新穗》（1981—1982、1985—1986）、《世界中国诗刊》（1985—）、《九分一》（1986—1992）、《当代诗坛》（1987—）、《诗双月刊》（1989—1995，1997—）、《诗世界》（1995—）等，此外，《中国学生周报》《当代文艺》《海洋文艺》《四季》《大拇指》《八方》《素叶文学》《文艺》《香港文学》《香港文艺》《香港作家报》《香港作家》等报刊，也经常刊发诗歌作品。香港学者俞风在回顾 70 年代以来的香港诗歌发展后指出："香港是高度城市化的社会，重商而对人文环境缺乏关怀，可幸在文化上却是相对的自由开放，在商业的狭缝中，自有足够的供诗人阅读思考的空间。香港诗因此承继了'五四'以来新诗的传统，尤其吸纳三四十年代现代主义诗人的艺术成果，同时不排斥当代外国思潮的影响，亦呼应台湾自 50 年代始的现代诗和稍后的乡土文学。技巧上转益多师，题材上从本土生活出发，吟诵个人理想与爱情追求，反省城市生活经验，且面向内地和香港当代政治现实，书写在历史转折的年代，身处大陆边缘的香港，在个人身份和文化认知上的思考和探索。香港诗毕竟在艰难的环境里成变了自己多元而独特的风貌。"②

确实，香港的现代主义文学既接受外国文学思潮的影响，也承继了"五四"以来中国现代主义文学的流脉。香港现代诗的代表人物也斯就一再强调，香港的现代诗，即使受到西方现代主义的影响，仍没有脱离"五四"以来中国新诗的传统。他指出："正是在香港通过

---

① 刘登翰：《香港文学史》，香港作家出版社 1997 年版，第 415 页。
② 俞风：《近二十年来的香港文学·诗》，台湾《联合文学》1992 年 8 月号。

上了一辈的作者如刘以鬯和马朗等，我们进一步接触到五四新文学的传统，接触到外国现代文艺的冲击，这两方面的影响丰富了他们的创作，又再启发了我们。回顾他们这一代如何延续发展'五四'的传统，吸收外国现代文艺加以转化，对我们是有意义的。"①

也斯自己就不断地从三四十年代的中国现代诗人何其芳、卞之琳、曹葆华、冯至、辛笛、穆旦等人那里借鉴诗歌中的都市体验，另一方面，他又广泛地吸收西方现代主义和后现代主义诗人的艺术经验，深入对都市的认识。也斯谈到自己60年代末70年代初学习写作的过程中，对原有许多写法不满意，于是开始寻找更好的写法。他在《文艺新潮》上读到普鲁维尔的《塞纳路》，觉得很清新，连带也喜欢上美国诗人费灵格蒂，便动手翻译起他们的作品。他说，翻译是最好的学习与训练，"自然也向文学以外的其他艺术探索，向本地以外的文学寻找另例；自然亦以翻译作为诗学的追求，在其他艺术中漫游寻求出路，意欲超越原有狭隘的框框了。比方与电影和音乐都有关联的诗人普鲁维尔，让我们看到诗可以用日常言语和幽默腔调写都市生活，反叛僵化而伤感的丽辞美文。拉丁美洲诗人聂鲁达全集中的广阔视野，从私人爱情到狂想，从文化探索到对美洲大陆的观察，都包容在内，对比之下当然显出那些只取他少量政治诗的论者是如何狭隘了。香港本身是一块中西文化混杂的地方，教人一时不容易整理出一种平衡的态度去做分析，可是墨西哥诗人帕斯谈文化的书，说到两种文化间的摆荡者，却提供了比较具体的参照"。②

也斯先后出版过诗集《雷声与蝉鸣》（1979）、《游诗》（1985）、《诗与摄影》（1991）和《游离的诗》（1994），此外还有《梁秉钧卷》（诗文集，1989）和《梁秉钧诗选》（1996）等。香港学者陈少

① 也斯：《从缅怀的声音里逐渐响现了现代的声音——试谈马朗早期诗作》，载《香港文化空间与文学》，香港青文书屋1996年版，第6页。
② 也斯：《电影和诗，以及一些弯弯曲曲的街道（代序）》，载《梁秉钧卷》，香港三联书店有限公司1989年版。

红在分析香港诗人的城市观照时，把也斯放在现代与后现代的过渡之间，"梁秉钧（也斯）的诗，可说是体现了现代主义与后现代主义过渡的脉络，从早期的《雷声与蝉鸣》，到后来的《游诗》，以至近期《莲》的系列、《咏物诗》与《中国经验》，都能寻见和发现其中的衔接与变化，他的'城市诗'，既有香港的经验，又有外地异国的体会，在思考城市与人种种复杂的关系之余，亦探索现代语言表述的方法"。① 大陆学者郑敏则认为，在也斯的诗作中可以看到 30 年代中国新诗，特别是废名、卞之琳等人的影响，但同时又涌入了西方现代诗的跳跃、联想、对话以及一些不入传统诗的情景。如《裸街》中，幻觉、具体、颜色彼此沾染，互相流在一起："这样我随着我的意志漂泊/任它们引向/空中任何的一扇门/构思着透明在现在/或者一种仰首的蓝/从痉挛中舒畅出来的雪/或者在他们的对话中醒来/仍然赶上看见/远方一双伸出来的臂/打开另一扇门。"郑敏指出，这里混淆感觉的手法被运用到了极限，"在我所读到的当代中国诗中，恐怕也斯的这些诗最明显地受立体派及超现实主义绘画的影响，他能用文字传出诗人在感觉世界的各种鲜明的官能经验，并且将它们混合起来，这里有力、量、质、颜色、声音、触觉、味觉、嗅觉，它们根据诗人的直觉相互转变，成了诗的表面的特殊纹路和图案"。②

　　香港诗人胡国贤在 20 世纪末展望香港新诗的未来走向时，认为应当"立足香港，胸怀家国，放眼世界"。他说："这路向在八十年代中后期已愈来愈明显——一方面由于资讯发达，我们能第一时间得到来自世界每个角落的信息，大大扩阔我们的识见、视域；另一方面，香港文化的一大特色，正是兼容并蓄，而又不失其转化功能！从古典、浪漫、写实到现代，香港诗作者既回归传统，又敢于创新；既

---

　　① 陈少红：《香港诗人的城市对照》，载陈炳良编《香港文学探赏》，香港三联书店 1991 年版，第 131 页。

　　② 郑敏：《梁秉钧的诗》，载《梁秉钧卷》，香港三联书店有限公司 1989 年版。

接受西方，又不忘中国；既忠于自我，投入生活，又呼应时代、关注社会、家国、民族，以至全世界。"① 正是由于香港诗歌包含着承自中华文化的深厚传统和面对广阔世界的文化冲击所形成的丰富内涵，使之成为连接中国诗歌与世界诗歌的桥梁和纽带。

---

① 胡国贤：《香港新诗五十年——〈香港现代诗选：1946—1996〉代序》，香港《诗》双月刊总第32期。

低回的魅影

——浅谈张爱玲影响下的台湾当代女作家"鬼话"创作

张爱玲追逐人情俗世的琐碎细节，不张扬，不高调，她很低调，很恓惶，然而正是这种低调，这份恓惶，迎合了街巷里弄的寻常百姓的喜怒哀乐，实在、烦琐、纷扰。谁叫男人和女人的话题亘古常新，谁叫偏偏张爱玲能在历史空间中悠悠转身，指点情爱虚实。于是，张爱玲成了追逐直截明了而又怀揣着点文化随想的商业社会的一个巨大的文化符号，她的身世、她的情爱、她的故事，都带有市民喜欢的传奇色彩，于是模仿、复制、生产、制造、流通，张爱玲的姿态一直绵延到了现在，张爱玲俨然已经成为一个文化符号，正如台湾学者邱贵芬指出的"对台湾而言，张爱玲绝对不是个作家而已，'张爱玲'是个超级符号"①，虽然其所谓的"符号"概念是基于文化工业行销文化商品的生产意义，但也明确了张爱玲及其创作成为台湾文学"典律"的强大势力效能。若参考萨姆瓦对非语言符号的定义"非语言传播包括传播情境中除却言语刺激之外的一切由人类和环境所产生的刺激，这些刺激对于信息发出者和信息接受者具有潜在的信息价值"，②"张爱玲"作为一个文化属性的"非语言符号"，代表的已经

---

① 邱贵芬：《仲介台湾：女人》，台湾元尊文化企业股份有限公司 1997 年版，第 16 页。

② 萨姆瓦：《跨文化传通》，陈南等译，上海三联书店 1988 年版，第 203 页。

不是单一意义的作家而已，其文化意义在于她的创作风格、修辞特征、性别视野以及人文关怀、文化反思等一系列原属个人的特征都将被转化为"文化信息"，在传播过程中产生文化辐射能量。

张爱玲及其创作在一定意义上具有文学"典律"的强大势力效能，尤其在台湾。张爱玲在台湾当代文学中的影响是不可否认的，特别对于台湾女性作家而言，张爱玲的文字如一只硕大的苍鹰，始终低鸣着盘旋，那沧桑的声音始终拂散不去。实际上，台湾女性文学的发展已经成为值得关注的文学事实，它为我们了解台湾女性的历史渊源、生存现状、生命体验提供了丰富的资源，这是一张以血代墨绘制而成的生命图册，徐徐摊开，繁复的意象、多声部的混响、密集的语义符号夹裹着激越澎湃的灵魂扑面而来，而在这缤纷绚丽的图册中，我们会看见一道低回的魅影——女作家的"鬼话"若隐若现。

这里的"鬼话"概念主要借鉴自王德威《女作家的现代"鬼"话》之说，"鬼话"在王德威的命题中是一个比较模糊的概念，意指一种书写氛围，或者特指女性生命情境的另类表呈。而本文借用这一概念，更明确其"鬼"的言语内容，即强调以"鬼"这一中介符号进行叙事、传达想象、诉求美学效果等，是以"鬼文化"中的"鬼"的概念为基础的一种修辞风格和修辞想象，包括写鬼的故事、塑造鬼的形象、营造鬼气的氛围、在文本中穿插鬼的叙事以及以"鬼"的符号为修辞特征等写作现象。张爱玲的"鬼话"风格在台湾女作家的"鬼话"言说中具有不可忽视的效能作用，提醒我们注意这一话语承传续接关系的仍然是王德威那篇《女作家的现代"鬼"话——从张爱玲到苏伟贞》，他以"鬼"话这一书写特征为线，建构了一套台湾"张派"女作家的系谱。这里无意对系谱的真实性和复杂性做进一步考据，我们关注的是"鬼话"如何成为张爱玲的创作风格并对张爱玲建构的文学世界产生了什么影响？张爱玲想借"鬼话"表达或呈现什么？此个人创作风格如何作为"张爱玲"这一文化符号传达的"文化信息"之一，在台湾女作家中得到接受和转化？除了文学典律的权力作用外，是否也暗示了"女性"与"鬼"之间暧昧难明的情结？而在这种有意或无意的信息接受中，女作家们对"鬼话"究竟寄寓了多少怀想和信念？

在解答上述问题之前，让我们先把视线回落到张爱玲身上，这里仍然要不厌其烦地引用那个被王德威指认为经典的场面：

> "世舫回过头去，只见门口背着光立着一个小身材的老太太，脸看不清楚，穿一身青灰团龙宫织缎袍，双手捧着大红热水袋，身边夹峙着两个高大的女仆。门外日色昏黄，楼梯上铺着湖绿花格子漆布地衣，一级一级上去，通入没有光的所在。"（《金锁记》）

通篇没有提到一个"鬼"字，但不能否认其阴森恐怖的效果，"张爱玲的世界是一个正在死亡的国度，充满了死亡的气息。但这并不是一种新鲜的腐尸味道，而是一具干尸的粉化，是一种若有若无、青烟渺渺的沉香屑的飘忽"①，这种毛骨悚然的风格就是张爱玲"鬼话"的语调。

我们注意到张爱玲的"鬼话"中，最细雕慢镂的部分是"女鬼"的塑造，从曹七巧到冯碧落，从葛薇龙到许小寒，从沁西亚到川嫦……张爱玲塑造的女性形象几乎都鬼气森森，或者将她们直接打扮成阴冷的"女鬼"造型（如曹七巧），或者将她们置于恐怖的"鬼域"，使其渐渐沾染"鬼气"，终至"化鬼"（如葛薇龙），总之，张爱玲似乎很热衷"女鬼"的塑雕，却又不是直书鬼怪，而是将活人鬼化，以鬼造人。

符号直接对应主体的心理体认状态，如果说"女鬼"在文学表现中的意义至少是双重的，那么张爱玲在有意选择"女鬼"这一意象符号时，其心理体验也至少应该具备双重感应：对"女"与"鬼"

---

① 孟悦、戴锦华：《浮出历史地表：现代妇女文学研究》，中国人民大学出版社 2004 年版，第 234 页。

两个符号的感知体认。正如孟悦、戴锦华所说的，"张爱玲的'种族'只有两种人存在：那便是美丽、脆弱、苍白而绝望的女人；没有年龄、因而永远'年轻'的男人。那些男人'是酒精缸里泡着的孩尸'"①，我们暂且不论张爱玲是否有意实践对男性话语的阉割和对男性权力的"去势"，只看她对女性生存体验的关注和表达，在她滔滔不倦的故事讲述中始终徘徊着女人孤绝的身影，因为"张爱玲的世界毕竟是一个女人的、关于女人的世界"②，而这个身影是如此阴冷凄寒，如此鬼气森森。经由将女人"鬼化"，张爱玲述说着一个个女人的传奇：

> "她的前刘海长长地垂着，俯着头，脸庞的尖尖下半部只是一点白影子，至于那青郁郁的眼与眉，那只是影子里面的影子。"（《茉莉香片》）

> "小寒穿着孔雀蓝衬衫与白裤子，孔雀蓝的衬衫消失在孔雀蓝的夜里，隐约中只看见她的没有血色的玲珑脸，底下什么也没有，就接着两条白色的长腿。"（《心经》）

> "她一天天瘦下去，她的脸像骨架子上绷着白缎子，眼睛就是缎子上落了灯花烧成两只炎炎的大洞。"（《花凋》）

在这些描写中，作者好像在画工笔画，一笔笔及其细腻精致地描摹人物的眼眉情态，选用同一色系的文字符号精心打造"鬼"的整体形象，好似选用一定色系组合的颜料为人物化妆打扮，最后形成

———————

① 孟悦、戴锦华：《浮出历史地表：现代妇女文学研究》，中国人民大学出版社2004年版，第238页。

② 孟悦、戴锦华：《浮出历史地表：现代妇女文学研究》，中国人民大学出版社2004年版，第239页。

低回的魅影

"鬼"的定型照。如果将"鬼文化"视为包括信仰理念、社会活动、艺术制作等一套完备的文化体系的话，那么具有恐怖阴惨审美意味的文字符号就是属于这个文化色盘中的色素，而"女鬼"的塑性就是一种典型的"绘形式比喻"，所谓绘形式比喻，"即相似点支于众感知形象的比喻……。这种比喻利用比喻和被比喻对象之间类异形似的相似点，通过绘形抒发主观情感"①，一"人"一"鬼"，本性相异却外形相似，这就是以"鬼"喻人，即以"鬼"具有的特征描画人物形象，这里的"鬼"成为一个"对象化"的符号系统，它具有稳定的可供挪用借鉴的基本特性，如恐怖、凄厉等，体现于文字表现中就是"阴影""苍白"等灰色调的语辞，一旦人被"鬼化"，实则就是人被"客体化"——人成为可观察可表现但又不具有自我主观意识的"客体"，我们很容易据此推导出"女人鬼化"的过程是一种"女人客体化"的呈现，张爱玲对于女性被客体化的体验可谓深入骨髓，"她是绣在屏风上的鸟——悒郁的紫色缎子屏风上，织金云朵里的一只白鸟。年深日久了，羽毛暗了，霉了，给虫蛀了，死也还死在屏风上"（《茉莉香片》）。但实际上，这可能只是问题的一个方面，张爱玲"女鬼"塑形还有另一种方式：

> "川嫦本来觉得自己无足轻重，但是自从生了病，终日郁郁地自思自想，她的自我观念逐渐膨胀。硕大无朋的自身和这腐烂而美丽的世界，两个尸首背对背拴在一起，你坠着我，我坠着你，往下沉。"（《花凋》）

> "半闭着眼睛的新娘像复活的清晨还没有醒过来的尸首，有一种收敛的光。"（《鸿禧》）

---

① 冯广义：《汉语比喻研究史》，湖北教育出版社 2002 年版，第282 页。

"（霓喜）只看见白漆门边凭空现出一双苍黑的小手，骨节是较深的黑色——仿佛是苍白的未来里伸出一只小手，在她心上摸了一摸。"（《连环套》）

如果说描眉画眼的"女鬼"塑形是精细的工笔画，是一种具象的形象塑造，那么这里的"女鬼"塑形就是浓墨重彩的油画风格，是粗略大胆的扫笔和浓烈的色块组接，是抽象的绘图方式。如果说化妆打扮的"女鬼"塑形表达的是"女人像鬼"的逻辑，那么此时的塑形已经直接传达"女人等于鬼"的理念，女人甚至无须打扮就已经成鬼，焉知她活在这个世界上不是一具鬼魂？如果鬼不见容于青天白日和正气人间，那么女人也一样只能生活于混浊和黑暗中，注定漂流离散，女人与鬼共负哀绝无望的心事，二者同样被极度边缘化。这是一个深具意味的现象，一个将所有人类和整个时代都视为"沉没的影子"般虚无的作家，却借由对"鬼"形象资源的参照获得了追问女性意义的明晰，如果说张爱玲的文本意义空间呈现是一个空洞的能指，那么女性却通过被"鬼化"的过程而意外地获得了所指：客体化和边缘化。而更深入一层，在这种女人"鬼化"的形象处理中，我们发现这些女性形象根本没有个人特征，只具有"鬼"的整体气质，女人的特性无形中被取消和拆解了，女性身份的隐匿书写使女性客体化和边缘化的处境显得更为触目惊心：原为表达女性经验的"鬼化"书写却造成了女性经验的再次缺失，女性经验遭到双重否定，即使在文本中，女性都无法真正发声，只能靠"鬼"传音。这也许是张爱玲"女鬼"塑形中更值得深省的一笔。

"'张派'鬼话以人拟鬼，风格婉转奇宕，的确吸引不少效尤者。"[1] 张爱玲在台湾女性文学中的影响是不容小觑的，施叔青坦言：

---

① 王德威《想像中国的方法》，生活·读书·新知三联书店1998年版，第215页。

"《张爱玲短篇小说集》是我的圣经。她虽然死了，巨灵影响仍在。"①
李昂也承认"我喜欢张爱玲的作品"②，而杨照更是直言："'张爱玲'风最盛时是在 70 年代末期，台湾文坛上一方面是乡土文学论战的意识形态炙热杀伐，一方面却浮现许多以张爱玲式笔调写的爱情小说，一刚一柔，一个以雄性声音张扬国族，阶级论述；一个以女性书写挖掘情爱内蕴细节，给那个时代图染了令人久久难以忘怀的丰富面貌。"③ 虽然这样看待"张爱玲"在台湾文学史的意义还有可斟酌之处，但是"张爱玲"对于台湾女性文学存在着一定的影响却是不争的事实。而张爱玲的"鬼话"作为她观察表达女性体验的语调风格之一，在相关文化信息的传播中必然为台湾女作家们所察觉和发现，张爱玲对"女鬼"的塑形也多少影响了台湾女作家"鬼话"的语音，白先勇评价施叔青小说世界是"梦魇似患了分裂症的世界，像一些超现实主义画家（如达利）的画一般，有一种奇异，疯狂，丑怪的美"。④ 李昂也说自己"早期擅长挖深隐秘、幽暗的心灵纠葛，是惨绿少女对人世间的惊诧与梦魇"⑤。而陈若曦"在幽冥神鬼的掩护下，抒发女性对男权威势的报复和戏弄"⑥，而徐学的论述也许可以帮助我们检视台湾女作家的"鬼话"之幽深曲折："在世纪末台湾女作家笔下的怪诞，则更为自觉，它并非特殊的地域记忆，而出于一种世纪末的惘惘不安，出于对既定文学规范——由男性缔造的规范的反叛和

---

① 徐学编：《李昂施叔青散文精粹》，花城出版社 1997 年版，第 222 页。

② 徐学编：《李昂施叔青散文精粹》，花城出版社 1997 年版，第 223 页。

③ 杨照：《四十年台湾大众文学小史》，载邱贵芬《仲介台湾·女人》，（台北）元尊文化企业股份有限公司 1997 年版，第 25 页。

④ 白先勇：《施叔青的约伯的末裔》，转引自徐学《悦读台北女》，厦门大学出版社 2005 年版，第 77 页。

⑤ 徐学编：《李昂施叔青散文精粹》，花城出版社 1997 年版，第 265 页。

⑥ 徐学：《悦读台北女》，厦门大学出版社 2005 年版，第 26 页。

颠覆。"① 这里虽然并没有言明女作家的"鬼话"写作现象,但是所谓"怪诞文体"的神秘性、魔幻性和诡异性却必然包含了"鬼话"这一话语形式。台湾女作家的"鬼话"缕缕不绝,却摒弃了纯声发音,随着台湾女性意识的变更和动荡产生了混响杂糅。这其中,"女鬼"的塑形仍然是歌咏的主要环节,我们可以看到在这些后起女作家,在打造"女鬼"上手法更多样、心思更缜密。

最基本的技法之一就是人物工笔的塑形方式,此类塑形似乎没有超出张爱玲"女鬼"的定妆造型,基本上延续的仍然是外形打造的手法,使用的也还是"苍白""暗影"等语辞,描画的也还是女子的整体外形,但是当我们参照整体文本意义时会发现,这些看似形貌相似的"女鬼"却各怀不同心事,显然言说指涉不同。如果说张爱玲是借女性的鬼化表达女性被客体化、边缘化的处境,那么这时女作家们想借"鬼"言说的女性体验就更为复杂了。这里有必要提及一个男作家,即被施叔青称为"张爱玲蜡像馆里的一尊"的白先勇,他是个深受张氏风格影响的男性作家,在人物素描上也常染有这种"鬼化"气质:

"她的一张脸像是划破了的鱼肚皮,一块白、一块红,血汗斑斑。她的眼睛睁得老大,目光却是散涣的。她没有哭泣,可是两片发青的嘴唇却一直开合着,喉头不断发出一阵阵尖细的声音,好像一只瞎耗子被人踩得发出吱吱的惨叫一般。"(《一把青》)

"我原以为他戴着顶黑帽子呢,哪晓得竟把一头花白的头发染得漆黑,染得又不好,硬邦邦地张着;脸上大概还涂了雪花膏,那么粉白粉白的,他那一双眼睛却坑了下去,眼塘子发乌,一张惨白的脸上就剩下两个大黑洞。"(《花桥荣记》)

① 徐学:《悦读台北女》,厦门大学出版社 2005 年版,第 77 页。

低回的魅影

这里我们看到白先勇的人物塑形明显与张爱玲的笔法相似，但他对这种"鬼化"造型技艺的运用却不限男女，显然，在白先勇看来，"鬼化"是突出人物、烘托气氛的一种手段，而非根本意义，而且"鬼化"的男女都没有差别，"女鬼"不见得比"男鬼"更具有特殊的价值和意义。而相比较而言，女作家对"女鬼"的关注和阐释超出对"男鬼"的注意，在女作家笔下，"女鬼"将具有更多种生命情态。

苏伟贞的《云影共徘徊》讲述的是韩宁与有妇之夫张仰陵的感情纠葛，没有曲折繁复的情节，只是简单的场景对话，却笼罩着悒郁的气氛，而韩宁于化妆台前梳理头发一幕，被处理得鬼气森森：

> "镜中的她，苍白无神……也许留长发是年轻女孩的事，瘦及老都不适合，一头长发，灯光下看着像鬼。"（《云影共徘徊》）

韩宁恍惚间现出了"女鬼"造型，"鬼"成为韩宁心理的投射意象，她因为一段畸恋失去了青春年华，在痛苦压抑的感情封锁中逐渐风干，成为没有光彩、没有活力的"鬼"，"鬼"显然成为衰败和死亡的象征，成为女主角心理的感应对象。

有意思的是，正当苏伟贞将"女鬼"打造成青灰枯槁的僵尸时，施叔青却在《窑变》中赋予"女鬼"无限生机。小说叙述的是方月与已过半百的古董收藏家姚茫的一段宿世情缘，苍茫无望的缘分在光华璀璨的古董珍玩、富丽奢华的衣香鬓影间徘徊惶惑。而在这浮华人间，唯一出现生气的却是"鬼"——方月以前的形象，那是方月曾经为写作执狂痴迷，为自我理想激越奋斗的形象，是一个象征自由的形象，由以前的恋人道出：

> "他以后常说那天晚上方月穿着垂地长袍，披着直而长的头发，在黑黑的小巷里徘徊的形象，完全是挪威画家孟克的画面：

梦魇而鬼气。"

这里的"鬼"充满了艺术的灵感和生机，方月被"鬼化"实则是被"人性化"，"鬼"比起那些盲目追逐物欲的人来说，反而更具有真我性情，能自由自在，能面对自我。而女性身份显然不具有意义，作者强调的是"鬼"的特质而非性别的差异，因此"女性"在"鬼化"过程中被取消了，为"鬼"所统摄，成为共同追寻构建人性的一个符号。

而"女鬼"的隐喻在李昂的《域外的域外》又变幻了一重光影，小说写的是一个深居海外而又心怀故土的华人艺术家林文，因为机缘获得了外国人的赞助得以在电视上演唱中国艺术歌曲，而颇具讽刺意味的是，虽然她精心准备并卖力表演，但上演的频道却只是个极不受重视的区域。在这个表现异域文化冲突的小说中，不时出现色彩鲜明的"中国意象"，如屏风、灯笼、字画等，而女主角林文最后定妆出场的镜头更是被处理成典型的中国气质：

> "她穿着一套翠绿的凤仙装，在那样强烈的水银灯下，衬着镂金镶玉的贵丽背景，只见一团缤纷色彩，整个人倒仿若纸剪成的人影，极不实在。"

如此造型，加之朦胧中哀怨、清寂的神色，整个人从里到外透露着古老中国的气息，而这样的气质在异域文化中显得格格不入，显然，这里的林文也是被"鬼化"了，但整个"鬼化"的过程是为了对应中国文化在异域文化的边缘化、异类化境况："少去原孕育的血肉生息，就必须使这些摆设、古玩凝止而至僵化。"女性甚至"女鬼"在这里只是成为"摆设、古玩"的一部分，是构成整个"中国意象"的一员，本身不具有生命力，然而实际上，"女"的性别身份在这种意象选择中还是潜在地起到了作用。正如文本中提到的，林文在台湾"是一个传奇"，可以说享有声名，然而在异域环境下，却因为"我先生在这里工作，走不开"而放弃了自己的事业和追求，成为一个零余人，在这里，女性对男性的附庸和从属似乎无可置疑，而恰恰是这种从属，使这位天赋极高的女性"本已愁郁的脸面更显枯干焦瘠"，最终导致了她被"鬼化"的可能文本中，女性身份成为"鬼化"的充分必要条件，而"女鬼"又直接象征着中国文化在异域的"异类性"，"女性"和"中国"经由"鬼"这一符号中介形成联结对应，"中国"在异域文化中因此深具阴性气质。这是一个"女鬼"物化的过程，"女性""女鬼"在负载强烈的象征隐喻信息时被"物化"，成为本身不具有生命意义的，只用以呈现参照特点的"物体"。

正如古德曼所说的："文学艺术的符号语言，并不仅仅是审美的符号，它由在社会交往中频繁使用，而具有自然的、社会的意义关联。艺术的审美符号也随时可以扩展自己的意义范围。"① 在工笔画的"女鬼"造型中，她们的形象虽然相似，却身负不同的隐喻色彩。当"女鬼"被作为一个具有强烈隐喻或象征意味的符号时，它实际上是随形赋义的，在各种不同的文本阐释语境中扩展延伸自己的意义指涉范围。因为"鬼"的原型不是单一静止的"物态化"符号系统，在"鬼文化"中，"鬼"是独具灵活性的一个群体，它是人死后的异质形态，因为无法通过正常途径进入投胎转世的正常生命轮回系统，更无法上升至"天界"与神灵相交，因此只能悠游于阴暗的角落，但是它又具有着另类生命形态和活力，仍然有感情，能思考，也可以活动，这是一个及其特殊的群类，它似乎可以同时代表着邪恶和真诚，抑束和自由，所以，民间一向有"好鬼"与"恶鬼"之分。正因为"鬼"原型的生命复杂性，它才提供了更多阐释的空间，可以发散出无限可能。

而我们发现，在台湾女作家的"女鬼"塑造中，还有一种技法，

---

① ［美］尼尔森·古德曼：《艺术语言》，褚朔维译，光明日报出版社1990年版，第245页。

即将女人放置于仿若"鬼域"的生存现实中，表现她"化鬼"的过程，类似的作品有李昂"鹿港系列"、《杀夫》，陈若曦的《灰眼黑猫》以及《妇人桃花》等，此类"女鬼"书写，不仅让人想到张爱玲在《沉香屑·第一炉香》中葛薇龙的那个念头："至于我，我既睁着眼走进了这鬼气森森的世界，若是中了邪，我怪谁去？"只是若当时张爱玲笔下葛薇龙或者曹七巧都是半推半就甚至自觉自愿地"睁眼"走进"鬼域"，终至染上鬼气而不得解脱，那么在李昂或陈若曦这里，无论是被扼杀了婚恋自由的陈西莲还是惨遭虐待的林市，抑或是被封建婚姻枷锁桎梏的文姐，都是"蒙着眼"被带入"鬼域"，她们无从也无力反抗。

李昂的"鹿港系列"之《西莲》仿若《金锁记》的缩写更译版，只是这次灯光从变态阴怪的母亲转移到受压制的女儿身上，陈西莲的自由婚恋一再被母亲无礼地阻挠，而且要忍受着婚后母亲与丈夫的通奸，她的母亲"曾极为仔细地修饰过，考究的衣着与团圆的脸庞，在灯光下却仍有种不可忽视的气派，只脸上不合时宜铅白色的白粉，已显然可见是过时了"，她的丈夫"原本青苍瘦弱的男人商商，不知怎的居然反射出一层光晕，使乍看之下，男人好像尸身的浮白着"，生活在状若邪鬼的这两个人中，"陈西莲不再是一个负责认真的老师，同时她可怕地苍老消瘦下去，偶尔在星期假日，她陪同母亲到市场，猛一刹那的感觉，脸色青白的女儿竟较母亲更无声息"，她只能被"鬼化"，因为她生活在"鬼域"里。

而《杀夫》的鬼域显然更加惊悚恐怖，林市从小跟着母亲饱受饥寒，在她少女时，就始终处于不安的梦魇中，而后嫁给了粗暴的屠夫陈江水，受到残忍的物质折磨和性虐待，最终精神错乱地将陈江水分尸。这其中，萦绕着苍鹰般硕大的昏影，亲戚邻居、旁人过客都成了嗜血獠牙的鬼怪："夜色使阿罔官的黑裤模糊不可辨，灰白色的大淘衫却因为月光，闪射着一层濛濛的白光影，清楚明显。林市乍然中开门，只见一个白色上身，虚悬吊在昏暗的夜色中。"这样的人物在文中不时现身，与生活场景、祭祀仪俗一起，共同构建了一座阴森凄

低回的魅影

冷的"鬼域",生活在这样的阴间地狱,林市只能变成丧失心智的"鬼"。

陈若曦的《灰眼黑猫》通篇以邪怪的"黑猫"为意象,黑猫和黑色传说好像父母之命的封建婚姻黑影一样紧紧跟随着文姐,终于使她发疯惨死。至此,女作家笔下的"女鬼"都是被迫害的对象,她们因为生活在"鬼域"而终至"化鬼",凄厉哀怨,不是发疯就是自杀,无处可逃。虽然没有直言鬼态,但是四周却鬼影森森,"女性鬼化"的过程成为文本呈现的重点,如果说"女鬼"工笔画意在借"鬼态"言说女性的多重处境,那么"女鬼"过程化表现的就是女人一元结局的多元境遇,正如波伏娃在《第二性》中所说的:"生命是和世界相联系的,个人通过周围的世界来进行自己的选择,并以此来确定他自己。"① 女人生活在"鬼域"世界中,只能据此确定自己"鬼"的身份,这是一个过程,也是一个必然。

值得注意的是,《妇人桃花》在降灵扶乩的"无意识"中,通过桃花"鬼上身"倒叙出一段败德孽缘,这里桃花因为巫术作法而"鬼上身",暂时"化鬼",通过"鬼"之口道出阴郁变异的心理,女人戴上诡异的面具,成为浪荡阴邪的巫女,直接反拨了威权下虚弱的男性话语。这里"女鬼"形象虽然不甚明朗,倒也对应了不符父权社会秩序的行为,成为一个表达"背叛"的异类符号,"并不是本性在规定着女人,而是她在自己的感情生活当中,基于自身利益同本性打交道时,规定了她自己"②,纵观"女鬼"群像,不论是精雕细镂的外形装扮,还是由内而外的鬼灵现身,抑或戴上面具舞动魅影,都是世间女子的"鬼化",将血肉之躯塑成"鬼"形,无疑是对女性身份的一种"规定",而这种"规定"是在现实生存的"利益"网络中

---

① [法] 西蒙娜·德·波伏娃:《第二性》,陶铁柱译,中国书籍出版社2004年版,第43页。

② [法] 西蒙娜·德·波伏娃:《第二性》,陶铁柱译,中国书籍出版社2004年版,第34页。

产生的，是外在关系决定了女人"鬼"的内在性。表现在文学作品中，"女鬼"的塑形，亦可视为"女性"角色在文本多重交织意义中的规定。"鬼"的成形不是偶然的，它是在文本制造的意义场域内生长的，这个场域可以是个体、性别，也可以是群体、国族，总之，话语场的强大势能孕育了女性的"鬼化"，以此对应文本意义呈现。从张爱玲到陈若曦，我们循着"女鬼"的雕像，同女作家们一起踏上生命追思之途。

吴鲁芹的散文世界

吴鲁芹以散文出名是在 1949 年到台湾以后，当时主要是应《自由中国》聂华苓、雷儆寰，《自由谈》赵君豪的盛情邀请而写，没想却一举成名。可惜的是因为工作的关系这个时期他的产量并不丰，这些散文及后来他与夏济安等人创办《文学杂志》责无旁贷写的结成《鸡尾酒会及其他》出版，也只是薄薄的一本 14 篇而已。1963 年吴鲁芹迁美，至 1975 年陆陆续续又写了少量文章，主要是忆旧性质的，后来结成《师友·文章》一书出版。他的创作爆发期是从 1975 年将退休之时到 1979 年退休之后，特别是在他退休之后——"退休四年余写了五十万字，超过他过去三十年著述的总和"①。这时期他的散文写作种类更形式多样了，有杂感、忆旧、游记、序、评，更有日记、作家访谈与评述等，特别是作家访谈与评述成为他后期散文创作的重点——《英美十六家》是他散文集中最厚的一本了。

---

① 吴葆珠：《后记》，载《暮云集》，上海书店出版社 2009 年版，第94 页。

彭歌说吴鲁芹是个"很幽默的人"①，文如其人，吴鲁芹散文最吸引人的特质就在于他的幽默。李欧梵也因为他流露在文中的幽默感从而赞美他"可以和梁实秋先生媲美，更是林语堂大师的传人"②。

吴鲁芹大约很早就有幽默的气质。在《哭吾师陈通伯先生》一文中，他忆及大学入学第一次见陈源先生，陈源先生好奇问他为什么入学考试数学考满分却要念文科，他做了一个十分冗长而幽默的回答，他念的中学相当于交大的预科，而交大是专门为造就工程人才用的，数学要求非常高。鉴于他的数学水平，学校考试是年年不及格的，但用那种训练考文科，就是大材小用了。所以，他的那份数学考卷，"不但题题都对，那份美观，也会叫阅卷的人感动的，因为时间太充裕了，我把每一个字每一个符号都写得像印出的一般，每一个等号都是用三角板书得整整齐齐的，可是要我再念一天数学，就非进疯人院不可了"。事实上，吴鲁芹不仅这个回答幽默，他本身的行为就够幽默的——能在严肃的考场上有闲情逸致将"每一个字每一个符号都写得像印出的一般，每一个等号都是用三角板书得整整齐齐的"，这实在是幽人生之大默。

那么，有这种幽默感做底子，自然是无文而不幽默了。从较早的《鸡尾酒会》《邻居》到后期的《艺术、文化与衙门》《泰岱鸿毛只等闲》等，吴鲁芹的散文处处闪现幽默的光影。

《鸡尾酒会》是吴鲁芹最知名的一篇散文，夏志清曾论此文是

---

① 彭歌：《轻裘缓带的读书人——诤友吴鲁芹》，载《你一定要读吴鲁芹》，上海书店出版社 2009 年版，第 18 页。

② 李欧梵：《阅读吴鲁芹》，载《你一定要读吴鲁芹》，上海书店出版社 2009 年版，第 16 页。

"学英国幽默实在学到了家"①。文中有很多的小俏皮，如开头称鸡尾酒会请柬是"传票"，参加酒会是"从容就义"，"同罪"指同是酒会上的不自在者。中场写那酒会上热心绍介之人，夸张他担心你受冷落会"忽然觉得人生甚少意义，出了什么三长两短"，而介绍你总得给你安上一个名头，否则不甚光彩，"你之区区不足道，既成定局，总该有个太太是画家吧，再不然，令媛或者是歌唱家。令尊呢？总之你必定是某某人的什么，既然你自己不是什么。否则，他想不出了，他几乎要问你还活着为什么"。最后一句最是幽默，然而其中传达出来的人生的无奈又会让人颇为黯然。当然，这篇文章最经典的幽默是其中一段极富戏剧性的对白。吴鲁芹因为字鸿藻总被误以为是大名鼎鼎的社会学家吴文藻的弟弟而受到"高攀"。在一次鸡尾酒会上，对方先是暗示了两次他是吴文藻的学生，在没有得到回应之后，就单刀直入了：

> "你知道令兄的下落吧？"绅士说。
>
> "家兄？"
>
> "是的。"
>
> "早去世了。"
>
> "真的？"
>
> "我在三岁时他就去世了。"
>
> 绅士像受了什么打击，神色十分颓丧，渐渐由颓丧而变为不屑。
>
> "张立兄说你是××先生的胞弟，原来不是！"这"原来不是"四字中，含有无限的抱怨，无限的不屑，无限的憎恶。
>
> 这时我渐觉得理直气壮了。
>
> "那他绝对错了，我一点不错。"

---

① 夏志清：《序》，载《师友　文章》，上海书店出版社2009年版，第7页。

吴鲁芹诧异于有人问起他早就亡故的兄长的下落，而对方又紧追不舍，无奈之中只好告之以亡故，然而对方却又不信，于是只能和盘托出实情了。这步步紧逼至最后使自身猝不及防坠入悬崖，实在令人忍俊不禁。然而更精彩的还在后头，那句"那他绝对错了，我一点不错"言下之意是总不能让我为你改认兄长，这也太对不起亡故的长兄了。到此实在是令人喷饭了，然而吴鲁芹却有本事说得"一本正经"。夏志清评说"这种一本正经冷静的幽默，中国读者不一定都能欣赏，因为到底是舶来品"①，这真是"从何说起"，中国人一直就是个很有幽默感的民族，林语堂先生就从《论语》《庄子》中读出了许多绝妙的一本正经的幽默。

　　无论什么事情，吴鲁芹是随时都能幽上一默的。譬如邻居半夜犹麻将不断，无法入眠，在将麻将声比拟成"大珠小珠落玉盘"的千古绝响不成之后，竟怪自己"为什么生来不就耳聋，那岂不于人无损，于己方便"了。譬如写美国人爱国，纽约市狗满为患，那是"他的爱犬在你门前草坪上方便起来，他毫无歉意，就扬长而去。狗这畜生是十分'念旧'的畜生，隔一天或隔几天再路过崇阶，闻一闻余味犹存，就会在原地'续旧'一番"。譬如写太太听说友人离婚均因先生有外遇引起，遂"郑重宣布此后她必须采用打篮球的人盯人的战术，紧紧跟随，一直到'亲视含殓'"，而先生亦开解她"外遇也得有条件，不是人人都具备的，君不见很多人一辈子就想做官，并没有捞到一官半职；很多人一辈子想有外遇，偏偏得不到佳人的青睐！凭我这副德性，至多只能'心向往之'"。譬如受编写名人录者多次要求寄资料照片之扰，无奈回书一封，"如果书店编的是一部'行尸列传'，对下走不遗在远，拳拳下问，我一定当仁不让，填临表涕泣之表格，奉寄瓦砾无状之玉照，共襄盛举的"。

---

　　① 夏志清：《序》，载《师友　文章》，上海书店出版社 2009 年版，第 8 页。

　　就是在《泰岱鸿毛只等闲——近些时对"死"的一些联想》这样一篇他过世前不久写的谈死的文章中，吴鲁芹亦能幽默得起来。他说殡仪馆都是乘家属悲痛欲绝之际，卖东卖西，大赚其钱，但他们与一般售货员不同，"一般售货员是笑脸相迎，殡仪馆的执事则是哭丧着脸"。在谈到惯常会在对方将死之际大做表面文章的一些欢喜冤家，则引用了《纽约客》上一个十分幽默的故事，"一对夫妇貌合神离，太太只知道忙三姑六婆间的交际，忙进出美容院的化妆，忙挑选衣饰，某一天丈夫已到了弥留之际，太太从某处云游归来，直奔病室，病人听到一声'亲爱的'，立刻扭转身，面对墙壁——断气了"。

　　余光中评论《泰岱鸿毛只等闲》是吴鲁芹"最深沉最自然的散文"①，他的这个评论自然是不错的，但因为余光中本身是很严肃的人，所以看到更多的是深沉与自然的一面，而事实上，从这篇文章中更可以看出的是吴鲁芹通脱、豁达的胸襟与气度——在生死大限之前尚能幽默得起来，恐怕是没有多少人能做得到的。

　　吴鲁芹年轻时曾经历了两场大病，最后一场几乎要去了他的命，而病的痊愈也是非常奇迹式的。他曾谈论到这病带给他的，一方面是"总觉得这条命是捡来的，能活着就是幸福，因此缺少世俗的进取心，对名利看得很淡"，另一方面是"对任何严肃的事总看出它轻松的一面，很难道貌岸然"②。因此，吴鲁芹的幽默背后彰显的是对人情、人生、人世的透彻观照。这也是他自己对好散文的要求之一，在一次受访中，他就谈到"古往今来，大概写散文的大家，都有相当深的对人生的体验、洞察力，对大大小小的事情，有一些独到的见解"。③

---

　　① 余光中：《爱弹低调的高手——远悼吴鲁芹先生》，载《你一定要读吴鲁芹》，上海书店出版社 2009 年版，第 9 页。

　　② 吴鲁芹：《越洋笔谈》，载《瞎三话四集》，上海书店出版社 2009 年版，第 103－104 页。

　　③ 邱彦明：《访散文家吴鲁芹先生——代序》，载《文人相重　台北一月和》，上海书店出版社 2009 年版，第 150 页。

因为对人世看得通透，吴鲁芹的散文中，时有妙论出现。这一点是很能跟钱钟书相媲美的，不过，与钱钟书的刻薄相比，吴鲁芹显然更温厚些。《懒散》一文中他就体认到"新式格言，一分耕耘，一分收获，把人世间事尽画成简单的方程式，几乎同说四方的圆形，一样地荒谬，世上有不少郁郁终其身的人，就是因为耕耘收获之间，画不了等号"。《番语之累》开头，他发了一通妙议，那是关于人的平等的，"人权昌明，渐渐把人在法律之前的地位弄到平等的地步；但是医学昌明，知道血管会硬化，小便里会有糖，人在红烧肉面前的地位便不平等了。正如有人能从书中找到金屋红颜，有人就注定只能从书中找到疾病、穷困与潦倒"。《请客》当中对"忝陪末座"者邀请方式的讨论，更可看出其世事洞明，人情练达，他说，虽然有些人是被顺带着"忝陪末座"的，而当然"谁也不会天真老实到这种程度，在请柬上写明顺带候光，或者在回条上写明顺带敬陪，但是人生如戏，冷暖自知，无需真凭实据的"。这就是通达与智慧了。

扰攘世事中，他总能明眼辨人识事，文人不仅相轻，更能相重，于是，有《文人相重》6篇给文化界以温暖，《大材小用辩》《艺术、文化与衙门》等又都论事精当，而他自身做事有时亦是神来之笔，在美售屋他竟不遵循门户开放任人参观的流行做法，经纪人担心卖不出时他又敢反其道加价，想必正是智慧让其乐于放手一搏。

吴鲁芹的散文可算是学者散文，虽然吴鲁芹并无长期任教职，也无等身的学术著作，但他的学识渊博、对文学艺术颇有见地是毫无疑问的，这从他后期的英美作家访谈中可窥一斑。中国现代散文，特别是小品文，从一开始就与"学者"这一身份紧密相连，周作人、林语堂、钱钟书、梁实秋等人，都既是了不起的学者，又是优秀的现代散文作家。他们的散文写作又都深受英法小品文"essay"的影响，英国gentleman闲适、幽默的风格是他们极为推崇并大力提倡的。

然而学者散文最忌又最易犯"掉书袋"教训人的毛病，这是学者自身的特点使然。然而这样的文章读来真是重得足以压死人，更遑论闲适与幽默了。吴鲁芹有一次特意谈到这一点，他说学问"有时且是一种累赘，因为人有了学问，就舍不得不露出来，这就害了他的文章"，所以，他认为如果能"举重若轻"①，那才是真本领。而这"轻"与"重"之间的拿捏显然就在于是否有洞明世事乃至生命与宇宙的智慧。洞明了则通，一通就轻，自然可以"举重若轻"，在幽默闲适之中见智慧。

吴鲁芹是有这种真本领的人。就他与夏济安等人创办《文学杂志》这样重要的事，他竟是"举重若轻"到"必须从麻将谈起"。他不写"剑拔弩张"②的文章，也不写重得似砖头的大论。他的散文与周作人、林语堂、钱钟书、梁实秋等人一脉相承③，在1949年之后于大陆之外延续了中国现代散文幽默闲适一派的传统，而又别开生面创造了自己的一番天地。傅月庵曾经说过，如果有一天漂流荒岛，他会想带的是吴鲁芹的所有作品，"因为他的乐天知命、幽默真挚会让我在绝境里激发奋斗求生或坦然接受死亡的勇气"④。

二

夏志清、余光中等人都谈论过吴鲁芹散文的渊源，吴鲁芹自己也谈过一些。事实上，吴鲁芹阅读面相当广泛，而他又善于吸收与转化，正如傅月庵所论，他是"多师转益成我师"⑤。但有一点，吴鲁芹受英国小品文的影响是殆无疑义的。吴鲁芹出身外文系，学的是英

---

① 吴鲁芹：《〈岁月长青〉序》，载《余年集》，上海书店出版社2009年版，第170、169页。

② 吴鲁芹：《越洋笔谈》，载《瞎三话四集》，上海书店出版社2009年版，第103页。

③ 吴鲁芹在《越洋笔谈》一文中提到，周作人、林语堂、钱钟书、梁实秋都是他最喜欢的中国现代散文作家。

④ 傅月庵：《什么形容词都不需要的人》，载《你一定要读吴鲁芹》，上海书店出版社2009年版，第26页。

⑤ 傅月庵：《什么形容词都不需要的人》，载《你一定要读吴鲁芹》，上海书店出版社2009年版，第27页。

文，并曾自承"散文家则以英国的名家为主，似乎尚能意会，在作文课习作的时候，有时还蓄意模仿"①。但他的这种影响不是如夏志清所论的是"一本正经的幽默"，而是能对人物做生动有趣的描摹与刻画，有时只是寥寥几笔，却又深刻传神。中国现代散文家中对吴鲁芹影响最大的是钱钟书与梁实秋，然而对人物的摹写与刻画钱梁二人却都比不上吴鲁芹。这是吴鲁芹散文一个很大的特色，这一特色对他后来写作家访谈与评传助力不少。

夏志清认为《小襟人物》是《鸡尾酒会》里吴鲁芹"最用心写、最动人的一篇"②，也是在这一篇当中，吴鲁芹第一次展现出他善于写人的才华。这个"小襟人物"出身书香门第，然而等他出世之时家道已是没落了，虽然父亲给他取名江宗武，可他不仅无法"武"得起来，并且自身与家庭都是每况愈下的。他并非没有才能，他能写会算的，国学还颇有根底，而应付世事看上去也颇为利索。在这篇文章中，吴鲁芹主要采用人物自述的口吻来叙述，他只对江宗武做了一次简笔勾勒，却是传神极了："那次他是带泥水匠来修理房子。他似乎并未听清我表示求教之意，一直忙着和泥水匠称兄道弟，讲这，讲那，最后，拿出两支烟，'就算你们帮我江某人的忙，无论如何赶一赶'。说完，扬长而去了，我记得他穿的是件灰色长褂，个子很高。也许因为过高，背略呈弯曲，也许是因为别的。"灰色长褂，弯曲的背，很简略地描绘出江宗武栖迟下层，不得不弯腰做人的小襟人物形象。这样的白描就是与鲁迅先生的文章放在一起也是毫不逊色的。

而文中用得最多的人物自述口吻又极其生动逼真，"你别看不起这三十几个大人的小衙门，就是一个小型政治舞台。摩擦，排挤，样样俱全，比方我常来这里，是你舅大爷请我常来陪你的，但是就有人

① 吴鲁芹：《越洋笔谈》，载《暇三话四集》，上海书店出版社2009年版，第104页。

② 夏志清：《序》，载《师友 文章》，上海书店出版社2009年版，第10页。

说我的行情看涨""好在我并不是讳而不用，不过小襟更能代表我，若是讳而不用，以示尊贵，那就该死了""老弟虽非相士，我的年龄，毕竟已超过参加抗战或谈恋爱的阶段了，姑且破例说个真的吧，比中华民国痴长八岁"……一个已知自己上升无望，但大致还衣食无忧的小襟人物，闲来只能调侃调侃自己，发发牢骚的口吻，想来是不差的。中国传统读书人在现代转型之际的牺牲品于鲁迅先生的"孔乙己"之后又多了个"小襟人物"。

《小襟人物》算是散文还是小说呢？吴鲁芹自己是没有界定的，他曾在一次受访当中说"我一共只写过两篇有人物的，体裁近乎是小说的东西，一篇是《小襟人物》"，而接下来他马上又说，"我编译《当代中国短篇故事集》的时候，又把它译成英文"①，头一句似乎已表明它不是小说，后一句却很明确把它当成小说。其实，若一定要讨论文体，正如王蒙的小说《明年我将衰老》亦小说亦散文的跨界一样，《小襟人物》也是介于小说与散文之间的，夏志清也说"江宗武可能确有其人，也可能是作者凭想象与累积的经验创造出来的"②。然而，若论这种跨界，在英国作家兰姆的小品文集《伊利亚随笔》中随处可拾。《伊利亚随笔》写拜特尔太太，写扫烟囱的小孩，写伦敦城内的乞丐，写酒鬼……幽默又生动，然而他们却未必都真有其人其事。艺术的真实与虚构是无法分毫不差地切割的，兰姆的论者倒是评价他这种写法极大地影响了狄更斯的小说创作③。因此，避开《小

---

① 吴鲁芹：《越洋笔谈》，载《暗三话四集》，上海书店出版社2009年版，第108页。

② 夏志清：《序》，载《师友 文章》，上海书店出版社2009年版，第10页。

③ 沃尔特·佩斯：《查尔斯·兰姆》，载《伊利亚随笔选》，上海译文出版社2011年版，第317页。

襟人物》的文体问题①，可以发现的是英国小品文对吴鲁芹的巨大影响。同样是私淑英国小品文，梁遇春学得的是"精微朗畅"，而吴鲁芹则得其"体物浏亮"②之精。

吴鲁芹写了许多忆旧的文章，有的是直接忆人，有的是忆事但总会牵涉到忆人，而只要是写人的，吴鲁芹就能极形尽相并且涉笔成趣。《哭吾师陈通伯先生》笔调庄重，然而读完之后陈源先生"呵呵""这个……这个"的憨厚长者形象却尽展眼前。读完《记吾师章沦清先生》，那在省督学来抽考之时还能镇定自若，简略交代完学生就走到窗前看风景的先生真是让人佩服不已。《记与世骧的最后一聚》虽然笔墨精练，但简单的几句话"当然吃你们的""很满意很满意""今天鲁芹的牌品很好""孟实先生是个不大能 relax 的人，而你大约是太 relax 了"，就把一个看重友情、话语不多却又能句句击中要害的大学者勾勒出来。《记雷儆寰与赵君豪的拉稿作风》写两大编辑拉稿一豪爽傲慢一软磨硬泡，强板与弱拍，恰好形成鲜明的对比。特别是对雷儆寰的描写，真是让人如闻其声如见其人。因为雷儆寰秃顶，大家将其比作"三毛"，并且美称为"三哥"。一次逼稿中，吴鲁芹不慎说出了"三字"，但叫他"三哥"显然辈分上说不过去，只好急中生智改口称"三先生"，结果雷儆寰是"笑得人仰马翻，他说：'别人背后叫我三毛，当面尊称我为三哥，称我做三先生的还是第一次，但是叫三先生、三老爷都没有用，稿子还是非写不可。'"。最后一句真是铿锵有力，掷地有声，一个办事爽利的汉子形象就此

---

① 王佐良先生在《英国散文的流变》的序中说："散文似乎可有两义：1. 所有不属于韵文的作品都是散文，这是广义；2. 专指文学性散文，如小品文之类，这是狭义。"王佐良先生倾向于使用广义，因此，在这本《英国散文的流变》中，他将小说、戏剧等都纳入讨论。他是从语言使用的角度而不是从文体的角度来使用"散文"这个概念。这或者给了我们看待文学体裁分类与研究的另一个视角。

② 梁遇春：《〈小品文续选〉序》，载《梁遇春散文》，人民文学出版社2010年版，第209页。

凸显。

当然所有这些忆旧文章中写得最有趣最精彩的是《记夏济安之"趣"及其他》。夏济安是一个不擅长事务，然而极其率真有趣的大学者。吴鲁芹说他不擅长事务却又一向欣赏办事很"帅"的人，一直希望自己能够办一次"帅"事。有一次钱穆与唐君毅两先生到台北，夏济安很高兴地请客并且一切自己做"主"。为了席上不冷清，主人自然是要承担挑起话题的义务，然而他实在太急于表现了，于是，话题的转换总是突如其来，那时"正当别人话犹未了，他忽然凭空冒出一句'我的阿弟'，接下去滔滔不绝，叙述的尽是有关'阿弟'的事，而不再提'阿弟'其人，害得钱宾四、唐君毅两位先生像是追踪断了线的风筝，聚精会神了好半天，得不到要领"。他且童心未泯，因自信以他大学者的水平替吴鲁芹女儿写个小学生作文必能拿到一个甲上，结果却总是拿丙上，吴鲁芹女儿就不答应让他做了，他却是"求胜心切，每次几乎都是苦苦哀求，或者答应买糖行贿才得到再试身手的机会"。他又极真挚。他到吴鲁芹家吃饭吴家的三轮车夫老高总送他回去，他是一定赏他 10 元钱的。但有一次他身上只有 5 元，因此，这次他打死不让老高送，因为觉得打赏老高 5 元实在不合理。而偏老高也是个实诚人，铁了心要送，但又不会说话，因此，"我们站在一旁，只听到老高重复：'老师您不能骂人！'济安似乎只顾到'骂人'的字面意义严重，于是更着急，解释也就更解释不清楚，两人让来让去，最后老高凭他人高力大，几乎是把济安抱上车，扬长而去"。当然，他是一个极其高智商的人。就老高送他这事件，最后是给他非常"帅"地解决了，到了宿舍，他是"灵机一动，跳下车，模仿青年会干事的作风，伸出右手和老高握手，左手在老高臂上拍两下：'谢谢你送我回来，我今天没有钱赏你。'"。以他的智商，他当然知道老高送他不是为了钱，若是只给老高 5 元反而是伤了老高的尊严，因此，他就那样非常"帅"地又赢回了老高这个朋友。有一次，当别人故意为难他，问他如果他是外文系的最佳教授，那么同是外文系的他的难弟（吴鲁芹）是什么呢？正在大家替他担心之际，他又很快地四两拨千斤答道"他是服装最佳教授"。

夏济安率真似孩童，然而对于狂妄自大的人，他也不惮于回敬，并且这时很能沉得住气。他们有一个同事，当夏济安打牌时，总在牌桌附近看英文杂志，"碰到一两个生僻的字眼，就自言自语妄加猜测，也并不直接问济安，济安也总是不加理会，到他无可奈何往书房的方向走，'还是去查下大字典吧'，济安还是不自告奋勇，一直等到这位老兄从书房查了字典走出来，才若无其事地说出这个字的意义，并且补充一句：'保持查字典的习惯总是好的'"。而他的才华真是横溢，让人无话可说，办《文学杂志》脱稿之时，只好自己写了补上，没想这些"急就章"都成为中国现代文学最出色的文论，这是他最得意的事——"并非'力作'，居然'成名'"。

夏志清曾赞说"大家欣赏这一篇'趣'文，并不是对先兄的生平有什么好奇，实在因为鲁芹文章写得好，一读上口，简直无法释手"①，这实在是一语中的。夏志清认为《小襟人物》没有收入台湾编的《中国现代文学大系》是"莫大的遗憾"②，而若拿《记夏济安之"趣"及其他》与《小襟人物》相比，两者的轩轾是难分的。

吴鲁芹后来将他极能写人的能力运用到了《文人相重》与《英美十六家》当中，事实上，这22篇评传与访谈，都可以当成小说来读，因为在这些文章中，除了对其生平与作品的评论，更吸引人的是他们的衣着相貌、言行举止——约翰·契佛衣着自然随意，与他的短篇小说一样不拖泥带水；索尔·贝娄为人严肃认真，千万不要在他面前说没有水准的话，他会直接下逐客令的；玛丽麦·卡赛优雅智慧，那是老一辈的淑女；罗柏·潘·华伦幽默风趣，坐在壁炉边的他说相比较于需要补充的履历，"更需要随时补充的是木柴"；而亨

---

① 夏志清：《序》，载《师友 文章》，上海书店出版社2009年版，第16页。

② 夏志清：《序》，载《师友 文章》，上海书店出版社2009年版，第10页。

利·詹姆斯真是一位英国绅士，其谦逊与关爱朋友的深挚情意让人感动；汤姆斯·伍尔夫身材实在高大，竟是站着在冰箱顶上写作的。而在《杰姆斯·瑟帛与 E. B. 怀特》一篇中，非主角的劳斯也被写得令人难忘。这个非常直率、爱说粗话、幽默的《纽约客》创办人竟有些喧宾夺主了。难怪有读者赞《英美十六家》"被访者我既不识，被访者之书我亦不懂，但读来仍津津有味，非看完不可"，并称其为"魔笔"①。

三

吴鲁芹虽非专治文学的学者，但对文学艺术有自己很独到且坚持的见解。他的杂感、序、评当中对诗、小说、散文、戏剧的评论均有涉及，而其着力最深的是散文与小说。夏志清曾说他无意成一家之言，做可以兴风作浪的批评家②。因此，虽然对文学有很多真知灼见，吴鲁芹却并不将之衍化成严密的学术论著，而只是让它们在访谈之中零碎闪现——《英美十六家》亦可看成是吴鲁芹的文学批评之作。

无论是散文还是小说，吴鲁芹最讲究的是两点：文字漂亮，思想深刻。

吴鲁芹多次谈到，写散文首要的是文字。他在为台湾《联合报》副刊编选的三十年文学大系散文卷《岁月长青》写序时就郑重说道，"我们所说的散文，对文字是很'讲究'的，文字精纯是必要的条件，遇到以糟蹋文字为能事的环境，散文只有死路一条，没有幸存的

---

① 张佛千：《读者投书》，载《英美十六家》，上海书店出版社 2009 年版，第 264 页。
② 夏志清：《序》，载《师友　文章》，上海书店出版社 2009 年版，第 6 页。

余地"①。在《评散文》一文中他并引用英国大诗人柯勒律治的名言说"诗是把最好的字做最好的安排，散文是把好的字做好的安排"②。

吴鲁芹对文字的讲究最早是受他中学授业恩师章沦清的影响。章沦清先生不是什么大学者，但古文根底好，爱写诗，讲究文字，希望文章能写到"增一字则肥，减一字则瘦"的程度，因此，他教吴鲁芹写文章需得在"口中多嚼几遍"才下笔。这种对文字的讲究后来影响了吴鲁芹终生。

E. B. 怀特是吴鲁芹最心仪的作家，他曾说过如果只可以访谈一个人，除 E. B. 怀特外，不作第二人想。吴鲁芹对怀特文章的喜爱达四十年不懈，一个很最重要的原因就是对他文字的欣赏③。在《伊·碧·怀特（E. B. White）》这一篇访谈中，对怀特的文学成就吴鲁芹下笔最多评价最高的就是他的文字。他说怀特"把他对文字的敏锐感觉，应用到散文上，写成一字不能增减的好散文，有如诗一般的锤炼，诗一般的韵味，诗一般的铿锵"。他且引用了美国批评家海曼的评价——"怀特的耳朵好，对每一个字的声音都非常敏感，因此字的清脆沉浊，一任他摆布，似乎并不费力，就妥妥帖帖。"吴鲁芹认为怀特早期为《纽约客》周刊写的每周一篇的评论，是"字字珠玑"，令人叹为观止，赞赏他把"短短的评论文字提高到成为一种艺术形式"。

在对其他英美作家的访谈中，吴鲁芹也特别喜欢与他们谈论文字的表达。访谈劳埃·傅勒，吴鲁芹就征询了他对目前英文的精纯受到无情糟蹋、蹂躏的感想。而约翰·魏英更在吴鲁芹的激发之下，抒发

---

① 吴鲁芹：《〈岁月长青〉序》，载《余年集》，上海书店出版社 2009 年版，第 169 页。

② 吴鲁芹：《评散文》，载《余年集》，上海书店出版社 2009 年版，第 194 页。

③ 吴鲁芹后期写的散文大多有很漂亮的收笔，它们与怀特《重游缅湖》《这就是纽约》中散文的收笔方式极为相似，这应可看成是怀特对吴鲁芹散文的另一个影响。

了他当今英语的独到见解:"文字语言是人类社会的产物。一个社会弄得乱七八糟,首先遭殃的就是语言文字。今天的英文,有时会令你觉得它像是一个浑身浮肿的病人,有时又会令你觉得它萎靡、衰弱,已经力不从心,像一头病骡,被陈词滥调和专门术语的重荷,压得举步维艰。"因此,魏英说他作为一个作家,不管是写诗、写小说、写批评,他的任务就是要给英文"一点健康的食物,把它带到小溪边喝一点没有污染的流水"。约翰·契佛则告诉他,不要以为《纽约客》创办人劳斯只是个财大气粗的人,他能在作家的原稿上改动叫你佩服得五体投地的一两个字。这引得同是讲究文字的吴鲁芹感慨不已。

正如约翰·魏英一样,吴鲁芹认为文学的文字不仅与文学相关,更与民族、社会相关,在一次受访中,他说:"一个民族的文字,如果堕落到不是一个文学的文字,是很惨的事。"① 而在《救救英文》一文中,由英文反观中文,他说看到当时有些二三十岁年纪的青年作家,写得一手干净利落的中文,"有他们,文字的灵魂、精神、感受力与想象力,就有人呵护,不会沦落"②。吴鲁芹对待文字的这种视野在当下人人都是写手的网络时代听来真是振聋发聩。

从《英美十六家》对作家作品的评论来看,吴鲁芹讲究的"思想深刻"更主要是以人文主义的批评方式,从社会历史、道德心理的角度来评价文学,并且始终将"人""人类"放在首位。比如他评价索尔·贝娄小说中的人物是为了对抗 19 世纪以来阴谋消灭人类自我的很多力量,"他们相信人生主要的工作,是承担'自我'加在他肩头的重荷。肯定了自我,才有资格去分享人类的痛苦,与人类的命运共荣辱"。比如他说因了贝拉德·马拉默德的如椽大笔,使得他作

① 邱彦明:《访散文家吴鲁芹先生——代序》,载《文人相重 台北一月和》,上海书店出版社 2009 年版,第 143 页。

② 吴鲁芹:《救救英文》,载《余年集》,上海书店出版社 2009 年版,第 88 页。

品中的一个极其平常的人，"就有了不可一世的英雄气概，他的所作所为，不但是为了恢复人的尊严，而且使得人在宇宙间有了地位，有了新的意义，他努力奋战不只是为了 Yakov Bok 一个人，而是为人类的全体"。他说约翰·契佛是大手笔，观察入微，"能把在绝望沮伤中的人性光辉，婉转地衬托出来，人的崇高精神，有时会在料不到的环境之下，出乎意料地流露无遗"。而英国德高望重的老作家阶·比·普里斯特莱数一数二之作 They Walk in the City，"想呈现到读者面前的，是一群普普通通的在大城市中讨生活的男男女女，这里的所谓生活还不只是外表的衣食住行，他们的感情与思想，也是小说作者所关心的"。

当然，在文学批评历经各种主义已走到文化研究的当下，可能会有人认为吴鲁芹的文学批评观点早已落伍，他所认为的文学必须"讲究文字""思想深刻"都还只停留在传统的美学批评与人文主义批评阶段①。夏志清曾说他饱读的主要是特里林、华伦、布鲁克斯这些并未走火入魔的老派批评家②，但事实上，对其他新潮的批评方式，吴鲁芹也并非充耳不闻，他只是有自己的坚持。在对两位老派批评家大卫·戴启思与罗柏·潘·华伦访谈时，吴鲁芹与他们特别就这个问题进行了讨论。戴启思认为"心理分析、神话、社会学、历史对文学批评都有用，但是那都是批评之前的工具。从心理学的观点、社会学的观点、神话的观点，提高读者对一首诗一部小说的领悟和警

---

① 需要注意的是，虽然大家都论新批评对夏志清影响至大，但夏志清在这里并不直接表述新批评派（当然，特里林也不属于新批评派），而吴鲁芹的这两个文学观点特别是"讲究文字"与新批评派的文本细读虽然很相似，但他自述这一点最早是受章沧清的影响，并且在访问华伦一文中他特别写到华伦否认有新批评派这回事。因此，虽然他饱读华伦、布鲁克斯等一向被人认为是新批评家的作品，这里却不想也不能将之表述为"受新批评的影响"。

② 夏志清：《杂七搭八的联想——〈英美十六家〉代序》，载《英美十六家》，上海书店出版社 2009 年版，第 5 页。

觉，当然有贡献，但是衡量一首诗一部小说的文学价值，不能靠这些工具"，他强调，"用不属于文学范围之内的学问研究文学是有助益的，但不能喧宾夺主，不能不分先后"。而华伦则认为，世界上并无绝对的批评，只要是对事理的观察能比常人深入，然后将之应用到文学批评上去，就是对的，因此，他说"用马克思、用弗洛伊德，就可以有更深一层的洞察，并不是坏事，只要记住用他们的方法从事研究分析也不是绝对的唯一途径就行"。华伦并否认了有新批评派这回事。戴启思与华伦都是吴鲁芹喜欢的批评家，这些当然也可以看成是吴鲁芹的心有戚戚之论。

吴鲁芹确实使用的是相当传统的文学批评语言，然而，如果我们并不总用是用进化论的观点来讨论事情，传统并不意味着过时。只要有人类的存在，吴鲁芹所坚持的人、人性、历史、道德、艺术这些人文主义传统就会是有价值的，不会随着时代的变迁而消逝。布鲁姆在20世纪末推出《西方正典》正是希望我们能在这个纷扰的时代于走马灯似的各种话语中坚守这种批评理念，这一价值观。

吴鲁芹是那种老一辈的读书人，老友彭歌最了解他了，他说吴鲁芹"幽默中仍保存着东方读书人'为天地立心'的尊严感、责任感"①。虽然吴鲁芹总说自己懒散，"手边的钱，若仅够糊口，一定先买大饼，次及典籍"，总挑抵抗力小的方向走，而事实上他是非常严肃认真地在做人做事。"举重若轻"中的"轻"还需有"重"来做底子。《六一述愿》里大家都只欣赏他说的"我已经过了六十了，不能再这样规矩下去了"，或许更应该注意的是文章结尾的这两句话："然而，我还是盼望下一代再下一代的子子孙孙做人做事守规矩"，"少壮之年就不守规矩，凡事就都失掉了准绳，社会秩序就必然大乱。"

并且，他的不规矩竟是在六十高龄已退休之际还壮心不已，游走

---

① 彭歌：《轻裘缓带的读书人——诤友吴鲁芹》，载《你一定要读吴鲁芹》，上海书店出版社2009年版，第18页。

英美之间，写下近五十万的文字。在如今这个传统价值观已分崩离析到让人无所适从的年代，吴鲁芹其人其文带给我们的是深深的怅惘与愧叹。然而"文章千古事"，通达乐观的吴鲁芹若知道他的散文到现在依然广为流传并深受读者的喜爱，一定会再讲个俏皮的小故事，告诉我们无论是散文还是这个世界都还是有希望的。

历史之书　智慧之书

——论王鼎钧回忆录四部曲

　　2013 年，王鼎钧以《昨天的云》《怒目少年》《关山夺路》《文学江湖》四部回忆录荣获第五届在场主义散文奖。授奖词称其"以在场叙事的姿态，提供了百年中国现代史最独特的个人经验、世纪尘烟在作品中沉淀后的宁明叹息、大道若简的人类智慧及在场散文的高端笔意"。①

　　王鼎钧自身对这四部回忆录也寄望甚高，他说它们是在大量阅读史料之后的"望远和显微"，是在洞明世事练达人情之后的"生命的对话"②，是对国家社会的回馈，是对他自己此生此世的交代③，他要用这四部厚重的回忆录来显示他"那一代中国人的因果纠结，生死流转"④。而事实上，王鼎钧的这四部回忆录书写并超越了"那一代中国人"的历史，其中呈现出来的横跨中西两种文化、透视中华历史五千年的胸襟、视野与气魄更是值得称道——它们既是历史之书，又是智慧之书。

---

　　①　蔡葩：《王鼎钧：一代中国人的眼睛》，《海南日报》2014 年 6 月 23 日 B7 版。

　　②　王鼎钧：《怒目少年》，尔雅出版社有限公司 2005 年版，第 8 页。

　　③　王鼎钧：《关山夺路》，尔雅出版社有限公司 2005 年版，第 439 页。

　　④　王鼎钧：《关山夺路》，尔雅出版社有限公司 2005 年版，第 429 页。

一、历史之书

王鼎钧曾在第一部回忆录《昨天的云》开篇之"小序"里说，"我不是在写历史，历史如云，我只是抬头看过；历史如雷，我只是掩耳听过"①，然而，王鼎钧写的分明又是历史，四部回忆录就是中国近代百年丧乱流离的血泪史、坚忍图强的奋斗史。

王鼎钧写作这四部回忆录当有较大的史学抱负，因此，他曾在一次访谈中评价齐邦媛教授的自传《巨流河》"似乎没有史学抱负"②。另外，在20世纪90年代台湾新版的《碎琉璃》"后记"中他写道："我的生活并无可诵可传，只因为我个人生活的背后有极深的蕴藏，极宽阔的幕，我想以文学方法展现背后的这些东西，为生民立传，为天下国家作注。"③这个"幕"自然就是"历史"了。而在第三部回忆录《关山夺路》出版之后，他又特意写下《写在〈关山夺路〉出版以后》这篇文章，强调他之所以将这四部书称为"回忆录"而不称"自传"，是希望读者能够看到历史的深处："希望读者能了解、能关心那个时代，那是中国人最重要的集体经验。"④

自然，作家所写的历史与历史学家所撰的历史不同，而视野不同、见识不一的作家写出来的历史也不尽相同。王鼎钧当然要书写历史，但他不写一般意义上的"历史"——这种"历史""只以记述事实取胜"⑤，只关注少数几个大人物，从而忽略并遮蔽了为数更多的细民。王鼎钧曾说："我关怀的是金字塔下的小人物，贴近泥土的

① 王鼎钧：《昨天的云》，尔雅出版社有限公司2005年版，第3页。
② 王鼎钧编：《东鸣西应记》，尔雅出版社有限公司2013年版，第53页。
③ 王鼎钧：《新版〈碎琉璃〉后记》，《碎琉璃》，生活·读书·新知三联书店2013年版，第266页。
④ 王鼎钧：《关山夺路》，尔雅出版社有限公司2005年版，第434页。
⑤ 王鼎钧：《文学江湖》，尔雅出版社有限公司2009年版，第460页。

'黔黎'，历史忽略了他们，不愿笔生花，但愿笔发光，由我照亮某种死角。"① 因此，楼肇明先生很敏锐地指出，王鼎钧"是在自己的意义上修史"②——这四部回忆录正是王鼎钧积十七年光阴为中国近代百年呕心沥血修建的"独家历史博物馆"③。

楼肇明先生曾谈到俄国作家在写作自传或回忆录时，虽然总是有意识地要以一个时代的见证人身份，给后世留下历史证词和文化史料，然而"由于他们对遭遇到的人物的心灵肖像的兴趣，就往往无意识地刻画了较之虚构作品中典型性格绝不逊色的单个作家的塑像，或一个时代的作家群像"④。在这四部回忆录中，王鼎钧虽然也写到了历史上的大事件、大人物，但那始终不是他下笔的重点。与那些俄国作家一样，王鼎钧只是将其当作回忆的背景或叙事线索，他更感兴趣的是几千年来延绵不息生存在中国这块古老土地上的"群氓"。

读《昨天的云》与《怒目少年》仿佛就是在看一幅流动的《清明上河图》，那有名无名、形态各异的百姓一个一个从眼前缓缓走过。从有些名气的李仙洲司令、范筑先县长、五叔王毓珍营长到略有地位的乡绅王荆石大先生、陈茂松先生、"我"的父亲再到现代知识分子凌仲高老师、张秀峰主任、滕清芳女士等等，都纷纷进入到王鼎钧的"独家历史博物馆"之中。然而，在王鼎钧笔下，更多的是籍籍无名的苍头百姓。王鼎钧常以称呼、职业或身份来指称他们以显示其"无名"，如母亲、五姨、大舅母、顾娘、魏家老大、戚护士、栾大夫、老师父、博物老师、老大娘、使女、小说女主角、那乞丐等。

---

① 王鼎钧：《怒目少年》，尔雅出版社有限公司2005年版，第5—6页。

② 楼肇明：《在生存时间的堤岸上：谈回忆录自传和王鼎钧〈昨天的云〉》，载王鼎钧《昨天的云》，中国工人出版社2000年版，第13页。

③ 王鼎钧在《昨天的云》"小序"中谈到他写的回忆录是"一所独家博物馆，有些东西与人'不得不同，不敢苟同'，或是与人'不得不异，不敢立异'"。

④ 楼肇明：《在生存时间的堤岸上：谈回忆录自传和王鼎钧〈昨天的云〉》，载王鼎钧《昨天的云》，中国工人出版社2000年版，第8页。

然而无论是否留下名姓，王鼎钧都将这些"群氓"塑造得栩栩如生，多的花费一章甚或几章的篇幅，少的则以一句或几句话略为勾勒，他们身上承载的是王鼎钧对中国人、中国传统文化最深刻的理解与最深切的热爱。他们简直就是对林语堂先生《中国人》一书的文学演绎。不过，王鼎钧对中国人、中国传统文化的理解还是与林氏略有分歧——王鼎钧认为中国人、中国传统文化的底色在儒教，而林氏则更偏重于从道家来阐释。

　　事实上，通过这些人物群像，王鼎钧还阐释了乡土中国的社会阶层结构及其鲜明特点。中国传统社会的上层结构自然是以李仙洲司令、范筑先县长等人为代表的士，中间阶层也即中国传统社会的中产阶级则是以王荆石大先生、陈茂松先生与"我"的父亲等人为代表的乡绅。乡土中国的中上两个阶层都以儒家的伦理为其行为准则。他们仁厚有气度，先天下之忧而忧，后天下之乐而乐，居庙堂之高则忧其民，处江湖之远则忧其君，有为有守，然而为了民族大义与百姓利益又常知其不可为而为之，甚至为此粉身碎骨亦在所不惜——他们正是鲁迅先生所说的"中国的脊梁"。这两者当中，王鼎钧又特别强调"士"的气节与担当，乡绅则突出其"为善必昌""忠厚传家久，读书继世长"的仁爱温和。

　　当然，处于中国传统社会结构最底层的是那些籍籍无名的苍头百姓。不过，虽然他们籍籍无名，却并非没有任何存在意义。他们绝大部分都过着贫苦的生活，但这主要是贫穷的出身及当时落后的社会生产力所造成的。就道德品质来说，他们个个都勤劳节俭、聪明坚忍且充满了乐观主义的精神，由他们建构起来的中国的"民间"一向具有巨大的意义，他们是绝对不能忽视的一个群体。中华文化之所以能够五千年绵延不绝最根本还在于这些"群氓"，而因此，他们拥有另外一个感人的称呼——"父老乡亲"。

　　回忆录中"我"的母亲与五姨，虽是没有读过书的小女子，却是何等有智慧，处事有分寸，知道防患危险于未然，深谙养儿育女之道，对孩子疼爱却不溺爱，严厉而又包容，母亲与"我"离别时的殷殷嘱咐及少有的坚强真是令天下游子读来莫不下泪。而用几笔勾画的孤儿寡母顾娘和她的小儿子，人穷志不短，就是做乞丐也是一身尊严。让人印象最深刻的则是那河南老大娘，王鼎钧是在流亡过河南时偶然遇见这位大脚板老大娘的：

> 不知怎么，我一看见她，哭了，她目不转睛看我，看着看着也流下眼泪。
>
> 她煮了两碗面汤，让我舒舒服服地享受了随身携带的大饼。她半是祷告半是叮嘱地说，路上千万别遇见抓兵的，她看见过抓兵的抓当兵的，连人家掉队的病号也不嫌弃，抓过来换上符号，就算自家的人。一个连长到她这个村子来抓走了几个小伙子，这些小伙子的父母老婆孩子跪了一地，磕头求情，那连长好像根本没看见他们。①

老大娘虽不是"我"的母亲，却又与"我"的母亲何其相似！王鼎钧既用她体现了中国老百姓天生的淳朴，也用她演绎了"推己及人""老吾老以及人之老，幼吾幼以及人之幼"的儒家伦理。中国的这些底层老百姓亦主要是由儒家文化濡养的！

然而，由于处在社会的最底层，这些淳朴的老百姓、这些善良的父老乡亲总要承受最多的灾难。"阜阳八县，水灾、旱灾、蝗灾接连不断"②，天灾再加上各种人祸，有时让他们显得既贫穷又麻木：

> 大街上，孩子和老妪都瘦，大人的衣服前后上下许多补丁，小孩索性赤身露体。有肉店，可是没有一块新鲜肉。路旁小摊卖板栗粉做成的窝窝头，看上去像秤砣一样硬，也一样黑。③

---

① 王鼎钧：《怒目少年》，尔雅出版社有限公司 2005 年版，第 217 页。
② 王鼎钧：《怒目少年》，尔雅出版社有限公司 2005 年版，第 132 页。
③ 王鼎钧：《怒目少年》，尔雅出版社有限公司 2005 年版，第 210 页。

山中人腿短，个子细小，像山上的苦竹，他们爬山太多，脚趾抓着鞋子生长。男女都穿自己染色的粗布，黑如铁片。七岁八岁的孩子光着屁股，但是眉清目秀，看了觉得"疼"爱。①

大难来临之时，他们更是命如草芥。王鼎钧在《昨天的云》开篇不久就呈现了日本侵略中国之后造成的一幅幅悲惨的流民图——安土重迁的他们不得不背井离乡、拖儿带女辗转于途四处流亡。王鼎钧对这些苍头百姓是既爱且"恨"。他写那些光着屁股的七岁八岁孩子让人"疼"，下笔充满了无尽的怜悯，然而他也反思："人为什么要世世代代住在山里？为什么不离开？"②

王鼎钧认为儒教是中国人、中国传统文化的底色，自然以此为重点来展开，然而，道家与佛教在中国传统文化中也占据着重要的位置，因此，王鼎钧笔下亦出现了一些十分逼真的道教人物与佛教信徒。

江老师，在朝不保夕极其狼狈的流亡途中，还总是悠然捧着一本《庄子》，不紧不慢地读着，而谈到世事，却也能洞若观火。最有趣的是那个解救"我"于恶犬之口的无名乞丐，他的打狗棍法神奇，他的身世更为神奇——原来其祖上竟是皇帝的护卫，后来看破世事："从今以后我们不侍候任何人，不受任何人的管辖，不接受任何人的俸禄，我们不服王法，我们的名字不在户口。那么，我们做乞丐吧。"③ 这么洒脱的行径恐怕也只有倒骑青牛西出函谷关的道家之祖老了才做得到。

佛门是清净之地，因此，沈阳地藏庵可以成为"我"短暂的安静读书之所，而这又多亏了庵中三位尼姑的善心收留。其中的一位老

---

① 王鼎钧：《关山夺路》，尔雅出版社有限公司 2005 年版，第 47 页。
② 王鼎钧：《关山夺路》，尔雅出版社有限公司 2005 年版，第 47 页。
③ 王鼎钧：《昨天的云》，尔雅出版社有限公司 2005 年版，第 133 页。

师父正是佛门教徒的典范。她宽容慈悲、自渡渡人、凡事不强求，但看"缘"与"悟"："小师父给我倒一杯茶，老师父在我右手边摆一部佛经，她并未劝我读佛经，她什么话也没有说，她把佛经放在特制的架上，防茶水打翻污毁经页。"① 而最终，老师父这颗"不刻意"的种子在几十年后开出美丽的花朵——王鼎钧在晚年研读佛经并有极深的领悟。

值得注意的是，回忆录对流亡中学国立二十二中老师们的描摹与塑造。这些老师中虽有传统的儒生，但更多的是拥有西方文化视野的现代知识分子，比如教化学的滕清芳老师、教数学的何功惠老师、固执的博物老师等等。他们同基督教牧师一样，给中国带来与传统文化差异极大的另一种思维与文化。王鼎钧以此暗示，传统的乡土中国到了二十世纪初期，不论愿不愿意，都不可避免地必须寻求转型——这正是梁启超先生所说的中国文化"五千年未有之大变局"。而王鼎钧在回忆录中亦屡屡提及梁氏"五千年未有之变局"② 这些字眼。由是观之，王鼎钧要书写的不仅是一代中国人的流离史，他更要以现代的眼光来观照中国五千年的山川风物与历史文化。

从《情人眼》《碎琉璃》《左心房漩涡》到这四部回忆录，王鼎钧多次以饱含深情的笔触描绘叙述了中国广袤的土地、壮丽的河山、苍头百姓的饮食起居、日常劳作，各种民俗、传说、谚语、童谣、小调等等，为古老的乡土中国绘制了一幅美轮美奂的织锦图。《昨天的云》中"折腰大地""田园喧哗""摇到外婆桥"这三章最具代表。收麦、割麦、拾麦、烙饼，挑水、打高粱、搂豆叶、推磨、打野兔、堆肥、犁田、捉虫子、赶集、煮饺子……真是一幅幅自足快乐的生民图。王鼎钧曾讲"'兰陵'寓意王道乐土"③，而"王道乐土"正是中国传统文化的核心理念——那是儒家以"仁"与"义"建构的理

① 王鼎钧：《关山夺路》，尔雅出版社有限公司 2005 年版，第 186 页。
② 王鼎钧：《昨天的云》，尔雅出版社有限公司 2005 年版，第 92 页。
③ 王鼎钧：《昨天的云》，尔雅出版社有限公司 2005 年版，第 163 页。

想国：

> 那年代，人心也还柔软，老太太们还有一星半点从儿子身上剩余的慈爱。少年乞丐的生活并不艰难，似乎还很浪漫，千山万水收藏秘密也留下秘密，使我们羡慕和好奇。

> 每逢过年，母亲必定特别蒸一笼特别的馒头，用它打发乞丐。这种馒头用白面做成，外面包一层高粱面，看来粗糙，可是一口咬下去便不同。①

站在历史的交界点上，王鼎钧回望中国五千年的文化与其中的淳朴百姓，自然是无限怅惘在心头。然而，论者常将王鼎钧散文中呈现出的这一"怅惘"之情解读为是其对故乡与祖国的思念，并大而广之将之推展为对整个人类"原乡"丧失的忧郁②，而我以为，在这四部回忆录中，他更主要的是要表达中国传统文化不得不转型的忧伤：中国传统文化不可谓不好，但是西方来了，现代性来了，这古老的五彩琉璃也必须打破了。而且更重要的是，不仅是被动地让别人来打破，还必须自己勇敢主动去打破并予以重建——至此，王鼎钧的历史书写超越了历史而进入到文化兴亡的探讨层面。从这个意义上说，王鼎钧的历史书写是比一般的历史书写关怀更大的一种历史书写。

二、智慧之书

曾有人如此赞赏王鼎钧的四部回忆录："焚膏继晷作新篇，出语常为天下先。"③"出语常为天下先"指的就是王鼎钧这四部著作中不

---

① 王鼎钧：《昨天的云》，尔雅出版社有限公司 2005 年版，第 128 页。
② 黄万华：《文学史上的王鼎钧》，载王鼎钧《风雨阴晴：王鼎钧散文精品选》，山东文艺出版社 2004 年版，第 9–13 页。
③ 王鼎钧：《东鸣西应谈回忆》，《香港文学》2014 年第 2 期。

时闪现的哲理光芒与通达智慧。

史学大学陈寅恪先生治史的原则是"在史中求识",并进一步以史观照现实,从而发现现实与历史总有一些惊人的"通识"。而王鼎钧也说:"历史决不重演,只是往往相似。"① 他并在《昨天的云》"小序"中写道:"人间事千变万幻,今非昔比,仔细观察体会,所变者大抵是服装道具布景。"② 因此:

> 人到了写回忆录的时候,大致掌握了人类行为的规律,人生中已没有秘密也没有奇迹,幻想退位,激动消失,看云仍然是云,"今天的云抄袭昨天的云"。③

话虽如此,但此时所见之"云"同最初懵懂所见之"云"已是不同的境界——此时的王鼎钧既看到"云"的这一层表"相",亦看到其背后幻化的诸相。所以,虽然王鼎钧在这四部回忆录中似乎只是把过去重新经历一番,但原先看不清楚的如今都瞧明白了,原来不能领会的现在可以恍然大悟了,原本不经意的现在都如同珍宝,原来不可原谅的如今想去只觉悲悯。

也正是到达了这般境界,王鼎钧在写作之时可以入乎其内出乎其外,"写自己的事情如写别人的事情,写别人的事情如写自己的事情"④,他说他找到了一个高度——化为天上片云"居高临下察看轨迹":

> 我的旨趣超越了"不知者谓我何求",也超过了"知我者谓

---

① 王鼎钧:《关山夺路》,尔雅出版社有限公司 2005 年版,第 395 页。
② 王鼎钧:《昨天的云》,尔雅出版社有限公司 2005 年版,第 5 页。
③ 王鼎钧:《昨天的云》,尔雅出版社有限公司 2005 年版,第 5 页。
④ 王鼎钧编:《东鸣西应记》,尔雅出版社有限公司 2013 年版,第 117 页。

我心忧"，历经古人说的窗隙窥月，中庭步月，到高台玩月。①

王鼎钧亦直言由于此时对人物和事件的把握既有"深度"又有"高度"，因此，这四部回忆录的写作风格相当"老辣"②。这一"老辣"风格的形成自然是与他几十年的"修行"分不开的。他的父亲先是延聘塾师，后再请疯爷——饱学的进士后人代为教养，这让他对中国传统文化特别是儒家与道家的文化有深入的把握；青少年时期就读国立二十二中学习西方文化，打开观照社会与人生的另一视野；自幼随母亲信仰基督教，晚年则修习佛教，对基督教与佛教教义都相当熟悉。而自然，少年遭逢国家大变故，孤身一人远走他乡读书求生存，并一路由山东、河南向南流浪至上海、南京再北上到东北，之后又一路南下，经青岛等地在台湾居住二十年，最后，于知天命之年远离中华文化圈飞往纽约定居——如此坎坷曲折的人生路径，在在都可以看成是王鼎钧最贴近宗教本义的"修行"。而所有的这一切都给了王鼎钧超出常人的视野、胸襟与识见。

在这四部回忆录当中，处处可见王鼎钧对人事对社会对历史对文化精当的评价与论断。譬如他在忆及当年王氏宗族排斥贫寒但上进的外族同乡子弟时感慨道：

> 回想起来，那时候，敝族的精英分子已经僵化了，他们看不清时势，也不了解自身的处境。一年以后，发生了惊天动地的对日战争，八年以后，掀起了天翻地覆的无产阶级革命，靳先生蛟龙得雨，腾云而上，所谓乔木世家却在惊涛骇浪中浮沉以没，无

---

① 王鼎钧编：《东鸣西应记》，尔雅出版社有限公司 2013 年版，第190 页。

② 王鼎钧编：《东鸣西应记》，尔雅出版社有限公司 2013 年版，第42 页。

缘渡到彼岸了。①

他批评黄埔军校的校歌运用深奥的文言文，又不顾音韵，听来只让人想起苏轼在《赤壁赋》里所写的"其声呜呜然"，雅则雅矣，却忽略了老百姓的接受能力。他并深究其中的原因批评道："他们只想到继承已往的五千年，没设想开创未来的五千年。"②

而就雷震、殷海光及《自由中国》同蒋介石的矛盾冲突，他有自己独到的见解，他认为："《自由中国》的杀伤力并非批评政治，而是有效地消解了牺牲、服从、效忠等观念……自由主义者犯了战略上的错误。"③

四部回忆录中，第一、二部《昨天的云》与《怒目少年》偏重于描写与抒情，第三、四部《关山夺路》与《文学江湖》则主要叙述与议论。其中又特别是《文学江湖》一部，对台湾当代的许多历史事件都敢于揣测其前因后果并大胆评价其中所涉人物的历史功过。此书的结尾王鼎钧非常敏锐地意识到并暗示了台湾二十世纪中后期随着全球化到来而翩翩降临的消费景观：

> 蒋经国哪里管得了许多，他也成了温水里的青蛙。只见党性泯灭，社会分解，传统颠覆，终于重新洗牌。五十年代，雷震殷海光花了十年工夫没做到的，六十年代，李敖柏杨花了十年工夫没完成的，七十年代由商业电视毕其功于一役，三家电视公司"祸在党国"，功在人民。当然他们并不是预先知道这样的结果，这是一个"美丽的错误"。④

---

① 王鼎钧：《昨天的云》，尔雅出版社有限公司 2005 年版，第 56 页。

② 王鼎钧：《关山夺路》，尔雅出版社有限公司 2005 年版，第 72 页。

③ 王鼎钧：《文学江湖》，尔雅出版社有限公司 2009 年版，第 105 - 106 页。

④ 王鼎钧：《文学江湖》，尔雅出版社有限公司 2009 年版，第 395 - 396 页。

这使得故事时间结束于二十世纪七十年代末的这四部回忆录"言有尽而意无尽"①，并给读者留下期待后续之作的想象空间。

王鼎钧对历史对文化对人生的识见不可谓不高，然而，如此多高超的见解却都无法让他对自身与家庭的颠沛流离通达释然，直至晚年他进入佛教的浮屠世界。

早年王鼎钧就以教育天下少年为己任，以他对人生、社会、世道的高妙见解写出《开放的人生》《人生试金石》《我们现代人》这"人生三书"，既教给年轻人做人的基本道理，又与他们讨论更复杂的现代人生问题。隐地曾就此三书评价王鼎钧是"荷光的人"，赞赏他透过"人生三书"，"把光分给我们，让我们在黑暗中可以摸索前进"②，而这些书也影响了台湾几代的少年与青年。不过，要论王鼎钧最为深刻冷峻的人生之书，当是《黑暗圣经》。而隐地如此评价此书：

> 人生有善有恶，"人生三书"加入《黑暗圣经》终于让我们窥得人生全貌，否则只有白日没有黑暗，只有善，没有恶，总是有欠缺。③

因此，《黑暗圣经》是为人生"第四书"。在这本书中，王鼎钧无情地揭开了人生的黑暗面，写尽社会所可能存在的恶，读来真是令

---

① 王鼎钧编：《东鸣西应记》，尔雅出版社有限公司 2013 年版，第 299 页。

② 隐地：《光，请靠近光：为北京三联出版"人生四书"简体字版而写》，载王鼎钧《开放的人生》，生活·读书·新知三联书店 2014 年版，第 5 页。

③ 隐地：《光，请靠近光：为北京三联出版"人生四书"简体字版而写》，载王鼎钧《开放的人生》，生活·读书·新知三联书店 2014 年版，第 5 页。

历史之书 智慧之书

人冷汗直出。王鼎钧是虔诚的基督徒，晚年又精研佛学，悲天悯人，却何以写出如此丑陋恐怖的社会面相？追根究底，答案却在佛教之中——王鼎钧深信佛教所说的因果律。他曾谈道：

> 佛法教人观照世界，居高临下，冤亲平等，原告也好，被告也好，赢家也好，输家也好，都是因果循环生死流转的众生，需要救赎。我听见了，也相信了。[1]

对佛教因果律的认同，使得王鼎钧对于人世之恶有了更深一层的理解与领悟：恶并不是绝对的恶，此时的恶花可能开出彼时的善果，而作恶之人，或是前世做了善事抵消了今世之恶，或是将来甚或来世必有恶报。至此，王鼎钧开始敢于正视并阐释人间之恶。四部回忆录中，他多次提到"事有必至，理有固然"这样的因果观念，也多次直接用到"因果"这一概念。在谈论暴君秦始皇、隋炀帝及一个贪婪的督军时他这样评价：

> 秦始皇修了长城才死，隋炀帝通了运河才死，督军怎不多折腾几天，替师范部盖好校舍。天生恶人，就是要他为后世的好人开一条路，那样的路，好人自己开不出来。[2]

正是因为认为恶亦有它的因果与用处，他不仅敢于写下《黑暗圣经》这本被拿来与民国李宗吾《厚黑学》相比并的人生"第四书"，他更要用这四部回忆录揭示"万法的因缘"[3]，揭开一层又一层

---

[1] 王鼎钧：《技与道：从〈关山夺路〉谈创作的瓶颈》，载《桃花流水沓然去》，商务印书馆 2014 年版，第 308 页。
[2] 王鼎钧：《怒目少年》，尔雅出版社有限公司 2005 年版，第 148 页。
[3] 王鼎钧编：《东鸣西应记》，尔雅出版社有限公司 2013 年版，第 139 页。

的世事。人情纷繁，世事难言，一般人可能因为诸相的障眼法看不清楚，王鼎钧却凡事都可以了然于心，很多人物、事件即使并非亲历，亦可根据"通识"与"因果"推断得八九不离十。他写作《关山夺路》与《文学江湖》"吞吐开合，收放自如，感觉如鹰在天，如鲸归海，不亦快哉"① 的原因正在于此。这种境界，套用齐邦媛教授的一句话来说就是——"人生至此，何等开阔!"②

而最终，他对个人与家庭的惨痛遭际也终于能够放下了：

> 唉，倘若没有七七事变，没有全面抗战，我，我这一代，也许都是小学毕业回家，抱儿子，抱孙子，夏天生疟疾，秋天生痢疾，读一个月前的报纸，忍受过境大军的骚扰，坐在礼拜堂里七十个七次，浑浑噩噩寿终正寝，发一张没有行状的讣文，如此这般了吧。③

不过，王鼎钧也并非对佛教全盘接受，他欣赏佛教所说的因果、包容与悲悯等理念，却不以其"万法皆空"这一观点为然，因此，在《情人眼》一书的自序中，他谈道：

> 固然"无情不似有情苦"，但"无情何必生斯世"？愿我们以有情之眼，看无情人生，看出感动，看出觉悟，看出共鸣，看出希望!④

因为"有情"且"悲悯"，王鼎钧成了一位"真正同体大悲的实

---

① 王鼎钧编：《东鸣西应记》，尔雅出版社有限公司 2013 年版，第61 页。
② 齐邦媛：《巨流河》，天下远见出版股份有限公司 2009 年版，第10 页。
③ 王鼎钧：《昨天的云》，尔雅出版社有限公司 2005 年版，第65 页。
④ 王鼎钧：《情人眼》，山东画报出版社 2005 年版，第5 页。

践者"①，越到晚年"越发善良方正、高贵儒雅"② 了。他写下这四部回忆录是希望善者更善，希望恶者"头上有天，性中有善，知道长进"③；他也希望，在全球化的今天，全球各种文化与各个宗教之间都能够平等对话、相互包容、取长补短；而以他的通达智慧他亦相信，中华文化这块精美的五彩琉璃虽曾打破但始终未碎，包容力巨大的她重新练就之后还将焕发出更为耀眼的光芒，并照亮整个世界：

> 然而阳光大地，万古千秋，琉璃未碎。我感激这阳光之下，大地之上，产生了那么丰富的题材，使我一生用之不竭。我相信那灿烂的阳光，芬芳的大地，必定继续产生自然之美，人性之真，供后来者取之不尽。④

三、出位的散文

王鼎钧的文学艺术一向为人所称道，论者一般都从散文的角度对其作品进行研究。如台湾作家亮轩以"散文家"为题为王鼎钧立了评传，黄万华教授亦主要研究其散文建构的世界，而单正平教授为讨论王鼎钧散文在二十世纪中国文学史上的地位，将之与鲁迅、周作人、郁达夫、钱钟书、何其芳、丰子恺、梁实秋、沈从文等散文八大

---

① 亮轩：《风雨阴晴王鼎钧：一位散文家的评传》，尔雅出版社有限公司 2003 年版，第 291 页。

② 胡小林、杨传珍：《撒向人间都是爱：猜想王鼎钧写作〈随缘破密〉的动机》，载王鼎钧《黑暗圣经》，生活·读书·新知三联书店 2014 年版，第 227 页。

③ 王鼎钧编：《东鸣西应记》，尔雅出版社有限公司 2013 年版，第 204 页。

④ 王鼎钧：《新版〈碎琉璃〉后记》，《碎琉璃》，生活·读书·新知三联书店 2013 年版，第 271 页。

家进行了详细的比较。

事实上，王鼎钧的文学艺术又何止在散文一体。他曾入私塾学古文，后随旧文人疯爷作古诗，创作于二十世纪六十年代中后期的《单身温度》是小说，而晚年又出版了现代诗集《有诗》。最有趣的是其写作于二十世纪九十年代中期的《度有涯日记》。在这本书中，大凡古诗、古文、散文、现代诗、小说、语录、广告等许多文体均入其中，然而全书基底文体却是日记体。

当然，在回忆录四部曲之前，王鼎钧创作得最多的是散文，虽然论者多有讨论其散文文体跨界的问题，但将《情人眼》《碎琉璃》《左心房漩涡》《开放的人生》《人生试金石》《我们现代人》等作品定义为散文大约是没有疑义的。然而，煌煌近百万言的回忆录四部曲一出，王鼎钧可还算是散文家？王鼎钧可还愿意被称为散文家？回忆录究竟是什么文体？是诗、小说？抑或是散文、戏剧？

回忆录是散文还是小说，一向殊难定义。它拥有小说叙事的一般要素，又兼具长篇小说的篇幅，然而就其不虚构这一点来说，它又理所当然是属于散文的。不过，回忆录四部曲的文体定义，王鼎钧却不需要论者操心，在《昨天的云》"小序"中他很肯定也很乐意地将之称为"散文"：

> 有人说，他的一生是一部史诗。
>
> 有人说，他的一生是一部长篇小说。
>
> 有人说，他的一生是一部连续剧。
>
> 我以为都不是。人的一生只能是一部回忆录，是长长的散文。
>
> 诗，剧，小说，都有形式问题，都要求你把人生照着它们的样子削足适履。
>
> 而回忆录不是预设规格，不预谋效果。
>
> 回忆录是一种平淡的文章，"由绚烂归于平淡"。诗，剧，

小说，都岂容你平淡？①

这里王鼎钧不只是在讨论文体的问题了，他更将文体品格与人生哲学结合了起来。但无论如何，既然王鼎钧将这四部回忆录定义为"散文"，论者还需从散文的角度来讨论它们。

齐邦媛教授早就注意到《情人眼》一书散文要素与小说要素交杂的特质：

> 好似作者在两种计划中挣扎过，他一面要抵抗说故事的倾向，一面又舍不下那启发他提笔的题材，所以这些人物就带着一种既实在又虚幻的特质，原该在故事中交代清楚的情节，在写成散文后都蒙上了一层象征的隐晦。②

郑明娳则将这样的散文称为"变体散文"，并以"中间文类"一词肯定了其在文体上的创新意义："他们以散文为母体，吸收其他文类的特色。"③

王鼎钧曾为初中生与初学写作者写过《文路》《讲理》《文学种子》《作文七巧》《作文十九问》等多种工具书讨论散文的艺术与创作，因此，关于自身散文文体的跨界问题，他有相当的艺术自觉。他称之为"出位的散文"④并曾在一些重要的访谈中屡屡谈及：

> 我认为散文可以把小说的技巧加进来，里头有事件。另外就

---

① 王鼎钧：《昨天的云》，尔雅出版社有限公司 2005 年版，第 3－4 页。
② 转引自亮轩：《风雨阴晴王鼎钧：一位散文家的评传》，尔雅出版社有限公司 2003 年版，第 433 页。
③ 郑明娳：《现代散文》，三民书局股份有限公司 1999 年版，第 297－299 页。
④ 王鼎钧编：《东鸣西应记》，尔雅出版社有限公司 2013 年版，第 274 页。

是借重戏剧技巧，戏剧技巧能引人注意，让人集中注意力……不过戏剧是不自然的，散文是自然的，散文借重戏剧技巧要适可而止。散文作家把小说和戏剧"糅"进来以后，散文增加了可读性，也有了厚度。①

本来，文学的血统是诗，好的散文，好的小说，甚至好的剧本，俱以诗为指标。②

王鼎钧散文文体跨界形成的独特艺术，论者曾如此赞赏道：

先生仿佛深谙春秋战国的合纵连横术，挽寓言，恋诗体，留日记，兜揽断章孤句，又混杂小说、戏剧、诗歌的血统，真担得起"条条大道通罗马"的豪气，这样的"法无定法"，特别适合打通大陆体裁通路上的血栓。③

四部回忆录之前，王鼎钧的散文成就已是如此不凡，而此四部回忆录更是集王鼎钧散文艺术之大成：超长的篇幅正如巨幅的画布一般，终于可以让王鼎钧毫无保留地大展身手，将其所擅诸体都出神入化、不着痕迹地化用进其中并使之达到"精妙"与"圆满"④的艺术境界。

论者最常讨论的土鼎钧散文善于融入诗之意象与语言的手法自不必说，四部回忆录中，俯拾即是。譬如：

①　王鼎钧编：《东鸣西应记》，尔雅出版社有限公司 2013 年版，第 146 – 147 页。
②　王鼎钧：《书滋味》，江苏凤凰文艺出版社 2015 年版，第 181 页。
③　黄梵：《王鼎钧与〈白纸的传奇〉》，载王鼎钧《白纸的传奇》，江苏文艺出版社 2014 年版，第 5 页。
④　王鼎钧：《技与道：从〈关山夺路〉谈创作的瓶颈》，载《桃花流水杳然去》，商务印书馆 2014 年版，第 311 页。

虹是织女的梭子织出来的锦绣。虹是桥，连接仙境尘世，仙女可以走下来，人不能走上去。我们只看见侧面的虹，可有人见过正面的虹？为什么不能？我猜，虹脚指地，地下埋着珠宝。我猜，虹下有村，村中诞生伟人，虹是他的光环。虹是美，虹是谜，虹是诱惑，虹也是当头棒喝。登山者走入虹中，迎面有巨人，蟒袍玉带，青面獠牙。①

此段确实是意象饱满、语义丰富又深具诗歌的节奏之美。王鼎钧又向小说借用人物的塑造手法与场景的描绘方式。《昨天的云》中那个标准的乡村领袖二表伯，每日清晨即起坐于太师椅上，然后射出一口震动屋瓦屋椽的浓痰以示威严，恍若武侠小说中的侠客。他又描写朝不保夕的官兵与喜乐日常的老百姓同台看戏，让两种截然不同的人生冷冷对视，委实充满了现实主义小说让人透不过气来的写实与压抑。

曾有人评价《关山夺路》一书有"剧力"②，的确，王鼎钧在叙述事件时非常注意紧张感的营造以造成戏剧张力。《关山夺路》中"我"在沈阳当宪兵时遇到的几次事件都被王鼎钧渲染得有声有色、波澜起伏。其中"小兵立大功，幻想破灭"一章中那空枪陡然变实弹，吓跑挑衅大兵的情节最具代表性。

而《文学江湖》中"魏景蒙：一半是名士，一半是斗士"一章夹叙夹议，亦述亦评，完全就是史记笔法的人物评传。《关山夺路》对国民党在东北失利的原因分析，结构谨严，论证严密，俨然就是一篇学术论文。叙述五叔与士兵们在缅甸雨林艰苦卓绝、伤亡惨重的远

---

① 王鼎钧：《怒目少年》，尔雅出版社有限公司 2005 年版，第 8 页、第 5 – 6 页、第 217 页、第 132 页、第 210 页、第 148 页、第 314 页。

② 王鼎钧编：《东鸣西应记》，尔雅出版社有限公司 2013 年版，第 195 页。

征用了古文笔法，以示敬重，而描写祖国的壮丽河山、秀丽树木则常用现代诗的语言，以显热爱。其笔调时而冷峻时而抒情，时而节制时而激动；描写叙述既有闲闲几笔，亦有用心铺排；有些人物出场即逝，有些人物却伏线千里，几番出现……

还必须注意到，这四部回忆录对后现代小说叙述结构与叙述视点的借鉴与运用。

楼肇明先生曾评价俄国作家所写的自传或回忆录在叙述结构上的特点：

> 往往个人的序齿、精神成长及文学生涯浮出地表，只充当了回忆的纵轴线索，犹如一株大树的主干，进入人们眼帘的往往是繁茂的枝叶、花朵和果实，或者，犹如一张旅行地图，道路并不是最重要的，道路两旁的村镇，名胜，才是他们绘声绘色描摹的重点。①

王鼎钧的这四部回忆录叙述结构亦是如此。他并不注重叙述自己的生平经历，而是更多地将目光聚焦于周遭的人们及他们演绎出的各种事件。此种叙述方式若从小说的叙述艺术来论，可追踪到博尔赫斯与卡尔维诺所试验并名之为"小径交叉的花园"之歧岔处处的后现代小说叙事方式。

不过亦有论者认为这种叙述方式是运用了中国绘画擅长的散点透视："王鼎钧的回忆录，是不折不扣的艺术散文长卷，他处理生平经历的方法显然脱胎于长卷绘画《清明上河图》。"② 这并不奇怪，何福仁就曾借中国山水长卷散点透视的美学风格来讨论香港作家

———————————

① 楼肇明：《在生存时间的堤岸上：谈回忆录自传和王鼎钧〈昨天的云〉》，载王鼎钧《昨天的云》，中国工人出版社2000年版，第7-8页。

② 楼肇明：《在生存时间的堤岸上：谈回忆录自传和王鼎钧〈昨天的云〉》，载王鼎钧《昨天的云》，中国工人出版社2000年版，第10页。

西西的后现代小说《我城》，认为《我城》就如《清明上河图》一样不靠情节推动，显得既连贯又不连贯，呈现出一种相当繁复的艺术特色。①

王鼎钧常在这四部回忆录当中用到"许多年后""今天回想起来""当时，多少事不明白"等强调双重时空的叙述视点。王鼎钧自陈："以今日之我'诠释'昔日之我，这就有了'后设'的成分。"②这种"后设"，大大增加了回忆录的思想深度。而"许多年后"更是魔幻现实主义代表作家加西亚·马尔克斯《百年孤独》中最具标志性的语言。它在四部回忆录中反复出现，自然激起了众多的文本互涉——《百年孤独》及许多南美洲魔幻现实主义杰作表达的正是一种古老文化在现代性冲击之下的忧伤与探寻。

当然，无论是向哪一个作家、哪一种文体或哪一类艺术取法，最重要的是王鼎钧总是能够以"我"之心"我"之笔来化用各种"法"，并使它们在四部回忆录中融合无间，从而达到"'不一不异'的高峰"③：

> 我终于知道文字艺术"法自然"，山无长势，水无常形，文无定法。所以法自然其实是"法非法"，更进一步是"非非法"，最后仍然是更高一级的法自然。④

而这自然也形成了王鼎钧独一无二的回忆录文体风格。王鼎钧一

---

① 何福仁：《〈我城〉的一种读法》，载西西《我城》，洪范书店有限公司1999年版，第243页。

② 王鼎钧：《文学江湖》，尔雅出版社有限公司2009年版，第6页。

③ 王鼎钧曾在访谈中谈道："幻象与实相，色与空，说与不说，佛家认为'不一不异'，文学创作正是要通过变现，化真为幻，再心神领会，因幻见真，攀登'不一不异'的高峰。"

④ 王鼎钧编：《东鸣西应记》，尔雅出版社有限公司2013年版，第210页。

生"走尽天涯，洗尽铅华，拣尽寒枝"，晚年则以这四部"尽心、尽力、尽性、尽意"的传世之作"歌尽桃花"①，并留给后人无穷的思考与镜鉴。

① 王鼎钧：《文学江湖》，尔雅出版社有限公司 2009 年版，第 4 页。

朵拉研究二题

朵拉，原名林月丝，祖籍福建惠安，出生于马来西亚槟城。曾任马来西亚棕榈出版社社长、文学杂志《蕉风》和《清流》执行编辑，并为马来西亚多家报纸杂志，以及美国纽约《世界日报》、中国台湾《人间福报》等撰写副刊专栏。现为马来西亚华文作家协会理事、马来西亚华人文化协会霹雳州分会副主席、世界微型小说研究会理事。著有短篇小说集《问情》《十九场爱情演出》《寻一把梦的梯子》《爱情咖啡馆》，微型小说集《行人道上的镜子》《野花草坪》《桃花》《半空中的手》《误会宝蓝色》《走出沙漠》《魅力香水》《脱色爱情》《掌上情爱》《朵拉微型小说自选集》，散文随笔集《贝壳里有海浪的声音》《阳光心情》《亮了一双眼》《快乐的生活方式》《笨拙的眼睛》《把快乐留给自己》《偶遇的相知》《不要忘记拥抱》《送你一朵玫瑰》《和春天有约》《小说吃》，人物传记《一个老华侨的故事》等。曾被马来西亚读者票选为"十大最受欢迎的作家"之一。

一、微型小说：此情无计可消除

"文者所以接物也，情系于中，而欲发于外者也。"（《淮南子》）以语言文字表现人类社会生活的文学艺术，从来就不能回避情感的深刻探究。即使是小说这种虚构性文体，也将情感置于中心，在迷离哗闹、喧嚣斑驳的艺术世界中，逃不开的是人世间千古不变的爱恨情仇、怒怪嗔怨，那些婉转的故事也许在流传中渐渐失去光彩，但不变的是丝丝缕缕的情怀，亘古常歌。鸿篇巨制中展现情感百态当然绰绰有余，而要在篇幅精悍的微型小说中也将情感抒写得淋漓尽致则不免为难，然而朵拉却凭着一颗慧心将一支妙笔运幄得收放自如，在闪回的生活镜头中细心雕镂人生真情。

作为小说中独特的文类，微型小说具有独立的审美品格，即以简短有限的篇幅含纳饱满无限的意义，正如鲁迅所言："在巍峨灿烂的巨大的纪念碑底的文学之旁，短篇小说也依然有着存在的充足的权利。不但巨细高低，相依为命，也譬如身入大伽蓝中，但见全体非常宏丽，眩人眼睛，令观者心神飞越，而细看一雕栏一画础，虽然细小，所得却更为分明，再以此推及全体，感受遂愈加切实，因此那些终于为人所注重了。"① 要在十分有限的篇幅内叙事抒情达意，需要充分发挥语言文字的含纳功能，使每一个字词句都能达到最恰当的表现效果，并运用艺术手法，制造情节的突变和起伏，因此我们常常称微型小说是突变的艺术，即在情节的正常叙事发展中，插入意外环节，或者直接在文末进行情节突转，达到意想不到、始料未及的阅读效果，造成悬念、新奇和刺激的审美感受，并产生喟然回味、深思体会的情感体验。

著名微型小说作家欧·亨利与星新一这两位美、日微型小说名家就是以"意外的结尾"见长的，以至于有人将突变的结尾称为"欧·亨利的结尾"或"星新一的结尾"。这一艺术手法也成为朵拉微型小说中的主要表现手段，通过叙事场景切换和叙事节奏的调度使作品情节跌宕起伏、回味悠长，如《礼物》铺写偷情回家的丈夫给妻子送礼的内心挣扎，看似一篇普通的心理小说，却在最后笔锋一转，把焦点骤然转到妻子送礼之处，句号就此落下，令人如同文中那位丈夫一般惊愕无语，一转念，才惊觉原来是"以彼之道还治彼身"的叙述圈套，而夫妻之间种种千头万绪的旧爱新欢却已经在这简约的文字中

---

① 鲁迅：《〈近代世界短篇小说集〉小引》，载《鲁迅全集》第 4 卷，人民文学出版社 1981 年版，第 131 页。

若隐若现。朵拉更进一步突破突变手法的叙事局限性，引入散文抒情式笔法，将突变的紧张情节冲突和缓慢的悠远情绪铺垫相结合，达到回味无穷、引人深思的效果。如《有一颗心》中叙写男女恋情，本是爱与不爱、得到与失去的俗世情节，却在简短几句话中透露无限深意：

> 他没有再多问，只是娶了她。
> 他一直不能忘记，有一年情人节，她送过他一颗心。
> 他相信她在画这颗心时，是很用心很真情的。
> 他曾经得到她，但是，最后他还是失去她。

不过寥寥数语，却已尽显波折，且深蕴无限感怀，既有画龙点睛的独到，又充满唏嘘感慨的情怀。除了突变手法和回转情节之外，朵拉还擅长运用多种艺术手法，凝练字句精华，扩张情节张力，突出人物内心冲突，婉转表现各种情感矛盾。如《遗失》通篇处理成对话形式，在你言我语的碎谈之中，人情冷漠和虚情假意跃然纸上；《等待的咖啡》则采用蒙太奇手法，对接人物意识流表现，在微醺间轻轻搅动苦恋的沉郁困惑。其他如场景描述、人称转换、超现实情节等更是常见的表现手法，正是在这些多样的艺术手法表现中，朵拉以小说建构起一个丰富的生态微型景观，小说在她手中，仿佛一部精致的摄像机，从各种角度记录人生百态，或明朗新鲜，或灰暗沉败，或婉转清澈，或低吟徘徊，映照出爱情、亲情、友情甚至各种畸情的纷杂情感世界。

世间万物皆有情，人情尤最可贵。人之所以为人，就在于有感情和理智的自觉，感情是人与人连接的纽带，是人的感怀、思恋、寄托的认知方式。人类的情感世界是丰富的，男女之恋、父母子女之爱、同伴友朋之情等各种情感缤纷交织，深刻反映了内在人性的复杂和外在现实的多元。作为一个极重感情的人，朵拉自言："文学是人学，也是情学。无论小说、散文和诗，描述的都是人，都是情。"① 情感如水，难赋其形，人的情感是最难把握也最难描述的，深情款款、真情无限、恋情曲折、隐情幽微……世间万万千千情感纷纭，岂是三言两语能够道明，朵拉却偏偏能在短短数百字的篇幅内，将各种情感书写得入骨三分，血肉相见。在朵拉的小说中，"两性关系从此成为我最爱探讨的课题"②，从《黑夜的风景》中暗恋的脉脉情愫，到《会说话的墙》里夫妻的平淡漠然，从《行李》中的爱情渐远，到《病人》里的痴情守候，还有《手术》的情爱纠结、《过时的信》的慨然追忆、《绝望的香水》的无望单恋……男男女女之间纠缠不清的情结成为朵拉笔墨渲染最为浓重的景致，生生世世的爱情神话在朵拉纤纤笔触之间，破解为纷纷碎碎的粉末，如飘絮一般在空中轻扬，散落一地飘絮，朵拉笔下的爱情故事没有大悲大痛，没有大苦大悲，甚至听不到朗声欢笑，见不到凄切流泪，有的只是淡淡的情怀，欲说还休的惆怅、苍凉无奈的守望和寂寞萧索的回忆构成了她小说的主要情调，正如评论家阿兆指出的："由于朵拉刻意追求平淡，并未用心于情节结构，情节有所淡化，但小说的基本要素还是具备的，而且作品较为空灵含蓄蕴藉，可以说，她的作品远较抒情文更为空灵，远较记叙文更具情节性，可以视为散文诗＋小说。"③ 这一评论中肯地指出朵拉小说的特征：淡化情节，诗意化语言，深化人物性格特征，通过笔墨写意的创作风格，表现幽微曲折的情感本质。而在这样的男女情感纠缠中，朵拉尤为注重女性经验的深入刻画，她说："我的文学创作，

① 朵拉：《不妥协的灵魂》，载《朵拉微型小说自选集》，上海文艺出版社2008年版，第247页。

② 朵拉：《不妥协的灵魂》，载《朵拉微型小说自选集》，上海文艺出版社2008年版，第247页。

③ 阿兆：《看马华作家朵拉谈情说爱》，载《朵拉微型小说自选集》，上海文艺出版社2008年版，第245页。

尤其是小说，其实是对男权社会和女性自甘矮化的一种安静的反抗。"① 既然是"安静的反抗"，就不是静默忍受的温情闲话，也不是激烈争战的批判檄文，而是清淡却深邃的情感诉求，是对女性生存处境和生命体验的探索和追问，这也是她小说情感表现深刻细致的主要原因。朵拉以她细腻而独到的眼光观察世间女子，发现她们涕泪泣笑的境况，体会她们内心深处的真情实感，她小说中的女性困境各不相同，有未婚热恋中的少女，有陷入婚姻桎梏中的妇人，有踯躅回首往事的老妇，更有许多纠缠于婚外恋之中的情妇，虽然她们遭遇不同，但往往表现出惊人一致的情感特征：痴迷而执着、依赖而缱绻。而这份眷恋更进一步吞噬了女性主体，让女性在情爱关系中逐渐失去自我，陷于低谷劣势不能自拔，如同《钟摆》中的林佳如日复一日地重复这单调乏味的家庭主妇生活，终于梦见自己变成了一个机械死寂的钟摆：

> 她大声地喊，声音是充满着恐惧感的。
>
> 但是，她却陷在梦里醒不过来了。
>
> 林佳如一再告诉自己，这只是一个梦魇，可是她再也醒不过来。
>
> 林佳如终于变成了一个钟摆。

充满隐喻的象征性描写，实际上尖锐地指出女性甘于沉落依附的弱势姿态。对于女人情感的脆弱和娇嫩，朵拉当然充满理解和同情，"她很清楚眼泪并不能洗掉孤寂和悒郁，但是没有更好的方法。寂寞和孤独啃噬着她，像有虫在心里一下一下咬啮着，痛倒不是非常不可忍耐，益发不可抵挡的是那种空虚和心酸"（《病情》）。但对于女性性格的软弱和妥协，朵拉也进行了剖析和批判，"爱一个人，不主动

---

① 朵拉：《不妥协的灵魂》，载《朵拉微型小说自选集》，上海文艺出版社 2008 年版，第 247 页。

去争取，整天在梦中纠缠不清，这样的歌有什么好听"（《时代的歌》）。面对女性依然处于他者化人格的处境，朵拉认为，既然"变成他的宠物，却不是她想要的"（《宠物》），那么，就索性转身离去，让"往前走出去的脚步没有犹豫"（《过时手表》）。因为，"我想穿我喜欢的鞋子，不管那是什么颜色，不论它多么吃脚，那是我个人的事"（《自由的红鞋》）。只有拥有了独立的精神人格和完整健全的自我主体意识，才能真正在男女关系中获得平等，保持感情的尊严和权利。这正是朵拉看似平静从容的情爱叙述背后的韧性坚持和坚定执着，也是她微型小说探掘深刻之所在。

　　大千世界，除了男女情爱之外，还有各种亲人友朋之情，在朵拉笔下，这些情感也并非单调纯色，而是各自迷炫缤纷，自成一道风景。父母子女之爱是朵拉着重书写的题材之一，在母亲往儿子的行李袋中装着即食面的时候（《即食面》），在回家之前准备土鸡、番鸭、红毛丹的时候（《记性》），在那些日渐混浊却依然闪烁着挚爱光芒的眼神中，是父母对子女的大爱无言；在成家的孩子时常念叨着父亲最爱吃的小鱼中（《父亲和鱼》），在媳妇想把在外遇到的狗抱回家带给家中孤独的家婆时（《家婆和狗》），在那些渐行渐远却仍然挂念牵绊的脚步中，是子女对父母的牵挂；然而也可能在一次简单的节日中暴露子女对父母的误会和疏忽，《原谅》中对母亲的误解和终身悔恨、《母亲节电话》中对情人母亲和自己母亲态度的判若两人，都显示了父母子女之间隔膜代沟的冷酷现实，既然最亲密血缘的父母和子女之间都存在种种问题，那么人与人交往之中的种种琐碎烦扰就更是无法避免了。"生命里本来就有许多挫折和哀伤，再加上每个人一有空就堆砌着无人了解的砖块，一道厚而高的墙渐渐建筑起来，成了心灵交会的障碍"，因此"她常年一直在吃糖"，只是为了不介入那些"诽谤和伤害他人的话，还有认识与不认识的人的是是非非"之中（《阻止咳嗽的糖》）；或者是"她仍然维持着她喝下午茶的习惯，每天下午她依旧单独一个人出去"（《下午茶闲话》）。总之，在闲言碎语和纷杂人事之中，虚伪、冷漠、猜疑、妒忌都如牵藤般蔓延滋生，缠绕盘旋在每个角落，朵拉冷眼旁观，将这些角落一一探照，显出现代社会文化中的人性缺陷和道德失范，对时代精神提出深刻警醒。可以说，朵拉的微型小说如万花筒，旋转之间，既有璀璨光华，也有迷离暗影，映照出世事人情的种种面相，在记事与抒情之间营造出情感绚烂的人性世界。

微型小说是一种意味深刻的文体，从一个点、一个画面、一个对比、一声赞叹、一瞬间之中，捕捉住了一种智慧、一种美、一个耐人寻味的场景、一种新鲜的思想。可以说，正因为微型小说的简化，才更要求其内在容量的包孕，需要含纳丰富的意义，表达深邃的思想，而这对微型小说的文字提出了极高的要求，所谓"字字含金"，正是微型小说的特点，也是其比起一般短中长篇小说难为之处。朵拉谈到自己文学创作时曾说："创作的时候，用心思考和感觉，如何把平凡的故事说得不平凡，除了冷眼热心，更别忽略生活中的小，小东西，小事件，小细节，把一切日常的小放大去看，深入理解。这和我画水墨画的方法一样，小小的一朵花、一只鸟、一颗石头，皆可成为一幅蕴含深义的图画。"① 从一朵花中看世界，从一个微笑中见人情，这正是微型小说的精妙之处，而以简练平实却深意内含的文字去表现这种精妙，则是朵拉微型小说创作的精彩所在，恰如水墨画一样，在黑白虚实浓淡相间的笔墨之中，描画姿势情态，点染大千万物。朵拉的文字是平静自然的，少见浓墨重彩的渲染和描写，最多是轻轻扫过，你看她写美丽女人："章太太长得年轻貌美。眼睛亮亮的，而且眼波流转，顾盼之间，颇见妩媚的女人味，苗条修长的章太太喜欢笑，一笑起来，亮亮的眼睛就眯眯的，一副风情万种的样子。这令她在几个胖太太之间，显得格外出色。"（《嗅觉》）没有太多修饰，几句话就活脱脱一个美人儿在眼前，不是"云鬓峨峨，修眉联娟"的明艳，却是"犹抱琵琶半遮面"的妩媚，留下充分的想象余地，但即使像

---

① 朵拉：《不妥协的灵魂》，载《朵拉微型小说自选集》，上海文艺出版社 2008 年版，第 246 页。

这样简约的人物速写在朵拉的作品中也是很少的，较多的则是对场景的渲染，也往往处理得简洁从容，"室内静寂无声，只有冷气机轻轻地卟卟卟作响。窗帘布半开，阳光从半片窗投射进来，照在桌子上，一丛不开花的绿叶子，青嫩嫩地挺立在玻璃罐里，它在阳光里发出格外鲜亮的光彩"（《绿叶子》）、"洁白纤细的芒草花在橙红绚丽的夕阳里，益发洁净雪白，秋天的风掠过，它们微微地摇曳，像在朝她行礼招呼"（《二遇芒草花》）。在朵拉的小说中，你看不到斑驳炫彩的声光色影，也寻不见繁缛雕琢的修饰形容，有的只是清淡的原色调和朴素的本姿态，是生活呈现出的原貌，仿佛一杯清淡的茉莉花茶，浅绿色的茶叶花瓣在温润的水中慢慢舒展。但简洁不代表简单，在字里行间，总是隐约着人生的感喟和哲思，如香气氤氲盘旋升腾，带出缕缕茶香："有人花一生去寻觅，苦苦追求，只为了想找一个相知相爱的人，只不过，有时候，费尽心机和时间，也不一定会找得到。"（《洗头》）"人一直在流浪，因为向往着远方，因为所有的憧憬幸福都停留在其他看不见的地方。"（《流浪的幸福》）……这些闪烁着思想光彩的只言片语如繁星一样散落在淡淡的叙事中，使生活微波显出粼粼的水光，不是冷眼旁观的决绝凛然，不是纵身其中的沉迷沦陷，而是入乎内出乎外的深思熟虑，是对世事人情深有感触而又深切体悟的智慧，这正是朵拉小说的迷人之处，不着痕迹地轻描淡写间，却已是万千情怀。

微型小说是语言的艺术，篇幅微小，字句凝练，立意新颖，结构严密，是以微知著的特殊文体，要在有限中含纳无穷是一项并不轻松的工作，对创作者有严格的文学素养要求。朵拉的微型小说在吸取了众多微型小说艺术特色基础上大胆创新，采用了写实、超现实、意识流等创作手法，在总体平淡清净的风格中化解人事情愁。朵拉的小说中总是那些欲说还休的情感，如涓涓溪水，流淌过岩礁小石，一点一滴上心头，这样的情感端的不是惊心动魄、激情洋溢的澎湃热烈，而是沉郁细腻、纠缠反复的百转千回，是将"情"字渗透了的深沉内敛。此情无计可消除，眉头微展，心头紧锁，俗世男男女女的爱恨情仇，凡尘老老少少的恩怨烦恼，都在那些微言之间渐渐飘散，朵拉始终站在热闹的边缘，用一片玉洁冰心，执着地把持着心中的情感灯火，守望着心中那一片纯净的文学天宇。

二、散文：自我·自然·自由

　　随着冷战的终结和经济/文化全球化所带来的人员、资本、信息和视象的跨国界、跨文化和跨语际的自由流动，在众声喧哗的全球文化兴起和当代人国族、阶级、种族和性别的多元身份差异建构的背景中，海外华文文学创作的"文学的母体渊源和历史的特殊际遇"主题已经逐渐被"族裔散居的流动性"所取代，我们看到的不再是絮叨嗫念着文化记忆的沉湎，而是扎根于异域民族语境与异质文化景观中的绽放，这也正是马来西亚著名女作家朵拉所体现出来的风采："朵拉女士好像秉承了祖辈的这份精神，在华人密集的东南亚地区，以一支笔行走天下，获得了相当出色的成就。她是马来西亚读者选票评出的十大最受欢迎作家之一，作品翻译成日文、马来文等文字，多篇被改编成广播剧在电台播出。微型小说收入中国、美国、新加坡、中国香港的大学教材、中学教材和当地国汉语学习教材。散文被马来西亚独立中学选为语文教辅教材。百篇作品收入中国、澳大利亚、菲律宾、泰国、新加坡等地100多种集子，国内外获奖次数达30多次。应邀参加每一届世界华文微型小说研讨会，及世界各地华文文学研讨会，在海外作家圈里有较高的知名度。"① 对中华传统文化的深入理解和对海外独特文化的敏锐把握，使安身立命在海外的朵拉，在国别、区域的差异美学实践中展现出了尊重多元选择、关注差异、重视个别的涵容大方的气质，深深打动了世界各地的读者。

　　"朵拉的文学创作时间跨度很长，所涉及的题材相当广泛：短篇

---

① 黄明安：《马华作家朵拉》，载朵拉《小说吃》，新加坡惠安公会2009年版，第5页。

小说，微型小说，散文随笔，人物传记等，哪一副笔墨，她用起来都轻车熟路，游刃有余。她是海外数十家副刊的专栏作家。不同地方，不同报刊，所服务的读者群不同，所要求的阅读口味不同，朵拉她就像一位训练有素的调酒师，用不同的语言液体，调制出美妙芬芳的鸡尾酒，让品尝者赞叹。这种写作倾向虽倾向大众流行，也造就她异常敏锐的艺术感觉。她创作的千字散文，内容广泛，形式不拘，喜怒笑谑，皆成文章。她写的专栏，世风人情，恋爱家庭，人生修养，励志小品，虽粉面千秋，也能扣紧当代人的价值观和道德观。"① 如果说小说是朵拉创造的迷幻花园，在交错曲径中映像世事人情，那么散文就是朵拉铺设的辽阔草场，或驰骋奔跳，或踱步徜徉，或纵声呐喊，或低语浅吟，在贴近真实的大地呼吸和仰望浩渺的天宇召唤之间看取人事代谢、思虑往来古今，从琐屑细微中发现深情大义，从喧嚣嘈杂里探究明理真谛，以纯真的自我、澄澈的自然和恣性的自由散文，在熙熙攘攘、嘈嘈杂杂的灯红酒绿现代都市中营造了一片纯净深广的天地。

自我、自然、自由的"三位一体"建构正是朵拉散文创作的重要特征，实际上，这也是优秀散文的重要标志。随着学科的发展，我们现在所说的散文含义更倾向于狭义的散文概念，即文艺性散文，它是一种以记叙或抒情为主，取材广泛、笔法灵活、篇幅短小、情文并茂的文学样式。从散文的这一定义可以很清楚地发现，散文确实是一种强调自我、抒发自然、追求自由的文体，即所谓的"三位一体"。然而，从个人出发、形式散淡不拘、风格灵活多变的散文，要做到强调自我而又不沉溺于个体世界、抒发自然而不流于泛滥陈情、追求自由而不失之深邃洞见，实在不是一件容易的事情，甚至比虚构小说、意象诗歌更加艰难，毕竟有形的限制比无形的限制更易把握，难怪有研究者感慨："散文似茶，随笔如酒，是有它不多，无它却少的必需

① 黄明安：《马华作家朵拉》，载朵拉《小说吃》，新加坡惠安公会2009 年版，第 5 页。

品。阅读好的散文，如在虎跑喝龙井，看斜雨轻洒绿竹，听清泉伴着松涛，能得天然韵味。反之，好比把茶叶闷放在衣箱里，串了樟脑味，沏出茶来，喝起来绝不是一种享受。品味好的随笔，如在鉴湖饮加饭，原汁原味，越喝越香，耐琢磨，堪把玩。恍若对座而语，读文如读人，到声气相通处，恨不浮一大白而后快。若是那些自恋文字，狗屁文章，杂之以讼棍笔墨，文革腔调，存无端咬人之心，有谋财害命之嫌，连烧菜的黄酒都不配，只剩下酸浑涩臭，只好往阴沟里倾倒了。"① 从这个意义上看，朵拉的散文正是这样一杯韵味醇香的香茗，在清淡悠袅的香气和温润甘美的滋味中，将自我、自然与自由的"三位一体"内涵阐释发挥得尽致淋漓。

"文体净化之后的散文可定义为一种以'我'的生命体验为观照对象，书写'情感史'和'心灵史'，彰显'我在'，篇幅短小、以抒情见长的文学样式。"② 作为一种区别于虚构小说、意象诗歌的重要文体，散文的最显著标志就是强烈的主观性，它是"作家主体基于自我生命体验对自我个体生命形态或与自我相关的群体生命形态的呈现、咏叹与追问"③，这一众所周知的共识在具体的散文创作中却并不容易处理，如何既舒畅表现个体的主观情感而又不限于偏狭拥窄，如何既以自我本体为观照起点而又超越生发出深刻见识，这个令多少人懵懂不清、费思劳神的难题到了朵拉手上竟被轻易化解了。朵拉的散文是极其"自我"的，她的散文往往取材于身边细微琐事，有日出月明的自然现象，有围巾香水的衣饰打扮，有逛街旅行的路途行旅，而最让人难忘的是她的《和春天有约》和《小说吃》两本散文集，前者以各种花事入文，从一日百合到四处木棉，从望春玉兰到

---

① 吕伟：《浅谈散文的人性美》，《黑龙江史志》2009 年 15 期。
② 张国龙、吴岩：《当代散文的突围策略：建构系统的"散文诗学"》，《天津社会科学》2009 年第 3 期。
③ 沈义贞：《中国当代散文艺术演变史》，浙江大学出版社 2000 年版，第 16 页。

自恋水仙，从真实樱花到梦中睡莲……朵拉不仅以清丽婉约之笔描画了许多美艳多姿的鲜花，甚至连路旁芒草、泥湾玉簪这些日常平凡的花草都被她细细采撷回来，精心打理成美轮美奂的璀璨艺苑；而后者则以各地各色饮食为文，什么韩国泡菜、英式乳酪，什么泰国咖喱、槟城猪肠粉，包括北京茄子、扬州汤包、山东煎饼、广东龙舌鱼、福建面线糊，直至家常腐乳、菜根、番薯粥等等都被她囊括方寸之间，一本不大不小的白纸黑字册子竟然被装点得仿佛世界美食巡展，怎不叫人惊叹？借着这些平凡琐事和日常细碎，朵拉充分彰显了"自我"："'自我'是一个主观/客观、物质/精神、意识/潜意识/无意识等的复合体，是一个以'我'为中心的同心圆系。'我'的感觉和体验辐射于圆周，散布于圆周上的一切刺激性信息皆投影于心壁，'我'是绝对的圆心，'我'心灵的颤音是'我'最本质的存在。"① 正是这样以"我"为中心的饱满体验，使她的散文流露出可贵的真情，她会为路遇风中的木棉花而放声惊呼，她会为西半球郁郁葱葱的樱花而颤抖激越，她会与小女儿一边旅游一边狂吃薯片，她会心满意足地坚持数十年嗜吃荷包蛋，她还会为泥泞路上一根粗绳的帮助而充满无限感激、为他乡偶遇的一个卖花小男孩的赠花而感动，为错失与挚友的联系而深深懊恼……这样敏感细腻、内心丰富而又充满情趣的朵拉无疑是真实而真诚的，因此她才能那么坦然承认甚至调侃自己的"迷糊"："对数字我天生缺乏演算的能力，所以我嫁给一个数学系的丈夫，也有人说我是因为嫁给一个数学系毕业的丈夫，所以失去了演算数字的能力。这两个说法我都接受。反正我对数字就是没有概念，一到十我还可以算得一清二楚，在百以后我就伸出双手拿着白旗，飘飘，表示投降。"（《脱走的纽扣》）她也才能饶有兴致地欣赏自己的"懒惰"："我是不讲究这些的，客厅看起来虽然凌乱一些，散漫一些，却给家增加温暖气息，让家更像一个家，有人住的那种。"（《屋

---

① 张国龙、吴岩：《当代散文的突围策略：建构系统的"散文诗学"》，《天津社会科学》2009 年第 3 期。

朵拉研究二题

子的奴隶》）然而如果仅仅一味沉溺于感性化、情绪化的主观"自我"，那么这样的散文无疑是简单的个体宣泄或极端的私人日记，这样的文字不论情感多么充沛饱满，不论感受多么真实真诚，都无法引起人们共鸣，更无法获得长久的生命力，因此"散文的'自我'的真正意义在于，'由个人的命运介入整体社会—历史或民族—文化层次，把公众领域纳入私人领域，同时亦把作者的私人性格纳入公众（他人）的性格中'，同时，散文'我'的完成，需要依凭个体经验和母语经验，使之成为当代人的情感史和心灵史，以及特定时代揭示人性深度模式的新叙事"。① 难能可贵的是，朵拉散文的"自我"表现正是做到了这点，不论经历多么独特，不论感受多么私密，她总是能从自己的情感世界中走出来，不仅在个人化的体验中发现普遍意义，有时还进一步延展推及其他问题上，从细微处、渺小处深入透视生命价值和人性深度，真正做到以个人经验和公众经验的交融互渗观照当代人的情感史和心灵史。她从太阳饼上看到了爱情的真相："有时候我们为了爱情本身而爱上一个男人，完全不是因为那个男人。"（《太阳饼的爱情》）她从海参的原味中品尝到了人生的真谛："要把淡而无味处理得美味，不是很难，处理过后，美味之中，仍可吃到海参的原来味道，难度正藏在这里。做人也应该是这样。"（《海参的原味》）她会从电话答录机中寻找温情的维系，也会从来往频繁的贺年卡片中喟叹人情的冷漠。即使只是赏花观水，她也能够从中找到各样的意义，时而劝慰忙碌疲惫的现代人应该学会欣赏层染黄叶、约会春日美景以回望内心、观照自我，时而勉励贫寒艰苦环境的人们要学那玉簪花一样脱俗不凡，时而又警戒挑剔苛责的人们要像看待带刺的玫瑰一样包容宽广地正视他人身上的优缺点……朵拉的"自我"发现往往具有普遍的启示价值和深刻的思索意义，这就是《不要忘记拥抱》内容简介中提到的："她的散文发人深思，于细小处显出智慧的

---

① 张国龙、吴岩：《当代散文的突围策略：建构系统的"散文诗学"》，《天津社会科学》2009 年第 3 期。

光芒，给读者以心灵、智慧的启迪，这是作者丰富人生阅历与细腻心理体验的集中体现。"①

有如此真诚的情感、敏锐的洞见和深刻的思考，朵拉的散文从里到外都散发出清新健康的自然气息，有学者就评价道："她的散文，不论是对现实的记叙，还是对往事的追忆；不论是对多彩生活的咀嚼，还是对单调日子的厌倦；不论是对社会某些不良风气的批评，还是阐明正确的生活态度，无不处处显示出清新细腻、洒脱自然的风格，体现了作者积极明朗、乐观向上的创作个性。"② 散文的"自然"不是唯美烂漫或者虚幻缥缈的空灵，而是实实在在的真实，也许有人疑问：既然散文是以表现"自我"为中心的充满主观抒情性的文体，怎么可能不真实呢？诚然，散文是对自我生命的表现，但有不少散文却流于流水账式的记录或答录机式的应对，缺乏来自于现实生活而又超拔于现象世界的心灵真实。而在朵拉的散文中，我们却能实实在在感觉到一种与一切虚假现象和虚构情感相对抗的真实感，她虽然总是捡取日常生活的种种细碎琐屑，却有能力透过事物表象的真实把握感觉体验的真实，并进而达到触及灵魂深处的心理真实的本真状态，从而使散文呈现出流动深彻的美感。如在《芒草花田》中，当她经过深秋中的芒草花田时，不禁被黄昏映照、秋风拂掠、群鸟纷飞的苍苍莽莽的芒草景致所吸引，在感受到大自然绝美造设之余，联想到人生中许多巧遇偶逢而又稍纵即逝的美丽，进而思索对生命的珍惜和执着，整个过程感觉细腻、情感流畅、入理委婉，没有不可收拾的滥情，更没有科班生硬的说教，仿佛静夜明月中幽渺的琴音一般，声声动情而又处处入心。最有意思的是她竟然能从起居饮食这等平庸小事上也感悟出不一般的见地，如《橄榄菜的自由》就是拿家常最普通

① 朵拉：《不要忘记拥抱》"内容简介"，马来西亚嘉阳出版有限公司2004年版。

② 苏永延：《澄江一道月分明——论朵拉的散文创作》，载朵拉《不要忘记拥抱》，马来西亚嘉阳出版有限公司2004年版，第176页。

的腌菜说事，她能从朋友喜食橄榄菜，联想到健康饮食和自我节制，最终讨论到自由选择的内涵，这种从一朵花中看世界，从一个微笑中见人情的发现正是朵拉真实的表现。正是对事物深入的观察和敏感的体验，正是对生命价值的追问和探索，朵拉才能在平凡世界中发现不平凡的意义。因此，《香港文学》总编辑陶然评价她的散文集《小说吃》时指出："专栏文章在短短的篇幅里要写成如此光景，并不容易，除了熟悉各种食物外，还须有引发开去的智慧，朵拉的《小说吃》，表面上写的是吃吃喝喝，实际上品味的是文化，是人生，是健康生活，写来轻轻松松而又发人深思。"① 这实际上也可以视为对朵拉散文的总体评价，即真挚的情感、真诚的态度和真知的思考带来的真实状态。

在表现自我、展现自然的散文创作中，朵拉彰显了自由的鲜明个性，大陆学者胡德才就将朵拉定义为"一个自由人，一个真人"，他说："何谓'自由'？从消极的方面说，是摆脱外在的束缚，从积极的方面说，就是自我决定，自我创造。自由是人之所以为人的最宝贵品质，追求自由是人的本性。就个体而言，最重要，也最难得的是保持内在心灵的自由。因为人是自由的主体，因为自由，生命才有意义。……因此从某种意义上说，人类的使命就在于摆脱奴役、追求自由，而这也正是人类的困境。在我看来，马来西亚著名作家朵拉正是一位不懈追求自由、力图走出困境，并在她的创作中呼唤和激励人们走出人类这一共同困境的光明使者。"② 读过朵拉散文的人都了解，朵拉是一位重情重义的人，她时常被一些小事打动，也时常为一些情绪所萦绕，这样的朵拉是善良宽容的，但并不代表就没有个性，正如她看自由张扬的九重葛一样："都说牡丹还需要绿叶来陪衬，自我主

---

① 陶然：《吃出文化品位》，载朵拉《小说吃》，新加坡惠安公会2009年版，第4页。

② 胡德才：《话花·千姿百态》，载朵拉《和春天有约》，马来西亚有人出版社2007年版。

义的九重葛根本不理这话，它就是热闹繁嚣尽它所能绽放，用一种以多取胜你奈我何的姿态。经过的路人，看它或不，它依然不在乎，时间到了，朝阳升上来，花便照样绽开。"这样深入性命的观照决不仅仅是客观取象，而是表达了自己对自由的向往和追求，正如她文后表白的："但愿是篱花！"是的，朵拉是自由的，她渴望在《自由的露台》中凭台远眺、畅聊闲谈，她愿意《和春天有约》一样放慢脚步、享受生活，她甚至羡慕《脱走的纽扣》中那一颗脱离大衣出走的勇敢坚强的纽扣……主体心灵的自由舒放、淡泊澄净和超凡拔俗，赋予了朵拉与众不同的眼光和不甘流俗的见解，使她的散文真正表现出心灵世界中美好情愫和高层次情感，表达了对宇宙、社会、人生的深层思考和独特体验，达到了一种诗性状态，即："努力以一种诗化的、审美的态度打量、把握外部世相，在各种嘈杂的功利性话语所构成的语境中，树立一种相对超然的、远离物欲的美学精神或理念，用以诠释人生的意义或作为主体安身立命的依据。"[①]

尊重情感、珍视情感、理解情感的朵拉，用她一颗纯洁美善的心灵观察大千世界，在浮沉跌宕的人间沧桑中，在纷飞喧嚣的风尘岁月里，以坚定而执着的信念建立起彰显自我、抒发自然、追求自由的散文灯塔，在苍茫汹涌的波涛中，为那些乘风夜航的人照亮了一片温暖的光亮。

---

① 沈义贞：《中国当代散文艺术演变史》，浙江大学出版社2000年版，第288页。

冷酷的世情与隐喻的爱情
——评陶然的自选集《没有帆的船》

出版于 2015 年 6 月的《没有帆的船》是陶然最新的小说自选集。从创作于 1974 年的《冬夜》到 2014 年的《芬兰浴》，从短篇小说、中篇小说到微型小说再到闪小说，内容丰富多彩，手法多有创新，《没有帆的船》最集中体现了其四十年的社会思考与创作流变。陶然的关注面很广，从移民、九七回归到都市批判、怀旧等，都纳入其思考的范畴，但综观其四十年写作脉络，则呈现出两个最主要的写作面向：冷酷的世情与隐喻的爱情，而随时代发展不断改变小说形式，经典改写、意识流等手法的创新与应用亦值得注意与讨论。

一

陶然的第一篇小说《冬夜》就是冷酷世情的力作。夜市是熙熙攘攘的，而餐厅的霓虹灯亦五光十色地闪烁，然而主角张诚的内心却如"冬夜"一样凄冷。像张诚这样的一个小人物，年近三十只能当个侍应生，而且对他来说能保住这一饭碗不失业已是万幸。他原本已脆弱的内心和自尊却在一次餐厅偶遇已成明星的同学王利成之时再次被击溃：已改名为廖化的王利成根本就不想认他这个地位低下的同学，见到他马上匆匆离开并施舍下一元钱。陶然借另一个侍应生王强之口指出经济社会的本质："人情值多少钱一斤？"

正如马克思在论述资本主义之时对人情与金钱关系的论断："金

钱是人情的离心力。"在金钱面前，人情荡然无存。马克思曾在《1844 年经济学哲学手稿》中进一步谈到金钱——货币最主要的表现形式时指出："因为货币作为现存的和起作用的价值概念把一切事物都混淆了和替换了，所以它是一切事物的普遍的混淆和替换，从而是颠倒的世界，是一切自然的性质和人的性质的混淆和替换。"① 张诚与王利成之间的关系呈现的正是"一切自然的性质和人的性质的混淆和替换"，因此，为了使这个颠倒的世界再次翻转过来，人们便想方设法、不择手法竭尽全力追逐金钱，金钱成为社会的唯一目标。

《一万元》中的银行职员简慕贞因为缺少一万元礼金，第一次感受到"金钱的分量原来有这么重"，《没有帆的船》中汤炳麟直陈："说来说去，金钱最重要，有钱能使鬼推磨，只要手中有了钱，还有什么事情办不到？"于是，人们为了金钱去赌博、炒股票、炒黄金等，最终亦被金钱所吞噬。《视角》中的钟必盛自己在赌场做了五年护卫，看过很多想发财来到澳门赌场的人，也明白十赌九输的道理。然而正如他自己所说的"钱的诱惑实在是太大了"，因此，纵使他十分清楚十赌九输，却还是走上"赌"之道路——"炒"黄金，并最终导致杀人再自杀的悲剧命运。《平安夜》中的劫匪亦如此，他其实是个老实善良的人，却为钱炒黄金炒到欠债，最后走上抢劫之路。而最让人触目惊心的则是《蜜月》中为钱赌博却失败被逼上演活春宫的田宝杰夫妇。

职场的冷酷是陶然冷酷世情表现的另一个重点。职位的高低直接与金钱等社会利益画等号，因此，职场中的竞争就备显残酷与不留情面。《空降》中的黄德明，不仅鼎力支持上司方雅兰，更与她之间有暧昧的情感，然而，在利益面前，方雅兰还是选择把职位给了另一个员工杰克，因为"唱歌跳舞喝酒吹牛，杰克全都在行，有他在，保证不会冷场"，说到底在雅兰面前没有感情只有利益。《主权转移》亦

---

① 马克思：《1844 年经济学哲学手稿》，人民出版社 1985 年版，第112 页。

是这一主题，感情、人情不管用，唯有利用价值才是硬道理，正如《元老》中王伯所感慨的："你利用老板，老板更利用你，看你有没有利用价值？看你忠不忠心？笑脸攻势只不过是一种权宜的策略，到头来大局已定，吃亏的还是你，老板把你捏在手里，想你成为圆的就是圆的，想你成为扁的就是扁的，你奈他何？"因此，《裁员名单》中老板让主角"他"拟裁员名单的目的其一是要裁掉"他"的妻子玛丽，其二更要让此举使裁员冠上公正的美名，如此赤裸裸的残酷真是让人不寒而栗，然而，正如《迷魂阵》中的阿强一针见血指出的："这是弱肉强食的世界，你心理平衡不了那么多的了！"

陶然曾对一系列的经典故事进行了改编，其中有许多篇章反转原故事中人物"仁""义""智""勇"的形象，将其塑造成利益至上、冷漠残酷的商业动物。《砍》中的刘备已不再是那个将兄弟视为手足之人，反而在裁员之时首先裁掉关羽并冷笑着告诫他："商场无情讲，只有商业利益要紧"、"如今做事，利益为先，我要裁员，第一个要动的便是我的左臂右膀，这样才能威慑其他人"。《门神》中原本的"仁义之君"李世民亦直接表示："识时务者为俊杰，现在是商业社会，一切以经济利益为前提，那些江湖义气早就过时了。"道义伦理的丧失在古与今的对照中显得尤其令人痛心。

香港是个因为历史与机遇突然崛起的城市，一出现便是城市的形式，而且经济以商业和金融为主，并没有多少乡村与田园作为它折冲的腹地———一座无根之城的文化便因此显得十分的紧张、急躁与焦虑，人们唯有紧紧抓住手中的金钱与利益才能感觉心安。而这，是陶然从东南亚与中国内地这些发展略为滞后、还未完全商业化、尚保留着古老人情之地来到香港之时所感受到的巨大的落差，也是他始终未能适应，并希望能为香港保持一脉人文而持续不断写作与编辑的原因之一。

二

陶然写作的第二个主要面向是隐喻的爱情。在《没有帆的船》这本自选集中，因为篇幅的关系，收入的爱情小说并不多（陶然的爱情小说多是中篇，《与你同行》甚至是长篇），算来只有《碧玉岩》《倒错》《天外歌声哼出的泪滴》《走出迷墙》《天平》等五篇，不过，从这五篇中大致可以看出陶然爱情小说写作的特点。

陶然爱情小说最大的特点是意在言外，表层写爱情，内里想要表达的却是另外一层意思。写于1983年的《天平》，表面写的是黄裕思杨竹英的恋爱，而陶然真正想表达的是香港九七回归的主题。陶然在这篇小说中呈现了香港人对待九七的两种态度，一种是如杨竹英一般，离开香港，移民欧美澳加，她离开黄裕思正如她离开香港一样，不是不爱，而是对香港的未来没有信心。另一种则如黄裕思一样，认为"美国就算再好，也是别人的国家，何况，到了美国，也未必如意。许多人去了，还不是那样潦倒，那样无奈？他还是愿意留在香港，留在中国人居住的地方"。

1982年底，中英开始就香港问题进行谈判，1984年12月19日，中英《关于香港问题的联合声明》在北京正式签订。而陶然这篇完稿于1983年9月，修订于1984年12月5日的《天平》相当敏锐地抓住了其时香港人最主要的关注点，及时地在文学创作中抛出关于九七的思考，所以小说甫一推出就引起巨大的反响，它与刘以鬯同样发表于1984年的《一九九七》一道引发了香港文学中的九七书写热潮。从巴桐的《雾》、梁凤仪的《归航》再到黄碧云的《失城》等，九七成为二十世纪八九十年代香港文学反复推展的主题甚至于扩散到电影界（王家卫的《春光乍泄》就是其中的代表作）。其中黄碧云的《失城》或可看成是《天平》的续篇，移民后的杨竹英果然应了黄裕思的担忧，只能重返香港。

而在《天外歌声哼出的泪滴》中陶然则是借爱情来表达对商业

都市对人性的压抑。陶然的爱情小说大都是从男性的视角展开去叙写，主角亦自然都是男性，或者更准确讲是在现代都市中饱经沧桑的中年男性——此沧桑其来有自，正是因为商业社会与身俱来的金钱至上、相互倾轧与人情浇薄，使得这些生性较为善良、情感比较丰富、不爱掠夺别人的男性充满了受挫感。《天外歌声哼出的泪滴》中萧宏盛就委屈地陈述："男人又何尝不容易受伤？只不过男人不能在大庭广众面前失态，即使有天大的委屈和悲伤，也唯有强忍着留到夜深人静之时，一个人偷偷地把眼泪尽情流泻，或者干脆就……吞到肚子里。"

他们不仅在职场上、社会上受到挫折与创伤，更不幸的是，在家庭中亦寻求不到温暖。这些爱情小说中的男性其婚姻生活总是十分不如意，与妻子的结合并非因为爱情，而只是社会生活的需要，因此，夫妻之间的关系冷漠，处处充满计较。于是，在内外双重失意的情形之下，他们渴望寻找一个精神的出口与一处喘息的空间，萧宏盛与洪紫霞的婚外恋呈现的正是这样的出口与空间。不过，这篇小说有意思之处在于，在机场栩栩如生的六个小时意识流——回忆与洪紫霞的情事之后，萧宏盛却怀疑洪紫霞是否真有其人。或许陶然是想表明：这些在现代商业都市中苦苦挣扎的中年男性并无真正的精神出口。

当然，陶然爱情小说中最大的隐喻是对老香港旧景观消逝的无限惆怅。《天外歌声哼出的泪滴》即用惋惜的口吻记录了1995年香港希尔顿酒店拆卸前夜的告别场景，《倒错》中的方若文始终缅怀十年前沙田新城市广场那家放着低低柔柔歌曲的餐厅。而《走出迷墙》一篇，随着赵承大爱情变质的是老香港悠闲生活方式及其文化的消逝。

陶然将老香港的消逝与白玲莹的爱情变质结合起来写。原本的白玲莹人如其名，玲珑剔透，纯真温馨，也曾与赵承天一起为"碧丽宫"电影院停业拆卸惋惜不已并痛斥"商业全面侵蚀，文化全面退却"。然而，其后的白玲莹却慢慢被商业社会腐蚀并逐渐转变，直至有一天她成了老香港拆毁者的同盟——当古色古香的利舞台要被拆建成现代化多层商业大厦利舞台广场之时，白玲莹一反对"碧丽宫"

拆除的惋惜态度，竟完全举双手赞同："这是社会发展的规律，利舞台生意再好，观众席位也就那么一千来个，数目有限，能够赚得了多少钱？"

景观是记忆与文化的承载，景观的拆除摧毁的不仅仅是建筑，更是一座城市的文化与其中居民的记忆。商业的高速发展，旧景观的快速拆毁，给生活其中之人造成的感觉正如《倒错》中方若文所感受到的迷惘——十年之后，他甚至怀疑沙田新城市广场那家餐厅是否真正存在过，而他与朱慧茵在其中发生的感情又是否真实。

陶然曾自陈，他小说中的爱情或婚外恋只是一个框架，并不一定是实指。虽然他总是将这些爱情写得极纯极美（《碧玉岩》《与你同行》是其中的代表），但若只从爱情这一本体去理解则小看了陶然的书写抱负。其爱情小说多有隐喻，而中长篇的形式更利于其展开艺术表达，因此，陶然这些篇数不多但艺术成就却不低的爱情小说绝不能小觑。

三

在《没有帆的船》这本自选集中，可以看到陶然小说艺术表达形式四十年来流变的鲜明痕迹。

早期陶然的小说创作可以说是短篇、中篇、长篇三者并行并重。陶然以短篇小说《冬夜》登上香港文坛，之后很长一段时间，短篇小说一直是他最擅长与喜爱的小说形式，不仅产量甚丰，并且多有名篇出现，如《一万元》《窥》被收录进各种短篇小说选集，《海的子民》被译成法文出版。而他的中篇专攻爱情小说，以爱情做各种隐喻。长篇《追寻》《一样的天空》《与你同行》则无论是题材还是艺术形式上均各有亮点。

这一时期的陶然十分注重在同一篇小说中选择并转换不同的叙述视角。创作于1983年的短篇小说《视角》篇名就直接暗示了这样的叙述方式。就钟必盛杀人并自杀这一个事件，陶然选择从三个人——

杀人者钟必盛、被杀者林璋志、钟必盛的妻子冯玉珍的视角展开三种叙述/自述。于是，在这样的视角转换之中，整个故事的前因后果、人物内心得到更为全面的呈现，而最关键的是，这样的叙述，使得一个简单的故事变得繁复饱满，读者阅读的心理体验也随之加深。

其后，完稿于同年并修订于次年的《天平》亦采用这一手法，此篇第一节与最后一节采用第三人称全知视角叙述，中间十一节则分别用黄裕思与杨竹英第一人称独白的角度叙述。不过，陶然的这一叙述视角转换引起最大的讨论则是出版于 1996 年的长篇小说《一样的天空》，可能这样的叙述形式正好十分适合用来承载这篇小说的题材——甚至于吴义勤认为"这部小说代表了陶然小说在艺术实验方面所取得的最高成就"①。这篇小说最主要的叙述方式是不同的章节采用不同人物的内心独白，前面二十章共计采用了五个人的叙述角度，其中主要是小说主角陈瑞兴与王承澜的内心独白，而第二十一章与最后一章则采用第三人称叙述，倒数第二章却把四个不同人物的内心独白并置在同一章中。故事并没有结局，陶然只是激发读者思考：商业语境中无论是世俗意义上的成功者还是失败者都有自己的一捧血泪，失败者自卑，成功者又何尝得意？论者都认为这篇小说的篇名要揭示的是一样的天空下不一样的人生路径，而我却以为，或许陶然更想表达的是在以经济为唯一指标的商业都市里，一样的天空下的是一样的艰辛。

值得注意的是，在不同的视角转换叙述里，陶然总是采用内心独白的形式，有些比重之大，使之完全可以称作意识流小说。而这种手法的采用也使得陶然的小说摆脱了线性叙述的刻板并获得自由穿越时空的灵活。中长篇小说自是不必说，陶然的叙述总是直接切入故事后段，然后在人物的意识流中不动声色地、缓缓地把事件与人物的脉络显露出来。而即使在短篇小说中，他也从不肯一笔写到底，就像《蜜

---

① 吴义勤：《世界图式转化成一种心理图式——陶然小说的世界图式与艺术图式（之三）》，《香港文学》1996 年 11 月号。

月》与《射击》这两篇小说，总是在事情发生之后又将时光来回弯曲——对于这一点，陶然有很深刻的艺术自觉："小说的故事框架可以现实也可以虚幻，甚至并不重情节不讲究前因后果，能够反映重大人生当然很好，但只求在片断中以现代的节奏挖掘人性，或者表现一种现代的感觉，也未尝不可成就一篇好小说。"①

陶然后期的小说创作以微型小说为主，而近来又开始闪小说的尝试。这种小说形式的改变从《没有帆的船》之"自序"中可略见一斑。陶然感叹随着时代的发展，报纸副刊不再起重要作用："自二十世纪九十年代中，香港传媒生态发生巨变，本来文学作品主要赖以生存的报纸，纷纷取消小说版，更不用说连载小说了，中长篇小说刊登的概率锐减"②，而"如今大约更要加上一个更重要的不利因素：手机上网横行，读报的人逐渐成了弱势"③，于是，因应时代的变化，陶然便进行了小说形式的调整。

虽然陶然写惯短篇小说，但相比较短篇小说，微型小说与闪小说除了篇幅上的限制之外，艺术上亦更讲求出其不意的结局并引发读者的深思或会心一笑。陶然原本就十分擅长于人物心理的刻画，而微型小说与闪小说的创作，更激发了其对人物心理特别是潜意识描写的深入开掘——更具体来说，是对梦与幻觉的书写。

微型小说《求偶》通篇都写梦，《头球》《射虎》《香火》亦写到梦，而《相命油灯下》《赤裸接触》《火光幻觉》写幻觉。梦与幻觉都是人的潜意识，大多是未成事实的幻想，梦中情境与幻中之觉体现为有与真，而回到现实却是无与假，这样巨大的反差特别适合用来制造微型小说的意外结局并加深故事的厚度——这一点在闪小说中体

---

① 陶然：《自序》，载陶然《红颜》，中国文联出版公司1995年版。

② 陶然：《自序》，载陶然《没有帆的船》，香港文学出版社有限公司2015年版。

③ 陶然：《自序》，载陶然《没有帆的船》，香港文学出版社有限公司2015年版。

冷酷的世情与隐喻的爱情

现得特别明显。《没有帆的船》中所选四篇闪小说《职业刀手》《预约》《醉酒》《芬兰浴》均只有短短的两百字左右篇幅，但由于陶然在其中插入梦与幻觉，使得故事的情节与含义闪烁不定并最大化了读者的阅读思考。

另外，值得注意的是，陶然微型小说对潜意识的开掘、对梦与幻觉的书写亦与他对题材的开拓结合起来——除了经典改写之外，陶然亦写过一系列的鬼故事与计算机科幻故事，陶然要寻求的是商业都市中压抑苦闷被异化之人的精神出口。

总之，纵观陶然四十年来的小说创作，无论在题材的开拓上，还是在艺术形式的创新上，都可以看出他对文学的热爱与不懈追求。自然，在香港这样一个经济高度发展的社会，这样的热爱与追求何等艰难，而陶然的坚持来自于"我依然相信，一个没有文化没有文学的城市，经济再发达，也还是贫血的城市"①。

---

① 陶然：《自序》，载陶然《没有帆的船》，香港文学出版社有限公司2015年版。

龙鳞风雨老波澜

——论秦岭雪《石桥品汇》

《石桥品汇·闽港游艺录》集香港诗人、书法家秦岭雪二三十年所撰序、跋、论、书信、游记等计九十篇。其中序、跋占了绝大部分篇什，内容所涉则有画论、戏评、书道、诗艺等。品读全书，既是一次愉悦高妙的艺术——特别是中国传统艺术之旅，作者的心胸、眼界、人格更是让人心生敬意。而书中各篇又游走于古文与今文之间，兼之文字清标俊逸，出于尘表之外，阅完后真可谓是余香满口，久之不散。

一

序跋是中国传统文体，源远流长，刘勰将序的源头追溯到《易》，而最早的跋见于晋葛洪的《西京杂记跋》。两者均需有述有论，"述"主要谈及"典籍之所由作"①，"作者之意"② 等，"论"则必须对作品进行品评，做到论断精警，独出机杼。"论"之写作尤难，于它身上窥见的是作者的艺术眼界与学识修养。写好一种艺术的

---

① 王应麟：《辞学指南》，转引自吴承学、刘湘兰《序跋类文体》，《古典文学知识》2009 年第 1 期。

② 孔安国：《尚书序》，转引自吴承学、刘湘兰《序跋类文体》，《古典文学知识》2009 年第 1 期。

序跋已是极难，而像秦岭雪这般诗、书、文、画、戏等诸艺序跋并作，又谈来均能如论者所说"极中肯綮，力排众议，抉发前人之未道"① 的更是少之又少——这亦形成了本书最大的特色。

秦岭雪之"论"形态各异，有时只三言两语序跋之作的特色与地位便已凸显，有时则稍事铺衍，让人可以更具体窥见所论作品的精妙之处，而偶尔他亦长篇大论，这就相当于严谨的学术论文了。

论及施子清所书《前赤壁赋》，秦岭雪只用"鄙见前赤壁之妙在擒纵，在笔断意连，在呼应顾盼"二十个字，但这幅字的潇洒风姿便尽展眼前。有时更是简省，"二王正脉，遒丽雅洁"八个字就已点出丁明镜的书法特色及源流。评价黄嘉熙先生诗艺，亦只谈其"律体严谨，七言律气象开阔，骨力遒劲，亦工于炼字，取法在盛唐诸家；七绝清雅，时兼写实，有着手成春意在言外之妙"，然读者已可期望在其中一览杜甫、白居易之诗风。而论叶金城之画虎，亦是寥寥百余言，便状出其"金"与"沉"的特点，更由此生发出"这是岁月的镕铸，人生的历练"之感慨。他赞赏叶金城"将画虎提高到一个新的审美层次"，而他的这种评论亦可称是将画虎论提升到一个新的审美层次。

《石桥品汇》中更多的是稍事铺衍之论。《〈窭翁诗草〉序》不仅简略精当评价了蒋少强的抒怀诗、写实诗、怀古诗、五言田园山水诗、题画诗、风俗竹枝词等，开篇更从蒋少强"空谷鸡声润"这句诗伸展开来，抓住一"润"字，并上溯至陶渊明王维孟浩然等人，指出此字发前人所未发，正是蒋少强超越前人之处。论杨煌书法，在概论其诸体皆备，师法前贤而不泥古的特点之后，又具体从线条与构图两个方面论其大草。论杜永志学愚体而又不拘守前人法度，则拈出其摹境、挥运、造型三个层面详论。评王来文的焦墨枯荷别开生面，从"与传统意识的疏离"及"尚奇的别出心裁的构图"两个方面入

---

① 孙立川：《序》，载秦岭雪《石桥品汇》，香港天地图书有限公司2014年版。

手，赞其"状物造境，得心应手"。其余如《沈墨国画集序》《荷且不朽——〈天行之荷〉序》《王岩平榜书纵论——王岩平书法集代序》等莫不如此。

序跋因为文体的特点，并不专在"论"，因此像《〈施子清书法精品集〉跋》这样整篇基本都是施子清书法艺术论的跋书就显得尤为独特——除了简短的开头与结尾外，秦岭雪从气度从容、擒纵自如、守恒善变、醇雅多趣、人书俱老五个方面相当严谨地论述了施子清的书法成就，其中更引用中国历代诸多名家法帖与书论作为旁证。当然，《石桥品汇》一书除了序跋之外，亦收录了多篇秦岭雪的评论文章，如《蔡其矫诗歌评赏》《天下文名曾子固——曾敏之作品印象》《乐羊子的悲剧和他的精神世界——浅论梨园戏新编历史剧〈乐羊子〉》等。这类文章秦岭雪写来虽不像学者那样爬梳剔抉、注释繁多，但体格亦基本相当，最重要的是其所发之"论"都精警适切，发人深思。

从《石桥品汇》各篇之论来看，秦岭雪自然是对诗、书、画、戏、篆刻等中国传统艺术稔熟于心，而有些更是研究深透。中国各大书家、画家、诗人墨客，于他是随手拈来，如数家珍，他们的流脉传承，渊源余绪，秦岭雪亦一一了然于胸，因此，在纵论这些传统艺术之时总是能够见别人之所未见，发别人之所未发。譬如虽然虞愚书法以疏朗放逸、虚静幽独见称，但他依然可以从其浓墨重捺、纵笔重顿中看到虞愚早期所临刚健霸悍之魏碑的身影并推断其书风一变是在谒见弘一法师之后。而论施子清书法，更是能够追根溯源，从雍容大度的颜筋柳骨到擒纵腾挪的何绍基法帖再到最后繁华落尽归于淳朴的弘一法师一路讲来，将其书艺演变的轨迹一一厘辨清楚。而从沈墨情酣意足的墨韵中，他可见出其中"有傅抱石的飞纵、有李可染的沉郁、有黄胄的活泼，有徐悲鸿的刚健朴实"，别人又都欣赏沈墨的写意之笔，他则更钟情于其工细的勾勒部分，认为这正是沈墨的"锐利之处，用心之处，着力之处，非寻常画师可比"。而谈王武龙画弥勒，更非常细致地拈出其运用了梁代张僧繇表现人物体积的晕染法来造成弥勒坐像的雕塑效果……凡此种种，都可见出秦岭雪非同一般的艺术眼界与视野。

当然，秦岭雪之论最独特之处在于他不仅能轻松自如品谈诸艺，更能让诸艺之间相互阐发、相互对话，从而达到一种"秘响旁通"的效果——以刘勰用来指文意在字句间交相派生与回响的"秘响旁通"①一词来形容秦岭雪打通诸艺关节，让其交相印证的艺术之论却也十分合适。

艺术在本质上是相通的。杜甫《观公孙大娘弟子舞剑器行》诗序谈到草圣张旭观赏公孙大娘西河剑器舞之后草书精进之事，而秦岭雪亦在《王岩平榜书纵论》一文中引用杜甫此诗来说明王岩平榜书书法线条之妙。他又以书法来论戏，《序钟毓材〈花外钟声〉》用"写则大写，工则极工"这一传统国画术语来赞赏此剧既能从大处着手呈现时代风云变幻的阔大背景，又能从小处下笔细腻感人描摹李叔同的情感与心声；以诗词来论画，《并非传奇——天行荷（2008）序》一文引用白居易"花非花，雾非雾"这句诗非常贴切地传达出林天行荷花画作不重写实而重抽象形式的创新特色；以音乐来论书法，认为褚遂良的书法"用笔提按分明，轻重有致，如琴键的起落，极富乐感"。其余，如转用司空图品诗杰作《二十四诗品》中"雄浑"一词来指称沈墨国画特点，以苏联乌兰诺娃芭蕾之舞来喻指刘登翰书法之随心所欲，以建筑学来讨论《大汉魂》的戏剧结构，等等。

其中尤为精彩的是《国画中婉约的小令——关于志镕的画·代序》一义。全篇以词喻画，以词写画，既论词亦论画，达到词画水乳交融的境界。说林志镕画之创新是"自铸新词，自拓新境"，论国画画幅是"横卷巨构，雅属长调；斗方册页，其为小令"，而他又觉得白话文难以描摹出林志镕画之特色，干脆随手摘抄几句宋词如"波渺渺，柳依依。孤村芳草远，斜日杏花飞"等激发读者的想象，让读

---

① 周振甫：《文心雕龙今译》，中华书局 2013 年 9 月版，第 357 页。

者恍若进入到宋人宋词宋画的邈远时空里，而紧随其后的是秦岭雪水到渠成的感叹："志镕的小品画妙在极具境界，它是雅洁的，古典的，感性的，它属于宋人。"

必须注意的是，秦岭雪非常关注中国传统文化的传承与创新。自五四胡适、鲁迅等人发起"反传统、反孔教、反文言"的新文化运动以来，中国传统在现代如何赓续的问题便严峻地摆在中国人面前。然而，一直以来，由于历史的原因，对于中国传统采取更多的是较为激进的以"否定"为主的态度，致使近些年屡屡出现中国传统文化危机这样急迫的呼声。长期浸淫并深深热爱中国传统艺术的秦雪岭对此自然深感痛心。借着谈论中国的书法，他非常动情地写道："虽然时闻'回归传统'的呼声，但再回首已是百年身；别了，王羲之、颜真卿、苏黄米蔡、董其昌、王铎。"他并质问"我们将走向何方"。自然，他不是那种冬烘不通的复古者，他明白文化发展与创新的道理。但问题的关键是路要如何走？因此，在谈论古代梨园戏的旧戏班体制时，他就陷入深深思索："我们在改革的狂热里，是否曾经把可爱的孩子和脏水一起泼掉？什么树木结什么果，体制和成果是不可以截然分割的，而有些奇花异卉似乎也不可能嫁接，真是矛盾重重、思虑叠叠，叫我从何说起呢？"也正如此，当突破中国传统戏曲悲剧程式并向西方古典悲剧接轨的《乐羊子》一剧一出即获得他的深情注目，他亦褒扬林天行荷花之画虽是国画，却从版画、装饰画汲取营养并化用西方印象派、象征派、超现代、野兽派等画法而使国画焕发出另一种可能。这是老一辈艺术家对中国传统文化的拳拳赤子之心！

二

在诗歌集《情纵红尘》序里，秦岭雪自言"喜欢苏东坡文和明人小品"，并谦虚地提到曾"学着写类似的文字"，事实上，对于古文秦岭雪不只是"学着写"，他是写得相当好。《石桥品汇》一书中有十数篇完全是用古文写成的序、跋、游记、书信等，读来真可谓是古味盎然，古香扑鼻。

《书画同源——〈林剑朴国画集〉代序》《汤祥明遗作展序》《书画良伴张氏昆仲——代跋》《〈子清墨趣〉跋》《书叶满荣学长〈六三感怀诗〉后》《鹿堂铭——答客问》《牛仔驿忆往》等几篇写得尤其精彩。《书画同源》一篇中以四言为主，音节错落，其中"何绍基之下，允称豪杰""守传统之正而不落窠臼；发笔墨之新而不坠佻薄"二句颇有王勃《滕王阁序》之风韵。《鹿堂铭》篇名虽更容易让人联想到刘禹锡《陋室铭》一文，但此文沾带更多的不是刘禹锡的清高之气，而是苏东坡《喜雨亭记》的潇洒丰姿。《书叶满荣学长〈六三感怀诗〉后》满具欧阳修《醉翁亭记》之沧桑，《汤祥明遗作展序》则颇似宋笔记体小说，《〈子清墨趣〉跋》之"嘻"字不由人想起《核舟记》，而施子清之书艺亦如核舟精妙雕刻之技一般让人向往了。《牛仔驿忆往》以古文体写文革秘谈之事，读来竟有清末义士慷慨激昂之气魄，而结尾往昔已矣，怅然而叹的恐怕不仅是一个年代的过往，更是古老文化的渐渐流逝。

《书画良伴张氏昆仲》一文最为有趣，它可看成是一篇双人的小传。张氏兄弟一胖一瘦，一寡言一活跃，然皆属意中国传统艺术，均擅花鸟书画。若以合纵连横来喻秦岭雪之写法，则他是时而用连横，时而用合纵，将两人之艺术、性格、性情一一勾勒于纸上，然后归结于兄弟手足情深，如何困顿流寓均能相互扶持并不坠青云之志，最后以诗经咏兄弟之情《棠棣》一诗为二人祝颂，古香古色，使其感人手足之情更添一分。

当然，秦雪岭不仅擅长古体，他的今体文章亦作得极好。就《石桥品汇》一书中：序跋有序跋之范，评论文章有评论文章之体，《曾令丁兄难堪》是短小传神的现代小品文，《雪峰传奇》则是稍事铺叙的叙事散文，而《汉水画韵——代序》《火与冰的遐思——〈天行西藏〉序》以散文诗的形式来写序，是非如此不能传达画家之风采与所序作品之神韵。而其中文笔更是为人所叹服。孙立川在《石桥品汇》序中赞赏他："以一支华笔，胜领三千毛瑟之兵。其华文妙句，独具品格。"①

他写景："柳荫下，淡荡春波，一只墨鸭，通体乌黑"；"大而危崖峻岭、原野巨流，小而小溪丛竹、扁舟芦花，甚至于一方怪石、几朵异花，一潭碧水，三二禽畜，都能引起他的兴致"；"一只蜻蜓、两只小鸟、三二游鱼、一行秋雁，或朗月疏枝、孤鹤红莲、池塘村屋、帆影渔舟，黝暗云影下燃烧的枫叶，无边黑夜爆出一串春花"……语言的节奏似乎在水墨写意，有时闲闲几笔，有时略加晕染，不经意间已意境全出。而有时他又纵横捭阖，音韵铿锵，《乐羊子的悲剧和他的精神世界》开头一段戏曲的战斗场面描绘，读来真是地动山摇，让人壮心不已："战车驰骤，铁马腾跃，带甲的勇士弯弓横戈，天际乱云飞卷，烽烟弥漫，耳畔钟鼓镗鞳，唢呐高吹。"

秦岭雪写人极为传神。《浮桥往来》以"常常坐着三轮车颠簸五六里地来一间名为'竹下'的小店饱醉一番，又复哼着南曲颠簸回城"这短短三十七个字就状出一位画家悠闲自得、怡然自乐的情态。写香港著名企业家与社会活动家施子清偏偏就能在百忙之中偷得一会儿闲："多年前，在福州举办书画展，展场中恰好有一座琴。子清兄缓步走近，看了一会儿，慢慢坐下，揭开琴盖，用很优雅的姿态弹了一首民歌。一边弹，一边还仰起头来望着几位朋友，露出一种很满足、很惬意的微笑。"自然，这段文字亦传达出施子清先生久经大场面、举重若轻的从容气度。而描摹施子清作书的一段文字，先文言，再白话，文言二三四字不等，白话则七八字以上甚至更长，长短错落，从紧张归于舒缓，颇有音乐的节奏感："观子清先生作书，敛心、紧指、活腕，内压外拓、提按、逆顺、藏露、中侧锋，随文章及情绪起伏变化，交相为用，而意态闲雅，从容洒脱。最动人处在迅速落点、宛转提笔以及运笔的缓行迟涩之间。"

《石桥品汇》中颇具特色特别令人激赏的是他描摹出的闽南市井

---

① 孙立川：《序》，载秦岭雪《石桥品汇》，香港天地图书有限公司2014年7月版。

民俗。如果说"林天行曾经无数次打从荷塘边上走过,陶醉于粉白娇红,陶醉于亭亭玉立,并且细细观察水中的游鱼,水剪子,花蜘蛛,甚至于折一条肥嫩的水草含在嘴里"这样的段落写来虽然颇有汪曾祺市井作品之风,却还未能完全凸显闽南风情的话,那么,"浮桥镇的小食,未受洋菜、港菜、京菜、蜀菜、沪菜污染的地道闽南风味,肉粽鱼丸春卷卤肉壶仔饭"与"乡村土埕星光下的闲聊,用自制的酒精炉煮一小锅蚝干面线,喝几盅廉价的地瓜烧"这两句就蕴含着浓浓的闽南风情,闽南的市井习俗在这两句中呼之欲出了。可以说,这是秦岭雪给中国现当代市井文学增添的十分宝贵的一笔,但可惜这样的描写在《石桥品汇》中并不太多。

序跋必有"述",而此"述"之文学性在宋代苏东坡、黄庭坚手上得到了长足的发展,例如《书蒲永升画后》一文中苏东坡就将蒲永升所画水之"活"渲染得如在眼前,从而使"活水"之文字与"活水"之画交相辉映——甚或于是文字的描绘进一步加深了画作之意蕴。秦岭雪的文字亦有如此之妙。他写王来文之紫藤画:"钩须攀绕,屈曲有致,好风徐来,紫云袅袅,恍若仙姬妙舞";析林天行之抽象山水画:"色彩斑斓,粗头乱服,信手点抹,亦中亦西";摹叶金城之"金虎":"看它缓步迈出,万籁无声,众兽辟易,谁敢撄其锋?固一世之雄也";赞沈汉水之水墨花鸟:"左右前后,阴阳向背,浓淡干湿点染皴擦,一条条肌理分明的鲤鱼游动起来了,水流花放鸟欲飞,大自然的一切生机勃勃";言施子清书法之多变:"端庄如观音,狂颠似醉僧,凝若寒梅,舞似风竹";状林坚璋之大草:"在疏朗的空间里极尽放怀舒展之能事,如春燕拂柳、云鹄游天,腾挪聚散,欹侧变化"。而评赏王岩平榜书"烟山云海"一段最是精彩,他将此四字榜书之写法、渊源,其中所蕴之书道与书者心境之微妙变化一一呈现,写来又极具动感:

> 以此观之,此四字未成曲调先有情。"烟山"二字,右侧取势,"山"字一竖,承上一字牵丝缓缓而来,猛然一顿,形态在

点竖之间，孙过庭所谓顿之则山安也。乘余兴，向左又一顿，自然与上一笔相应，形成一收一放之格局，此乃书道之太极，无处不在。而后提笔右行，略弯，收笔又一顿，如石担，如金盘，托起了巍巍之峰，至此，笔画最简省的字呈现最精到之处理，成为幅中之眼。得此字，书者心中窃喜，云字放松，饶云烟缥缈之姿，"海"字矫健，书者自得之状。此种自得一直延续到题款，之字何其从容舒畅，此即创造之愉悦。

秦岭雪是出过多本诗集的现代诗人，对于中国语言文字之三昧自然深谙于心。论者曾如此评论秦岭雪《无题》一诗中的语言："沉熟中有一种对中国文学语言的娴熟老到的体悟，一种化繁为简的形式体认。既非半文不白，又非欧化凝结，而是那种深得中国语文造化……那种讲究遣词造句，构筑意境的哲理氛围的用心，在香港诗坛中可谓一绝。"① 此论确是抓住了秦岭雪语言之特点与妙处。

一百年来现代中文最重要的问题就是文白如何结合、中文如何现代化。余光中说他"真想在中国文字的风火炉里，炼出一颗丹来。在这一类作品里，我尝试把中国的文字压缩，捶扁，拉长，磨利，把它拆开又拼拢，摺来且叠去，为了试验它的速度、密度和弹性"。② 董桥则以《文字是肉做的》一书来讨论何谓好的现代中文。秦岭雪批评近几十年来中国戏曲"语言文字粗鄙，缺乏诗情画韵"，认为"文雅本色交互应用"才是曲词正道。他在《情纵红尘》序里自言写现代诗受到老友曾敏之的鼓励，尝试"把古典和现代结合起来"并获得赞赏。而在《石桥品汇》一书中，因为采用了比现代诗空间与容

---

① 钟晓毅：《当代〈无题〉：新古典主义的艺术延拓——对秦岭雪新作〈无题〉的估衡》，载秦岭雪《情纵红尘》，花城出版社 2008 年版，第246 页。

② 余光中：《〈逍遥游〉后记》，载《余光中集》第四卷，百花文艺出版社 2004 年版，第 297－298 页。

量更大的散文文体，秦岭雪正得以将其华笔做百般演绎与变化，为读者呈现一场精彩的语言盛宴——可以说，在现代中文的试验上秦岭雪亦走出了自己的一条道路。

三

刘登翰曾赞赏道："儒在秦岭雪身上，是浸透在他整个的生命之中，是他的精神、他的喜好、他的为人处世、他的交友之道以及他的风格、气度等等，而不仅仅是吟诗作文。其中还融合着来自他故乡闽南人性格中的豪爽尚义、慷慨大度。"① 诚然，在《石桥品汇》一书中，处处都可显见秦岭雪的儒者风范：至情至性、谦冲坦荡、注重品性修行却又宁静淡泊。

秦岭雪首先是一位至情至性之人，当哭则哭，该笑就笑。以他为孙立川《驿站短简》所作序中的一段话来形容其在自己文章之中毫不遮掩的真性情亦非常贴切："处处回荡着作者的心声，有时是笛子的清越，有时是洞箫的呜咽，有时竟是一声呐喊，甚至于拍案而起，长歌当哭。"因此，当读到施子清对康有为书法的评价与自己所见相同时，秦岭雪当场连呼两声"快哉"；当想到书法以支笔淡墨却也可以现诸宇宙大观、人生百态之时，他不免心中窃喜并赞叹一声"嘻"。文章读到动人处，他可以"感动得热泪盈眶"；而文章写到得意处，他也可以哂然直问："诸君子以为然乎。"一代名伶因人情冷漠饥寒交迫落水而亡他悲悯地呼喊"人啊人"，当杨煌撇其他书法大师不慕而直言最喜欢自己之时他立即拊掌支持"壮哉斯言"。秦岭雪之至情至情尽在这些字里行间表露无遗，而这也正是他最得苏东坡其人其文神韵之处。

《秦娥梦断秦楼月——致长江兄·代序》一文最是秦岭雪这种真

---

① 刘登翰：《序》，载秦岭雪《情纵红尘》，花城出版社 2008 年版，第3 页。

性情流露的代表作。此文全篇采用第二人称敬语"您"来展开叙述，仿佛老戏曲作家庄长江就坐在面前，他孜孜以询、殷勤问候，两人把酒共话往事，然而现实是梨园戏渐渐逝去，中国传统文化慢慢流逝，余下的"只能是：秦娥梦断秦楼月"！然而，最动人的还在最后一句："别说了，长江兄，且敬您一杯"——正是无限怅惘尽在杯酒之中，而秦岭雪之至情至性亦尽在此言之中了。

秦岭雪为友人作序写跋，一支华笔尽情流转，从不吝赞赏之语，而为自己作品写的序则质朴无华。《〈情纵红尘〉序》只简略介绍了自己的祖籍名姓，一生经历与追求喜好，对成绩更是草草带过，他并且连文笔的光芒也全部收敛，只用最朴素的词句，这，自然是他的虚怀若谷了。而他心胸又极为坦荡，对于友人作品有不尽如人意之处亦会从艺术角度提出殷殷期望，如他建议作家杨少衡应在文章的"着力处更着力，轻情处更轻情，手挥目送意在弦外如鲁迅，如孙犁，如王蒙，如汪曾祺，如宗璞"，期望他的作品可以济列经典。对于企业家洪建筑之摄影，在肯定了其朴实的特点之后又进奉他"艺术重在发现"，期待他可以拍摄出更多佳作。

《〈泉州书法十年〉跋》一篇在《石桥品汇》一书之序跋中颇为特别。虽是书法作品之跋，但全文不谈书法艺术，而谈泉州书协会员之融洽相处，谈泉州书协之尊奉古代书法大家，谈泉州书协主席之谆谆提携新人、擢拔后进。有此三者，秦岭雪最后得出结论：泉州书坛"可贺于今日，可望于未来"。这一篇跋显示出的是秦岭雪作为一个中国传统艺术家最为看重之物——艺术之品性、艺术家之品性而非技艺。

秦岭雪认为艺术品性来自于艺术家之品性。因此，在评价蔡展龙临写徐悲鸿"独持偏见，一意孤行"一联时他称赞说这"是他的人品，也是书品"。他也总是能在艺术中见出作者之心胸与修为，他说庄瑞明画作："不在一丘一壑，而在对世俗、对红尘之超越。"他论施子清书法："吾于其署书，见浩然之志；于其楹联，见诚正之心；于其行草，见潇洒之姿；而于其卦象，见其古文化之修养乃至宁静淡

泊之情怀；于其点画，想见欣然自得之状。"秦岭雪更进一步指出这
种品性修为之途。他说学书法"必须读书，要成为出色的书家必须
大量阅读中国传统文化的典籍"，并强调"长期浸淫于儒学和诗学，
实际上是一种艰深的旷日持久的修炼"。

因此，他记篆刻家王泉胜从其是文人写起——文章题目即为
"先文人后印人"，在叙述了王泉胜古典诗文上的成就之后才转入写
其如何治印，最后又为王泉胜下一定论："属于陈寅恪先生所说的为
中国文化所化之人。"而在《施子清〈书法经纬〉序》一文结尾，他
更为中国传统书家或艺术家之修为做了一个简要指明：

> 　　由文字学入手，经由三字经、百家姓、千字文、四书五经、
> 儒道释典籍、诗词歌赋、艺术史、书史、书论，进入和书法艺术
> 息息相关的传统文化的磁场，言必称孔孟老庄、胸中矗立石鼓、
> 秦篆、汉隶、简书、兰亭、魏碑以及自颜真卿迄于王铎的丰碑，
> 消化之，汲取之，揉碎之，生发之，兀兀穷年锤炼之，腹有诗
> 书，胸藏万汇，水到渠成，在生活与艺术的长期实践中击出耀眼
> 的火光。这样，或许可圆书家之梦。

事实上，这亦是秦岭雪几十年来的自我修为。正是胸中饱积了如
此多的中华典籍，才养就了他芬芳美好之儒者品性，他的书法、诗歌
与散文也才得以如此独具品格并备获赞赏。而虽然时光流转，岁月更
替，但艺术家之修为日深，艺术亦只会愈来愈加醇厚，此时的秦岭雪
其人其文其艺正可谓是"龙鳞风雨老波澜"——以其对书法家施子
清"既言阅历，又言书艺；既言人书俱老，又言笔墨纷披"之赞誉
来颂扬他不也十分合适?!

袁勇麟学术年表

1983 年—1990 年，就读于福建师范大学中文系本科、研究生，毕业留校工作。
1994 年—1997 年，就读于苏州大学中文系博士研究生。1997 年—1999 年，进入复旦大学中文博士后流动站工作。2001 年评为教授，2005 年聘为中国现当代文学专业台港澳暨海外华文文学方向博士生导师。

1997 年 4 月 28 日—29 日，出席在福州举行的"世纪之交的台港澳暨海外华文文学研究青年学者座谈会"，发表论文《第三只眼看华文文学》。

1997 年 11 月，独立撰写涵盖台港澳杂文的《20 世纪中国杂文史》（下）由福建教育出版社出版。

1999 年 10 月 11 日—15 日，出席泉州华侨大学主办的第十届世界华文文学国际研讨会，发表论文《当代汉语散文的人文背景》。

2000 年 9 月，主持福建省教育厅社科课题《九十年代两岸散文比较研究》。

2000 年 11 月 24 日—28 日，出席汕头大学主办的第十一届世界华文文学国际研讨会，发表论文《20 世纪香港小说与外国文学关系浅探》。

2001 年 1 月，主持国家社科基金项目《中国散文的现代化与民族化》。

2001 年 5 月 18 日—20 日，出席在福州举办的菲华文学研讨会，发表论文《温馨的人性人情之美——林婷婷散文浅析》。

2001 年 5 月，主持教育部第二届高等学校优秀青年教师教学和科研奖励基金《世界华文文学研究》。

2001 年 10 月 28 日—30 日，出席在武夷山举办的第二届世界华文文学中青年学者论坛，发表论文《世界华文文学史料学管窥》。

2002 年 4 月 14 日—16 日，出席在厦门大学举办的第五届东南亚华文文学研讨会，发表论文《中华文化的延伸与发展——东南亚当代汉语散文流变论》。

2002 年 5 月 28 日—30 日，出席在广州暨南大学举办的中国世界华文文学学会成立大会，当选为教学委员会副主任委员，发表论文《关于世界华文文学史料学的再思考》。

2002 年 6 月,《当代汉语散文流变论》由上海三联书店出版。

2002 年 9 月 6 日—7 日,出席在漳州师院举办的"闽文化与台湾文学"研讨会。

2002 年 10 月 27 日—29 日,出席复旦大学主办的第十二届世界华文文学国际研讨会,大会发言《世界华文文学史料学建设》。

2003 年 9 月,主编《20 世纪中国散文读本(台港澳)》由海峡文艺出版社出版。

2003 年 10 月 25 日—26 日,出席暨南大学主办的"文学:媒体与市场关系"研讨会,发表论文《香港专栏文章与市场、媒体之关系》。

2003 年 11 月 26 日,出席徐州师范大学主办的"世界华文文学教学研讨会"。

2003 年 12 月 11 日—12 日,出席在泉州师院举办的"东南亚华文文学与闽南文化学术研讨会"。

2003 年 12 月 16 日—17 日,出席海南师院主办的"中文散文与中华民族精神国际学术研讨会",发表论文《当代汉语散文与中国传统文化》。

2004 年 3 月,主持霍英东教育基金会第九届高等院校青年教师基金项目《世界华文文学史料学研究》。

2004 年 6 月 6 日,出席《东南学术》与福建省台港澳暨海外华文文学研究会主办的"世界华文文学理论建设研讨会"。

2004 年 9 月 21 日,出席山东大学主办的第二届马华文学国际研讨会,发表论文《盘旋的魅影》;22 日—24 日,出席山东大学主办的第十三届世界华文文学国际学术研讨会,发表论文《史料建设与学术规范》。

2004 年 10 月,主持的"福建师范大学文学院香港散文研究专辑"在《香江文坛》总第 34 期刊出。

2004 年 11 月 6 日,出席集美大学主办的福建省现代文学年会,发表论文《世界华文文学研究的回顾与展望》。

2005 年 12 月 14 日,出席暨南大学主办的第二届全国高校教师世界华文文学课程高级进修班,主讲"世界华文文学学科构建和史料学关系的思考";15—16 日,出席在增城举办的"首届世界华文文学高峰论坛"。

2005 年 12 月 22 日—23 日,出席在厦门集美举办的"华文教育与华文文学国际学术研讨会",发表论文《台湾文学史的理论视野》。

2006 年 6 月 2 日,出席在福州举办的"东南亚华文诗歌国际研讨会",发表论文《拳拳赤子心,悠悠半世情——顾长福诗歌浅探》。

2006 年 7 月 25 日—26 日,出席吉林大学主办的第十四届世界华文文学国际学术研讨会,发表论文《国族想象与精神私史——大陆学者所撰台湾文学史的理论视野》。

2006 年 9 月 29 日—30 日，出席香港浸会大学主办的"张爱玲逝世十周年纪念国际学术研讨会"，发表论文《以"鬼"言情——浅谈张爱玲风格影响下的台湾现代女作家"鬼话"创作》。

2006 年 10 月 28 日—29 日，出席在文莱斯里巴加湾举办的第六届世界华文微型小说研讨会；11 月 1 日，出席在新加坡南洋理工大学孔子学院举办的"经典文学作品与校本教材"研讨会。

2006 年 12 月 16 日—17 日，出席台湾《文讯》杂志主办的"2006 青年文学会议：台湾作家的地理书写与文学体验"，担任讲评人，并参与"地域与文学史书写"座谈。

2007 年 4 月 21 日—23 日，出席在河南理工大学举办的第二届中国世界华文文学论坛，大会发言《〈文讯〉：史料保存与历史建构》。

2007 年 8 月 18 日—20 日，出席在福州举办的"世界华文文学研究：理论与实践"国际学术研讨会，大会发言《〈文讯〉：史料保存与文学史建构》。

2007 年 12 月 10 日，出席在暨南大学举办的"曾敏之与世界华文文学"学术研讨会，大会发言《曾敏之：但开风气不为师》；12 日，出席在暨南大学举办的"饶芃子教授从教五十周年庆祝会"和中国世界华文文学学会工作座谈会；13 日，参加《海外华文文学读本》编委会会议。

2007 年 12 月 20 日—22 日，出席香港岭南大学主办的"香港文学的定位、论题及发展"研讨会，发表论文《散文的多元化与开放性——以 2000 年至 2007 年〈香港文学〉为考察对象》。

2008 年 7 月 5 日—6 日，出席厦门大学主办的"台湾文学现代性"学术研讨会，发表论文《阐释与被阐释》。

2008 年 8 月，主编《中国现当代散文导读》由中国市场出版社出版。

2008 年 9 月 20 日，出席在韩国东国大学庆州校区举办的第十届韩中文化论坛，发表论文《文学与媒介——台湾文学馆及其在台湾文学研究和推广中的位置》。

2008 年 10 月 27 日—29 日，出席在广西民族大学举办的第十五届世界华文文学国际学术研讨会，发表论文《九十年代香港城市小说的叙事策略》。

2008 年 11 月 9 日，出席在厦门大学举办的"台湾研究 30 年回顾与展望学术论坛"，发表论文《改革开放三十年与台湾文学研究》。

2008 年 12 月 22 日，出席福建省台港澳暨海外华文文学研究会成立 20 周年纪念会。

2009 年 1 月 29 日—2 月 4 日，应菲律宾华文作家柯清淡先生邀请赴菲访问。

2009 年 4 月，选编《海外华文文学读本·散文卷》由暨南大学出版社出版。

2009 年 7 月 23 日—24 日，在武夷山主办第三届全国高校教师世界华文文学课程高级进修班，主讲《〈海外华文文学读本·散文卷〉导读》；25 日—26 日，主办第二届世界华文文学教学工作研讨会。

2009 年 8 月 8 日，出席苏州大学主办的"多元共生的中国现代文学史学术研讨会"。

2010 年 7 月 10 日，出席厦门大学主办的"台湾研究新跨越"学术研讨会，发表论文《〈文讯〉：台湾文学研究的主要媒介》。

2010 年 9 月 12 日—13 日，出席在厦门举办的第八届东南亚华文文学研讨会，发表论文《自我·自然·自由——评朵拉的"三位一体"散文建构》。

2010 年 9 月 29 日，出席香港浸会大学主办的"传奇·性别·系谱——张爱玲诞辰九十周年国际学术研讨会"，发表论文《张爱玲研究的趋势与可能》。

2010 年 10 月 1 日，出席台北大学主办的第一届亚太华文文学国际学术研讨会，大会发言《自省与自恋：九十年代大陆影视名人自传管窥》。

2010 年 10 月 18 日—20 日，出席在武汉和宜昌举办的第十六届世界华文文学国际学术研讨会，主持"青年学者论坛"，发表论文《21 世纪中国大陆张爱玲研究管窥》。

2010 年 11 月 21 日，出席在福州举办的"全球化时代华文写作与海西文化传播国际研讨会"，发表论文《文本研究与文化研究》。

2011 年 6 月 7 日，在华侨大学"国学讲坛"主讲《台湾散文与中华文化》。

2011 年 10 月 21 日—22 日，出席中国现代文学馆主办的"两岸青年文学会议"，担任讲评人。

2011 年 10 月 27 日，出席在福建省文联举办的"闽台文学座谈会"，发言《文学教育中的台湾诗歌》。

2011 年 12 月 3 日—4 日，出席在泉州师院举办的"流散华文与福建书写国际研讨会"，发表论文《漫游记忆的情怀书写——评陶然的散文新作〈街角咖啡馆〉》。

2011 年 12 月 27 日，出席在暨南大学召开的国家社科基金重大项目"百年海外华文文学研究"开题论证会。

2012 年 4 月 29 日，出席在新加坡举办的"2012 新渝台华文文学论坛"，发言《世界华文文学研究的回顾与展望》。

2012 年 4 月，主持国家新闻出版总署课题"海峡两岸书业交流与合作研究"。

2012 年 5 月 29 日，出席在福建省文联举办的"海峡两岸作家论坛"。

2012 年 6 月 15 日—16 日，出席在厦门举办的第四届海峡论坛，并在"两岸合作与华语市场"主论坛主旨演讲《两岸合拍片中的闽南文化元素》。

2012 年 8 月 15 日—21 日，赴马来西亚槟城，担任第一届"林庆金出版奖"评审。

2012 年 10 月 25 日，出席福建省文联主办的"文化中国与中国文化"座谈会，发言《传统文化在两岸出版交流与合作中的作用》。

2012年10月27日—28日，出席在福建师范大学举办的第十七届世界华文文学国际学术研讨会，发表论文《〈文讯〉：建构台湾文学长河的媒介》。

2012年11月10日，出席在福州举办的"海峡文化创新与福建发展全国学术研讨会"，发表论文《台湾文艺传媒研究的新探索》。

2012年11月，主编《中国当代文学编年史·第十卷·港澳台文学（1949—2007）》（上下）由山东文艺出版社出版。

2013年5月，主持国家新闻出版总署课题"海峡两岸少儿读物出版合作研究"。

2013年6月11日，出席福建省作协主办的"大众传播下的文学写作"两岸作家座谈会，发言《新媒体时代的副刊生存》。

2013年6月24日，出席福建省文联主办的"2013年福建文艺论坛"，主讲《台湾当代散文》。

2013年7月，主编《陶然研究资料》由福建人民出版社出版。

2013年8月5日—11日，赴马来西亚槟城，担任第二届"林庆金出版奖"评审。

2013年9月28日—29日，出席江苏师范大学主办的"区域视角与华文文学"学术研讨会，发言《从〈陶然研究资料〉谈世界华文文学史料建设》。

2013年10月25日—11月1日，出席在台北举办的"新乡·故土/眺望·回眸——2013两岸青年文学会议"，担任讲评人；出席台湾大学台文所"从文化流动看台湾文学"两岸学者座谈会，担任引言人。

2013年12月14日，出席在宁德师院举办的"两岸文化视域中的生态美学与生态书写"国际学术研讨会，担任讲评人。

2014年1月，与章妮合作撰写的涵盖20世纪台港澳及海外华文文学的《大中华二十世纪文学史》第五卷由中华书局（香港）有限公司出版。

2014年5月24日，出席在福州举办的"两岸青年诗歌创作座谈会暨海峡诗会"。

2014年8月3日—10日，赴马来西亚槟城，参加"文森丛书"推介礼。

2014年11月17日—18日，出席在暨南大学举办的中国世界华文文学学会机构负责人会议；19日—20日，出席在增城举办的首届世界华文文学大会，发表论文《一个不容忽视的文学谱系——世界华文文学中的旧体诗词》。

2014年11月26日，出席在莆田学院举办的"海洋视野中的妈祖文化与华文文学"学术研讨会，发表论文《小真实与大情怀》。

2014年12月8日，出席在福州举办的《台港文学选刊》创刊30周年座谈会，发言《世界华文文学的跨语境传播与经典建构》。

2015年1月23日—26日，赴香港出席《香港文学》创刊30周年暨华文文学研讨会，大会发言《〈香港文学〉的史料建设》。

2015年3月23日—30日，赴印度尼西亚棉兰、马来西亚槟城访问，出席在棉兰举办的"从郁达夫看一带一路给印华文化与教育的动力"研讨会，在槟城举办的《古楼河上的星光》新书推介礼。

2015年5月20日—24日，出席香港岭南大学主办的"岛和世界——也斯国际学术研讨会"，发表论文《也斯小说的香港在地书写》。

2015年8月8日—9日，出席在黑龙江大学举办的"语言的共同体——当代世界华文文学高层论坛"，大会发言《〈香港文学〉的史料建设》。

2015年10月29日，出席厦门大学主办的"台湾文学的抗日意识与原乡情怀——纪念台湾光复70周年"学术研讨会，发表论文《史诗性与纪实性——论台湾东北作家的抗日书写》。

2015年11月9日—10日，出席在泉州举办的第三届亚洲文化论坛，发表论文《闽南文化在"一带一路"建设中的桥梁与纽带作用》。

2015年11月22日，出席在泉州师院举办的"抗战文艺传统与民族精神传承"学术研讨会，大会发言《论台湾东北作家的抗日书写》。

2015年12月12日，出席福建师范大学主办的"两岸文化交流政策研讨会"，发表论文《海峡两岸图书出版合作策略探讨》。